KB058111

해방
1

FREED

E L 제임스 지음 | 황소연 옮김

해방 1

Fifty Shades Freed
as Told by Christian

시공사

이바와 수에게.

나를 위해 해준 모든 일들

고마워요, 고마워요, 고마워요.

캐서린에게.

여자 중의 여자, 그게 우리예요.

감사의 말

감사의 마음을 전합니다.

도미니크 라카와 소스북스의 헌신적인 팀원들, 모두 따스하고 열렬히 나를 새로운 집으로 맞이하고 이 책을 훌륭히 만들어주었습니다.

내 편집자, 안네 메시트, 크리스천 그레이라는 대혼란을 우아하게 헤쳐나가도록 나를 이끌어주었어요.

캐슬린 브랜디노, 교정을 봐주고 내 웹사이트를 지켜준 거 고마워요. 로스 클램펫, 교정 작업과 너그럽고 지속적인 격려 고마워요. 데브라 아나스타시아, 글 쓰는 시간을 관리해주고 격려의 말을 해준 거 고마워요. 우리가 결국 해냈네요! 클리시 메이어, 수사 절차에 관한 조언 고마워요. 에이미 브로시, 힘든 원고 작업 고마워요.

베카, 비, 벨린다, 브릿, 제다, 질, 켈리(Kellie), 켈리(Kelly), 레이스, 리즈, 노라, 레이철, 큐티, 테일러. 숙녀 여러분, 당신들은 정말 놀랍고 안전한 장소 같아요. 미국 영어에 대한 도움도 고마웠어요. 우리가 공통의 언어에 의해 나뉜 네 개의 거대한 국가에 속해 있다는 걸 끊임없이 일깨워주었어요. 단춧구멍(buttonhole)이 boutonniere로 불릴 줄 누가 알았을까요.

버네사, 에마, 조야, 크리시. 내게 당신들은 멋진 친구이자 소설 미디어의 대변인이에요.

든든한 힘이 되어주는 세상의 모든 독서 블로거들. 여러분에게 감사드릴 것들이 정말 많아요! 여러분이 내게 해준 모든 일들, 작가들의 모임 고마워요.

홍보하고 지원해준 필리파와 소셜 미디어 협력체들. 정말 고맙습니다.

벙커 3.0의 숙녀 여러분, 당신들 참 멋져요.

그리고 지속적인 영감과 지지의 원천과 같은 나의 책 세상 친구들. 여러분이 어떤 존재인지 잘 아실 거예요. 곧 우리가 만날 날을 고대하고 있습니다.

줄리 맥퀸, 원격으로 내게 도움을 주고 나를 위해 일해준 것 고마워요.

발 호스킨스. 내 에이전트. 내 친구. 당신은 내 편이 되어주는 멋진 여성입니다. 고마워요, 모두 다.

나일 레오나드, 최초 편집 작업과 차 대접, 재밌는 장난, 변함없는 지원, 무엇보다 당신의 사랑 고마워요.

그리고 나의 아름다운 두 아들. 가끔은 나를 압도하는 너희들에게 내 사랑을 보낸다. 너희들은 나의 기쁨이야. 그렇게 멋지고 든든한 젊은이로 있어줘서 고마워. (마이너, 포커 게임에 관한 도움 고맙다!)

그리고 기다려주신 독자 여러분 고맙습니다.
이 책은 생각보다 오래 걸렸지만
재밌게 읽으셨기를 바랍니다.
이 책은 여러분을 위한 것입니다.
제게 해주신 모든 일들 고맙습니다.

2011년 6월 19일 일요일

우리는 사랑을 나눈 후 찾아오는 희열에 취해 누워 있다. 우리 위로 분홍빛 종이 전등불, 초원의 꽃, 뗏목들 사이로 반짝이는 요정의 불빛들이 보였다. 호흡이 점차 느려졌다. 나는 아나스타샤를 꼭 끌어안았다. 그녀가 내 위에서 축 늘어졌다. 뺨을 내 가슴에 대고, 손은 쿵쿵 뛰는 내 심장 위에 얹고서. 어둠은 내 드림 캐처, 내 반려자에 의해 쫓겨나고 없다……. 내 사랑. 내 빛.

지금처럼 행복한 적이 있었나?

나는 지금의 광경을 기억에 담았다. 보트하우스, 철썩이는 파도의 포근한 리듬, 꽃들, 불빛들. 눈을 감고서 내 품에 안긴 여인의 감촉, 나를 누르는 그녀의 무게감, 호흡과 함께 오르내리는 그녀의 등, 내 다리에 감긴 그녀의 두 다리를 기억 속에 저장했다. 향기로운 그녀의 머리카락 냄새가 내 콧속을 파고들어 모든 근심을 날려버리고 찢긴 상처들을 어루만져주었다. 여기가 나의 행복한 공간이다. 플린 박사가 알면 자랑스러워할 것이다. 이 아름다운 여인은 내 여자가 되기로 다시 한 번 동의했다. 모든 면에서. 또다시.

"우리 내일 결혼할까?" 나는 그녀의 귓가에 속삭였다.

"흠." 그녀의 목 안에서 울리는 소리가 현악기 소리처럼 내 피부 위에서 진동했다.

"좋다는 뜻이야?

"흐음."

"싫다고?"

"흐음."

나는 씩 웃었다. 그녀는 기운이 하나도 없다. "스틸 양, 왜 이랬다 저랬다 해?" 그녀가 대답 대신 미소 짓는 것이 느껴졌다. 나는 기쁨에 겨운 웃음을 한바탕 쏟아내며 두 팔로 그녀를 꽉 끌어안고 머리에 키스했다. "그럼, 내일, 라스베이거스로 가는 거다." 그녀가 고개를 들었다. 등불의 은은한 불빛 아래 반쯤 감긴 그녀의 눈이 보였다. 졸리면서도 만족스러워 보였다.

"우리 부모님이 찬성하지 않을걸요." 그녀가 고개를 내렸고, 나는 손끝으로 그녀의 벌거벗은 등을 쓰다듬으며 매끄러운 피부의 온기를 즐겼다.

"어떻게 하고 싶어, 아나스타샤? 라스베이거스? 성대한 결혼식? 말만 해."

"성대하게 말고. 그냥 친구들하고 가족끼리만."

"그래. 어디서?"

그녀는 어깨를 으쓱거렸다. 생각해본 적 없는 것 같았다.

"여기서 하면 어떨까?" 내가 물었다.

"당신 가족들 집에서요? 괜찮다고 할까요?"

나는 웃었다. 그레이스는 반색할 것이다. "우리 어머니는 좋아서 하늘을 둥둥 떠다닐걸."

"좋아요, 여기서 해요. 엄마랑 아빠도 분명 그걸 더 좋아하실 거예요."

그건 나도 마찬가지야.

이번엔 의견의 일치를 보았다. 말다툼 없이.

이런 적 처음 아닌가?

나는 그녀의 머리카락을 어루만졌다. 살짝 헝클어진 머리카락이 우리가 쏟아낸 열정을 말해주었다. "장소는 정했으니까 이젠 날짜만 남았네."

"당신 어머니께 여쭤봐야 하지 않아요?"

"흠. 어머니에게 시간은 한 달 정도 줄 수 있어. 더 이상은 안 돼. 널 간절히 원하니까."

"크리스천, 난 이미 당신 거예요. 한참 전부터. 하지만 좋아요. 한 달 후에 해요." 그녀는 내 가슴에 가볍게 입을 맞추었고, 나는 어둠이 잠잠한 것에 감사했다. 그녀가 옆에 있는 것만으로도 어둠은 힘을 쓰지 못했다.

"그만 돌아가는 게 좋겠다. 미아가 저번처럼 불쑥 끼어들기 전에."

아나가 웃었다. "아, 맞다. 그때 아슬아슬했어요. 나의 첫 처벌 섹스." 그녀가 손끝으로 내 턱을 꼬집었고, 나는 그녀를 붙잡고 몸을 굴려 바닥의 두툼한 깔개 위로 찍어 눌렀다.

"그 기억을 되살리지 마. 아주 행복한 기억은 아니니까."

그녀의 입술에 능청스런 미소가 걸리고 눈에는 장난기가 반짝였다. "말이 나와서 말인데, 처벌 섹스는 그런대로 괜찮았어요. 내 팬티도 찾았고요."

"그랬지. 정정당당히." 나는 그때 일이 기억나 킥킥 웃으며 그녀에게 가볍게 입을 맞추고는 일어섰다. "가자. 팬티 입어. 파티를 마저 끝내야지."

나는 그녀의 에메랄드빛 드레스의 지퍼를 올려주고 내 재킷을 어깨에 걸쳐주었다. "준비됐지?" 그녀는 나와 손깍지를 끼었다. 우리는 보트하우스의 계단 꼭대기로 걸어갔다. 그녀는 잠시 걸음을 멈추더니 꽃으로 장식된 우리의 안식처를 기억에 담으려는 듯 돌아보았다. "이 등불하며 꽃은 다 어쩌죠?"

"그냥 둬. 내일 플로리스트가 와서 정리하기로 했어. 참 멋지게 꾸며줬지. 꽃은 이 지역 양로원으로 갈 거야."

그녀가 내 손을 꼭 쥐었다. "당신 참 좋은 남자예요. 크리스천 그레이."

너에게 좋은 남자이고 싶어.

가족들은 오락실에서 노래방 기계를 열심히 괴롭히고 있었다. 케이트와 미아는 춤을 추며 〈위 아 패밀리〉를 불러대고 부모님은 그것을 보고 있다. 모두 조금씩 취한 것 같았다. 엘리엇은 소파에 널브러져 맥주를 홀짝거리면서 가사를 중얼중얼 따라 불렀다.

케이트가 아나를 발견하고 같이 부르자고 손짓했다. "어머나!" 미아가 버럭 소리를 질러 노랫소리를 삼켜버렸다. "주인공이 오셨네!" 미아가 아나의 손을 붙잡고 휘파람을 불었다. "크리스천 그레이, 드디어 성공했구나."

아나는 그들에게 수줍은 미소를 지었고, 케이트와 어머니는 아나를 둘러싸고 그녀의 반지를 구경하며 감탄사를 연발했다. 나는 우쭐한 기분이 들었다.

그래. 아나가 좋아하는구나. 가족들도 좋아하고.

잘했어, 그레이.

"크리스천, 얘기 좀 할까?" 아버지가 일어서며 묻는데 표정이 굳어 있었다.

지금?

아버지가 단호한 눈빛으로 내게 밖으로 나가자고 신호했다.

"음. 네." 나는 어머니를 흘끔 보았지만 어머니는 내 시선을 교묘히 피했다.

어머니가 아버지에게 엘레나 이야기를 했나?

젠장. 그건 아니었으면 좋겠는데.

나는 아버지를 따라 서재로 갔다. 아버지가 내게 안으로 들어가라고 손짓하고는 안으로 들어와 문을 닫았다.

"네 어머니에게 얘기 들었다." 아버지가 거두절미하고 말했다.

나는 시계를 흘끔 보았다. 12시 28분. 이런 이야기를 하기에는…… 여러 의미로 너무 늦은 시각 아닌가. "아버지, 지금 너무 피곤한데……."

"안 돼. 피할 수 있는 얘기가 아니야." 아버지의 목소리는 단호했고, 안경 너머로 나를 응시하는 눈은 실처럼 가늘었다. 화가 났다. 아주 많이.

"아버지……."

"조용히 해, 아들. 잠자코 듣기나 해." 아버지가 책상 가장자리에 걸터앉아 안경을 벗더니 주머니 안에서 꺼낸 보들보들한 천으로 안경을 닦기 시작했다. 종종 이렇게 아버지 앞에 서면 학교에서 막 쫓겨났던 열네 살로 돌아간 듯한 기분이 든다……. 또다시. 나는 체념하는 마음으로 숨을 크게 들이마셨다가 요란하게 훅 내뱉고는 두 손을 옆구리에 붙이고 맹공에 대비했다.

"말로는 다 못할 만큼 실망했다. 엘레나가 한 짓은 범죄야……."

"아버지……."

"아니, 크리스천. 넌 입 다물고 있어." 아버지가 나를 노려보았다. "그 여자는 감옥에 가도 싸."

아버지!

아버지는 잠시 말을 멈추고 안경을 다시 꼈다. "하지만 내가 가장 실망한 부분은 네가 우리를 속였다는 거야. 넌 매번 친구들과 공부한다고 거짓말하고 외출을 했어. 만나지도 않을 친구들을 핑계로. 그 여자랑 잠자리를 하려고 말이다."

맙소사!

"이런데 나더러 네가 이제까지 한 말을 믿으라는 거냐?" 아버지가 말했다.

아, 제발 그만. 이건 정말 과민 반응이다. "저 말 좀 해도 돼요?"

"아니. 안 돼. 물론 이건 모두 내 잘못이다. 나는 너에게 피상적이나마 도덕적 기준을 심어주었다고 생각했다. 그런데 이제 보니까 내가 너에게 무얼 가르친 게 있기는 한지 의문이구나."

"지금 대답을 기대하고 하는 말씀은 아니죠?"

아버지는 내 말을 무시했다. "그 여자는 결혼한 여자였는데 넌 그걸 개의치 않았어. 그래 놓고 곧 결혼을 하겠다니……."

"아나스타샤는 이 일과 아무런 관련이 없어요!"

"감히 나한테 소리 지르지 마라." 아버지의 나직하면서도 살벌한 말투에 나는 즉시 입을 다물었다. 아버지가 이렇게 화가 난 적은 처음이었다. 정신이 번쩍 들었다. "관련이 있고말고. 넌 한 아가씨에게 중대한 약속을 하려는 거야." 아버지의 말투가 누그러졌다. "우리 모두 깜짝 놀랐다. 너에게는 잘된 일이지. 하지만 지금 우리는 결혼의 신성함에 대해 얘기하는 거야. 그걸 존중할 마음이 없다면 결혼해선 안 돼."

"아버지……."

"곧 하게 될 그 신성한 맹세를 하찮게 여길 거라면 차라리 혼전계약서를 진지하게 고려해봐."

뭐라고요? 나는 아버지의 말을 막으려고 두 손을 치켜들었다. 아버지가 선을 넘었다. 나도 다 큰 어른이란 말이다. "아나를 이 일에 끌어넣지 마세요. 아나는 더러운 꽃뱀이 아니에요."

"문제는 아나가 아니야." 아버지가 일어서서 내게 다가왔다. "네가 문제지. 책임을 다하며 살아야 할 너. 믿음직하고 훌륭한 인간이어야 할 너. 좋은 남편감이 되어야 할 너 말이야!"

"참 나, 아버지, 그때 전 열다섯 살이었어요!" 나는 소리쳤다. 우리는 얼굴을 맞대고 서로를 노려보고 있었다.

아버지가 이토록 과민하게 나오는 이유가 뭘까? 내가 늘 아버지에게 큰 실망을 안긴 건 인정하지만 아버지가 그걸 이렇게 대놓고 말한 적은 없었다.

아버지가 눈을 질끈 감더니 손으로 콧날을 집었다. 나도 스트레스를 받으면 반드시 하는 행동이다. 아버지를 보고 배운 버릇이 분명하지만, 따지고 보면 아버지와는 피 한 방울 섞이지 않은 사이다.

"네 말이 맞아. 넌 힘이 없는 아이였어. 하지만 너는 그 여자의 잘못을 깨닫지 못했고, 그건 지금도 마찬가지야. 그 여자를 가족의 친구로서 만나고 사업상으로도 계속 교류했으니까. 두 사람 다 줄곧 우리에게 거짓말을 해온 거야. 그게 가장 뼈아픈 부분이다." 아버지가 언성을 낮추었다. "그 여자는 네 어머니의 친구야. 우린 그 여자를 좋은 친구라고 생각했어. 정반대였는데 말이야. 그 여자와의 금전적인 거래를 다 끊어라."

웃기지 마요, 캐릭.

아버지에게 말해주고 싶었다. 엘레나가 좋은 사람이라는 것과 만약 그렇지 않았다면 그녀와 관계를 유지하지 않았을 거라고. 하지만 그래 봤자 벽에 대고 말하는 꼴이었다. 열네 살 때 학교생활을 힘들어 했을 때도 아버지는 내 말을 들으려 하지 않았는데, 그건 지금도 마찬가지인 듯했다.

"하실 말씀 다 하셨죠?" 이를 악문 입에서 쓰디쓴 말이 흘러나왔다.

"내가 한 말 명심하고."

나는 가려고 돌아섰다. 들을 만큼 들었다.

"혼전 계약서 고려해봐. 큰 슬픔을 미연에 방지해줄 거야."

나는 아버지의 말을 무시하고 서재를 나와서 문을 쾅 닫았다.

개소리!

어머니가 복도에 서 있었다.

"왜 아버지에게 말했어요?" 나는 어머니에게 쏘아붙였지만 캐릭이 나를 따라 서재에서 나오는 바람에 어머니는 대답하지 않았다. 어머니의 얼음장 같은 시선이 아버지에게 날아가 꽂혔다.

아나를 데리러 가야겠다. 집에 가겠어.

나는 열불이 나서 꽥꽥거리는 노랫소리를 따라 오락실로 들어갔다. 엘리엇과 아나가 마이크에 대고 고래고래 〈못 오를 산은 없어〉를 부르고 있었다. 잔뜩 화가 나지만 않았어도 웃음을 터뜨렸을 것이다. 엘리엇은 노래라고 할 수 없을 정도로 음정을 이탈해 웅얼거리면서 아나의 달콤한 목소리를 삼켜버렸다. 다행히 노래가 끝나가는 참이라 최악은 피한 셈이었다.

"마빈 게이랑 타미 테럴(〈못 오를 산은 없어(Aint No Mountain High Enough)〉를 부른 가수들 – 옮긴이)이 무덤에서 통곡을 하겠군." 그들이 노래를 끝냈을 때 내가 건조하게 말했다.

"꽤 들을 만한 열창이었다고 생각했는데." 엘리엇이 미아와 케이트에게 연극배우처럼 인사를 했고, 두 사람은 소리 내어 웃으며 과도하게 열렬한 박수를 보냈다. 모두 취한 게 분명했다. 깔깔거리며 얼굴을 붉히는 아나의 모습이 사랑스러워 보였다.

"집에 가자." 나는 그녀에게 말했다.

아나의 얼굴이 시무룩해졌다. "어머니께 자고 가겠다고 말씀 드렸는데요."

"그랬어? 방금?"

"네. 어머니가 갈아입을 옷까지 가져다주셨어요. 꼭 한 번 당신 침실에서 자보고 싶었단 말이에요."

"얘, 여기서 자고 가면 안 되겠니." 어머니가 문간에 서서 간절하게 말했다. 그 뒤에 캐릭이 서 있었다. "케이트랑 엘리엇도 같은 마음이야. 내 새끼들이 모두 한 지붕 아래 모여 있으니 얼마나 좋은지." 어머니가 손을 내밀어 내 손을 꼭 잡았다. "게다가 이번 주에 우린 널 잃은 줄 알았잖니."

나는 입속으로 욕을 중얼거리면서 치미는 화를 눌렀다. 형과 누이동생은 지금 눈앞에서 펼쳐지는 드라마를 까맣게 모르는 듯했다. 엘리엇이야 원래 눈치가 없는 인간이니 그렇다고 쳐도 미아까지 그럴 줄이야.

"자고 가거라, 아들아. 부탁이다." 나를 향한 아버지의 시선은 따가웠지만 진심인 듯했다. 방금 전 나한테 완전히 실망했다고 말한 사람 어디 갔나.

어디 한두 번인가.

나는 아버지의 말을 무시하고 어머니에게 대꾸했다. "그럴게요." 하지만 순전히 나를 향한 아나의 애원하는 표정 때문이었다. 게다가 이런 기분으로 떠난다면 멋진 하루를 망칠 게 분명했다.

아나가 나를 부둥켜안았다. "고마워요." 그녀가 속삭였다. 나는 그녀를 내려다보며 미소를 지었다. 나를 뒤덮었던 먹구름이 흩어지기 시작했다.

"한 곡 하세요, 아빠." 미아가 마이크를 아버지의 손에 쥐여주고는 화면 앞으로 끌고 갔다. "마지막 곡!"

"침대로." 이번에는 아나에게 요청하지 않았다. 오늘 밤 가족들에게 시달릴 만큼 시달렸다. 아나가 고개를 끄덕였고, 나는 그녀와 손깍지를 꼈다. "모두 잘 자요. 파티 고마웠어요, 어머니."

그레이스가 나를 껴안았다. "너도 알 거야, 우리가 널 사랑한다는 걸. 우리는 네가 잘되기만을 바란다. 네 결혼 소식에 엄마는 너무나 행복하구나. 네가 여기 있어서 너무나 행복해."

"네, 어머니. 고마워요." 나는 어머니의 뺨에 가볍게 입을 맞추었다. "피곤해요. 그만 자러 갈게요. 주무세요."

"잘 자거라, 아나. 고맙다." 어머니는 아나를 껴안았다가 금방 놓았다. 내가 아나의 손을 당겨 자리를 뜰 때 미아가 캐릭이 부를 〈와일드 씽〉을 틀었다.

그딴 거 보고 싶지도 않았다.

나는 전등 스위치를 켜고 침실 문을 닫은 다음 아나를 품에 안고 그녀의 온기를 찾았다. 캐릭이 쏟아낸 비난을 마음속에서 몰아내야만 했다.

"괜찮아요?" 그녀가 속삭였다. "시무룩하네요."

"아버지한테 화가 나서 그래. 새삼스러울 것도 없지만. 아버지는 여전히 나를 어린애 취급해."

아나가 나를 더 꼭 끌어안았다. "아버님은 당신을 사랑하세요."

"글쎄, 오늘 밤엔 나한테 크게 실망한 것 같던데. 그 얘긴 하고 싶지 않아." 나는 그녀의 정수리에 키스했다. 그녀가 얼굴을 들어 나를 물끄러미 바라보았다. 그녀의 눈에 공감하고 이해하는 빛이 어렸다. 우리 둘 다 엘레나…… 로빈슨 부인의 망령을 불러내는 것은 원치 않았다.

오늘 저녁 그레이스가 엘레나를 집에서 내쳐 복수하던 광경이 떠올랐다. 만약 옛날에 내 방에서 여자와 함께 있는 나를 발견했더라면 무슨 말을 했을까. 별안간 사춘기 소년의 혈기가 솟구쳤다. 지난주 가장무도회 중에 아나랑 같이 여기로 숨어들었을 때 그랬던 것처럼.

"내 방에 여자를 데려왔네." 내가 씩 웃었다.

"여자랑 뭐 할 건데요?" 아나가 미소로 화답하며 유혹했다.

"흠. 사춘기 때 여자랑 하고 싶었던 거 전부." 그땐 할 수 없었다. 누가 날 만지는 건 견딜 수 없었으니까. "네가 너무 피곤하지 않다면." 나는 손가락 관절로 부드러운 곡선을 그리는 그녀의 뺨을 어루만졌다.

"크리스천. 나 피곤해요. 그런데 설레기도 해요."

아, 자기야. 나는 가볍게 그녀에게 키스했다. 가엽기도 하지. "그냥 자는 게 좋겠어. 긴 하루였잖아. 가자. 침대로 데려다줄게. 돌아서."

그녀는 내 말을 따랐고 나는 그녀의 드레스 지퍼에 손을 가져다 댔다.

나는 잠이 든 약혼녀 옆에서 내일 아침에 에스칼라에서 갈아입을 옷을 가져다달라는 문자를 테일러에게 보냈다. 아나 옆으로 미끄러져 들어가 그녀의 옆얼굴을 가만히 보았다. 벌써 잠이 들다니 그저 놀라울 따름이다……. 그녀가 내 것이 되겠다고 승낙했다는 것도.

그녀에게 잘해줄 수 있을까?

나는 좋은 남편감일까?

아버지는 회의적인 듯했다.

한숨을 내쉬고 등을 대고 누워 천장을 바라보았다.

아버지가 틀렸다는 걸 증명하고 말겠어.

아버지는 항상 내게 엄격했다. 엘리엇이나 미아를 대하는 것보다 훨씬 더.

영감탱이. 내가 천한 태생이라는 걸 아는 것이다. 머릿속에서 재생되는 아버지의 장광설을 들으며 손짓하는 잠 속으로 빠져들었다.

팔 올려라, 크리스천. 아버지는 진지한 얼굴이다. 수영장에서 다이빙하는 법을 가르치는 중이다. 그렇지. 이제 발가락을 오므려 수영장 가장자리에 걸어. 좋아. 등 굽히고. 그렇지. 이제 밀면서 출발. 나는 떨어진다. 떨어진다. 계속 떨어진다. 풍덩. 차갑고 맑은 물속으로. 파랑 속으로. 평온 속으로. 고요함 속으로. 하지만 부낭이 나를 다시 공기 속으로 밀어낸다. 나는 아빠를 찾는다. 봐요, 아빠, 봐요. 하지만 엘리엇이 아빠에게 펄쩍 뛰어오른다. 그들은 땅바닥에 쓰러진다. 아빠가 엘리엇을 간지럽힌다. 엘리엇이 깔깔 웃는다. 깔깔깔. 깔깔깔. 아빠가 엘리엇의 배에 뽀뽀한다. 나한테는 그러지 않으면서. 마음이 불편하다. 나는 물속에 있다. 나도 저기로 올라가고 싶다. 그들과 같이 있고 싶다. 아빠랑 같이 있고 싶다. 어느새 나는 나무 사이에 서 있다. 아빠랑 미아를 지켜본다. 아빠가 미아를 간지럽히자 미아가 좋아서 꺅꺅거린다. 아빠가 웃는다. 미아가 꼼지락꼼지락 빠져나와서 아빠에게 펄쩍 뛰어오른다. 아빠는 미아를 빙 던졌다가 받는다. 나는 나무 사이에 혼자 있다. 바라본다. 바라본다. 향긋한 냄새가 난다. 사과 냄새.

"잘 잤어요, 그레이 씨?" 눈을 뜨자 아나가 속삭였다. 창문 사이로 아침 햇살이 빛났다. 나는 덩굴처럼 그녀를 휘감았다. 그녀를 보자마자 응어리진 그리움과 비통함이(꿈이 끌어낸 것이 분명하다) 사그라들었다. 욕정이 끓어오른다. 내 몸이 일어서서 그녀를 맞이했다.

"잘 잤어, 스틸 양." 그녀는 미아의 I ♥ Paris 티셔츠를 입었는데도 말도 안 되게 아름다웠다. 그녀가 두 손으로 내 얼굴을 감싸 쥐었다. 두 눈은 반짝거리고 흐트러진 머리카락은 아침 햇살에 윤이 났다. 아나가 엄지손가락으로 내 턱을 쓰다듬으며 수염을 간지럽혔다.

"당신이 자는 거 보고 있었어요."

"그랬어?"

"아름다운 약혼반지도 보면서." 그녀가 손을 내밀어 손가락을 꼼지락거렸다. 다이아몬드가 햇빛을 붙잡아 벽의 옛날 영화 포스터와 킥복싱 포스터에 작은 무지개를 만들어냈다.

"오오!" 그녀가 소곤거렸다. "이건 징조야."

좋은 징조야, 그레이. 그럴 거야.

"절대 빼지 않을 거예요."

"그래야지!" 나는 몸을 움직여 그녀의 몸을 덮었다. "얼마나 오래 지켜보았어?" 나는 내 코로 그녀의 코를 쓰다듬으며 내려가 입술로 그녀의 입술을 눌렀다.

"아이, 안 돼요." 그녀가 내 어깨를 밀쳐냈다. 실망감이 칼날처럼 솟구쳤지만 그녀가 몸을 굴려 나를 똑바로 눕히더니 두 다리를 벌려 내 위에 올라탔다. 그렇게 내 위에 앉아서 티셔츠를 단번에 벗어 바닥에 던졌다. "당신에게 모닝콜을 해주려던 참이었어요."

"그래?" 내 아랫도리와 내가 그것을 환영했다.

아직 그녀의 손길을 받아들일 마음의 준비를 하지 않았는데 그녀가 몸을 숙여 내 가슴에 가볍게 키스했다. 그녀의 머리카락이 우리 둘을 휘감아 밤나무 보금자리를 만들었다. 연파란색 눈동자가 나를 바라보았다.

"여기서부터 시작해서." 그녀가 내게 다시 키스했다.

나는 훕 숨을 들이켰다.

"여기로 내려갈 거예요." 그녀의 혀가 어지러운 선을 그리며 내 가슴팍 아래로 내려갔다.

그래 그렇게.

내 위의 여신 때문인지, 아니면 폭발하려는 내 리비도 때문인지 어둠이 계속 침묵했다. 어느 쪽인지 알 수 없었다.

"맛이 훌륭하군요, 그레이 씨." 그녀의 숨결이 내 피부에 와 닿았다.

"반가운 소식이네." 잠긴 목소리가 나왔다.

그녀는 내 아래쪽 갈비뼈를 따라 핥고 깨물었고, 그동안 그녀의 젖가슴이 내 아랫배를 쓸었다.

아!

한 번, 두 번, 세 번.

"아나!" 나는 숨을 몰아쉬며 그녀의 무릎을 움켜잡았다. 하지만 그녀가 내 사타구니 위에서 움직이는 바람에 그녀를 놓쳤다. 그녀는 몸을 일으켜 나를 기다림과 욕망 속에 놓아두었다. 나를 정복하려는 것 같았다. 정복할 준비를 갖추고.

나도 준비가 되었다.

젠장, 준비가 진작에 됐다.

하지만 그녀는 내 몸을 따라 아래로 내려갔다. 윗배로, 아랫배로. 그녀의 혀가 내 배꼽 속을 파고들었다가 나의 행복한 오솔길을 따라 풀을 뜯으며 나아갔다. 그녀가 나를 다시 깨물었다. 깨물리는 느낌이 내 아랫도리로 직행했다.

"아!"

"그럼 그렇지." 그녀가 속삭이더니 탐욕스러운 눈길로 안달이 난 내 아랫도리를 쳐다보고는 요염하게 웃으며 나를 올려다보았다. 그러고는 나와 눈을 마주한 채 천천히 나를 그녀의 입 안에 넣었다.

너무 좋아.

그녀의 머리가 위아래로 움직였다. 그녀는 입술 뒤 치아로 칼집처럼 나를 감싸며 매번 나를 입 속으로 끌어당겼다. 그녀의 머리카락을 찾아 옆으로 치우자 내 미래의 아내가 입술로 내 아랫도리를 감싼 광경이 눈앞에 드러났다. 나는 엉덩이에 힘을 주고 골반을 앞으로 밀어 더 깊은 곳을 탐색했고, 그녀는 그것을 받아들이며 입으로 나를 조였다.

더 세게.

훨씬 더 세게.

아. 아나. 넌 여신이야.

그녀가 리듬을 탔다. 나는 눈을 감고 그녀의 머리카락을 움켜쥐었다.

정말 잘한다.

"좋아." 나는 잇새로 소리쳤다. 오르내리는 그녀의 입 속에서 나를 잊었다. 사정할 것 같았다.

그녀가 별안간 멈추었다.

망할. 안 돼! 나는 눈을 뜨고 내 위에서 움직이는 그녀를 쳐다보았다. 그녀가 터질 듯한 내 물건을 아주 천천히 삼켰다. 나는 신음을 토하며 그 소중한 곳을 구석구석 즐겼다. 그녀의 머리카락이 벌거벗은 그녀의 가슴으로 흘러내렸고, 나는 손을 올려 그녀의 가슴을 어루만졌다. 두 엄지손가락으로 그녀의 단단해진 젖꼭지를 몇 번이고 쓰다듬었다.

그녀는 신음을 길게 토해내며 가슴을 내 손으로 밀어붙였다.

오, 자기야.

그녀가 몸을 숙여 내게 키스했다. 그녀의 혀가 내 입으로 들어왔고, 나는 그녀의 달콤한 입에서 나의 짠맛을 맛보았다.

아나.

나는 두 손을 그녀의 엉덩이로 내리고 그녀를 들어 올려 떼어냈다가 아래로 끌어내리며 그녀 안으로 들어갔다.

그녀가 소리를 지르며 내 손목을 움켜쥐었다.

나는 다시 반복했다.

다시.

"크리스천." 그녀가 천장에 대고 조용히 애원하며 내 속도와 보조를 맞추었다. 우리는 같이 움직였다. 호흡을 맞추어. 하나가 되어. 마침내 그녀가 내 위로 무너지며 나를 절정으로 이끌었고 나는 사정했다.

나는 그녀의 머리카락에 코를 비비며 손가락으로 그녀의 등을 톡톡 두드렸다.

그녀에게 매혹당했다.

신선했다. 아나가 주도하는 것이. 아나가 시작하는 것이. 마음에 들었다.

"이걸 일요일 의식으로 삼아야겠어." 내가 속삭였다.

"크리스천!" 그녀는 내게 고개를 돌리고 못마땅한 눈초리를 보냈다.

나는 소리 내어 웃었다.

싫증이 나는 날이 올까? 스틸 양을 놀라게 해볼까?

나는 그녀를 와락 끌어안고 몸을 굴려 그녀 위에 누웠다.

"좋은 아침, 스틸 양. 널 보며 깨어나는 건 언제나 선물 같아."

그녀가 내 뺨을 어루만졌다. "같은 마음이에요, 그레이 씨." 그녀의 말투가 상냥했다. "그만 일어나야 할까요? 난 여기 당신 방에 있는 게 좋은데."

"안 그래도 돼." 나는 침대 옆 탁자 위에 놓인 손목시계를 흘끔 보았다. 9시 15분. "부모님은 미사를 드리고 계실 거야." 나는 아나의 옆에 붙었다.

"당신 부모님이 신자인 줄은 몰랐어요."

나는 인상을 썼다. "응. 신자야. 가톨릭."

"당신도?"

"난 아니야, 아나스타샤."

신과 나는 오래전 각자 갈 길을 가기로 했거든.

"넌?" 나는 예전에 웰치가 아나를 뒷조사했을 때 어떤 종교적 연계성도 발견하지 못한 사실을 떠올렸다.

아나는 고개를 저었다. "아뇨. 부모님 두 분 모두 신앙은 없어요. 하지만 오늘은 교회에 가고 싶어요. 감사를 드려야 하니까요……. 당신을 헬기 사고로부터 무사히 돌려주신 누군가에게 감사해야죠."

나는 교회의 신성한 땅에 발을 디디자마자 벼락을 맞아 까맣게 타버린 내 모습이 눈앞에 그려졌지만 아나를 위해서 가기로 했다.

"그러자. 어떻게 갈지 알아볼게." 나는 그녀에게 가볍게 키스했다. "가자. 같이 샤워해."

침실 문 바깥에 작은 가죽 더플백이 놓여 있었다. 테일러가 깨끗한 옷을 가져다 두었다. 나는 가방을 집어 들고 문을 닫았다. 아나는 몸에 수건을 두르고 있었다. 어깨 위에서 물방울이 반짝거렸다. 아나가 벽의 칠판을 들여다보다가 약쟁이 창녀의 사진을 보고 멈칫했다. 내게 고개를 돌린 그 아름다운 얼굴에 질문이…… 대답하고 싶지 않은 질문이 어려 있었다. "이걸 아직도 가지고 있네요."

응. 아직도 가지고 있지. 그게 왜?

그녀의 질문이 우리 사이 허공에 걸렸다. 그녀의 눈망울이 아침 햇살에 반짝거리며 나를 빨아들였다. 무슨 말이든 해보라고 애원했다. 하지만 나는 말을 할 수 없었다. 거기는 가고 싶지 않았다. 오래전 캐릭이 내게 이 사진을 건넸을 때 느꼈던 감정, 배를 얻어맞은 듯한 느낌이 잠시 되살아났다.

망할. 거기는 가지 마, 그레이.

"테일러가 갈아입을 옷을 가져왔어." 나는 침대 위에 가방을 올려놓으며 말했다. 기나긴 침묵이 이어진 뒤 그녀가 대꾸했다.

"그러네요." 그녀가 침대로 걸어와서 가방의 지퍼를 열었다.

나는 양껏 배를 채웠다. 부모님은 미사를 마치고 돌아와 있었다. 어머니가 늘 하는 것들로 브런치를 차려놓았다. 접시에 담긴 베이컨, 소시지, 해시브라운, 계란, 잉글리시 머핀이 동맥경화를 유발할 것 같았지만 맛있었다. 어머니는 숙취 때문인지 말이 조금 없었다.

나는 오전 내내 아버지를 피해 다녔다.

간밤의 일로 아직은 아버지를 용서할 마음이 나지 않았다.

아나와 엘리엇, 케이트는 열띤 입씨름을 벌이다가(특히 베이컨 때문에) 마지막 소시지를 누가 차지할 것인가를 두고 옥신각신했다. 나는 아웅다웅하는 말소리를 기분 좋게 흘려들으면서 일요일판 〈시애틀 타임스〉에 실린 지역 은행 파산율에 관한 기사를 읽었다.

미아가 소리를 빽 지르더니 노트북을 들고 와 자기 자리에 다시 앉았다. "이것 봐. 크리스천, 〈시애틀 누즈〉라는 웹사이트에 오빠가 약혼했다는 뉴스가 실렸어."

"벌써?" 어머니가 놀라 말했다.

이 머저리들은 할 일이 그렇게 없나?

미아가 칼럼을 소리 내어 읽었다. "누즈가 입수한 소식에 따르면 시애틀 최고의 싱글남 크리스천 그레이가 마침내 품절남이 되어 결혼을 앞두고 있다."

나는 아나를 슬쩍 쳐다보았다. 하얗게 질린 아나가 순진한 눈망울로 미아와 나를 차례로 쳐다보았다.

"과연 그 행운을 거머쥔 여성, 그 행운의 여성은 누구일까?" 미아가 계속 읽었다. "누즈가 그것을 추적 중이다. 분명한 건 그녀가 지독한 혼전 계약서를 읽고 있을 거라는 점이다." 미아가 깔깔 웃기 시작했다.

나는 미아를 쏘아보았다. 좀 닥쳐라, 미아.

미아가 말을 뚝 멈추고 입을 꾹 다물었다. 나는 미아와 식탁에 둘러앉아 흥미진진한 표정을 교환하는 얼굴들을 무시하며 시선을 아나에게 돌렸다. 아나의 안색은 아까보다 더 창백했다.

나는 아나를 안심시키려고 입 모양으로 "아니야" 하고 말해주었다.

"크리스천." 아버지가 말했다.

"그 얘긴 다시 거론할 생각 없어요." 나는 아버지에게 쏘아붙였다. 아버지가 무슨 말을 하려고 입을 열었다. "혼전 계약서는 없습니다!" 나의 매서운 말투에 아버지가 입을 다물었다.

조용히 하시죠, 캐릭!

신문을 집어 든 나는 부아가 치밀어 금융 관련 기사의 같은 문장을 반복해서 읽었다.

"크리스천." 아나가 조용히 말했다. "당신과 그레이 씨가 원하는 건 뭐든 서명할게요."

나는 눈을 들었다. 그녀가 내게 애원하고 있었다. 그녀의 눈에 눈물이 글썽거렸다.

아나. 그만.

"싫다니까!" 나는 소리쳤다. 이 이야기는 제발 그만했으면.

"당신을 보호하려고 그러는 거예요."

"크리스천, 아나……. 이 문제는 너희끼리 조용히 의논하거라." 그레이스가 우리를 나무라고는 캐릭과 미아에게 팍 인상을 썼다.

"아나, 너 때문에 그러는 게 아니다." 아버지가 조용히 말했다. "그리고 나를 캐릭이라고 불러다오."

행여 아나를 구슬릴 생각은 마세요. 나는 속이 부글부글 끓었다. 별안간 사람들이 부산하게 움직였다. 케이트와 미아는 테이블을 치웠고 엘리엇은 포크로 마지막 소시지를 재빨리 찍었다.

"나는 소시지가 제일 좋더라." 엘리엇이 눈치 없이 소리쳤다.

아나는 자기 손을 물끄러미 내려다보았다. 풀이 죽어 보였다.

제발요, 아버지. 아버지가 무슨 짓을 했는지 좀 보세요.

나는 손을 내밀어 아나의 두 손을 쥐고는 그녀에게만 들리게 소곤거렸다. "그만. 아버지 얘긴 무시해. 엘레나 일로 잔뜩 화가 나서 그래. 순전히 나 들으라고 하는 소리야. 어머니가 그 일을 떠들지 말았어야 했는데."

"아버님 말씀도 일리가 있어요, 크리스천. 당신은 엄청난 부자인데 내가 우리 가정에 가져올 거라곤 학자금 대출밖에 없어요."

자기야, 난 너에게 해줄 수 있는 건 다 해줄 거야. 너도 알잖아!

"아나스타샤, 만약 나를 떠나게 된다면 모두 가져가. 예전에도 나를 떠난 적이 있었잖아. 난 그게 어떤 기분인지 알아."

"그거랑은 달라요." 그녀가 중얼거렸다. 그러고는 다시 얼굴을 찌푸렸다. "그리고 당신이 나를 떠나고 싶을 수도 있잖아요."

아나는 억지를 쓰고 있다.

"크리스천, 내가 지독하게 멍청한 짓을 저지를 수도 있어요……. 그래서 당신이……." 아나가 말을 멈추었다.

아나, 그건 있을 수 없는 일이야. "그만. 그만해. 이 이야기는 다신 하지 마. 두 번 다시 거론하지 말라고. 혼전 계약서는 없어. 지금은 싫어……. 영영 없을 거야."

나는 이런저런 생각들로 휘청거리며 빠져나갈 궁리를 하다가 탈출구를 발견했다. 양손을 비틀며 나를 걱정스럽게 바라보는 그레이스에게 고개를 돌려 물었다. "어머니, 여기서 결혼식 올려도 될까요?"

어머니의 표정이 놀라움에서 기쁨과 감사함으로 변해갔다. "얘야. 참으로 근사한 생각이다." 그러고는 곰곰 생각하다가 덧붙였다. "교회에서 결혼하는 건 싫어?"

내가 어머니를 흘겨보자 어머니가 단번에 눈치를 챘다.

"여기서 결혼식을 올린다면 우리야 환영이지. 그렇죠, 캐릭?"

"그럼. 물론이지, 그럼." 아버지가 아나와 내게 동시에 온화한 미소를 지었지만, 나는 아버지를 도저히 쳐다볼 수가 없었다.

"날짜는 잡았고?" 그레이스가 물었다.

"4주 후요."

"크리스천. 시간이 너무 부족해!"

"시간은 충분해요."

"최소한 8주는 필요해!"

"어머니. 제발."

"6주 어떠니?" 어머니가 간청했다.

"딱 좋네요. 고맙습니다, 그레이 부인." 아나가 상냥하게 외치더니 어디 반대할 테면 해보라고 내게 경고의 눈초리를 던졌다.

"그럼 6주." 내가 말했다. "고마워요, 어머니."

아나는 시애틀로 돌아가는 차 안에서 내내 침묵을 지켰다. 오늘 아침 내가 캐릭에게 한바탕 화낸 일을 생각하는 것 같았다. 어젯밤 아버지와 다툰 일이 계속 머릿속을 떠나지 않았다. 아버지의 반대가 피부의 까진 상처처럼 쓰라리게 느껴졌다. 아버지의 말이 맞을지 모른다는 불안감이 마음속 깊은 곳에서 꿈틀거렸다. 내가 남편감으로는 맞지 않다는.

망할, 아버지 말이 틀리다는 걸 증명해 보이겠어.

나는 아버지가 생각하는 철부지가 아니란 말이야.

나는 앞에 펼쳐진 도로를 뚱하게 쳐다보았다. 옆에 내 여자가 앉아 있겠다, 결혼 날짜까지 잡은 마당에 세상을 다 가진 듯 좋아야 할 텐데 아버지가 엘레나 문제와 혼전 계약서를 두고 늘어놓은 훈계만 자꾸 곱씹게 되었다. 그나마 아버지도 자기가 괜한 짓을 했다는 걸 아는 것 같긴 했다. 아까 헤어질 때 아버지는 나와 화해하려 했지만, 얼렁뚱땅 봉합하려고 더듬더듬 던지는 아버지의 말은 여전히 잘난 체하는 것으로만 보였다.

'크리스천, 난 항상 널 보호하려고 온 힘을 다했다. 그런데 실패하고 말았구나. 그때 내가 네 옆에 있어야 했는데.'

그런 말은 듣고 싶지도 않았다. 하려면 어젯밤에 하든가. 어제는 하지도 않더니.

나는 고개를 흔들었다. 두려움에서 벗어나고 싶었다.

"좋은 생각이 났어."

나는 손을 내밀어 아나의 무릎을 꼭 쥐었다.

운의 향방이 바뀌려는 모양인지 세인트제임스 성당 밖에 주차할 공간이 있었다. 아나가 나인스 애비뉴 전체를 차지한 그 장엄한 건물을 나무들 사이로 쳐다보고는 나를 돌아보았다. 눈에 질문이 담겨 있었다.

"교회 가자." 나는 제안 겸 설명을 했다.

"교회 치곤 엄청 커요, 크리스천."

"그렇긴 하지."

아나가 미소를 지었다. "완벽해요."

우리는 손을 잡고 앞문을 통과해 대기실로 들어가서 신도석 쪽으로 곧장 나아갔다. 나는 성호를 그으려고 본능적으로 성수반 쪽으로 손을 내밀다가 만약 내게 불벼락이 내린다면 바로 지금일 거라는 생각이 들어 동작을 멈추었다. 놀라 입을 딱 벌린 아나를 보다가, 신의 심판을 기다리는 마음으로 고개를 돌려 웅장한 천장을 감상했다.

아니. 오늘은 불벼락이 없나 보다.

"몸에 밴 버릇이야." 내가 중얼거렸다. 조금 민망했지만 거대한 문간 위 한 줌의 재로 변하지 않았다는 데 안도했다. 아나는 웅장한 실내로 눈길을 돌렸다. 높고 화려한 천장, 황갈색 대리석 기둥, 정교한 스테인드글라스. 한 줄기 햇살이 횡단랑 돔 지붕의 둥근 창으로 비쳐들었는데, 신의 미소가 그곳에 자리한 것 같았다. 방문객 몇 사람 중 한 명이 간간히 내는 기침 소리 외에는 신도석을 채운 숨죽인 속삭임이 우리를 감싸고 마음을 차분히 가라앉혀 주었다. 시애틀의 번잡하고 부산한 일상과는 떨어진 조용한 피난처였다. 이렇게 평온하고 아름다운 곳을 잊고 몇 년 동안 들어오지 않았다니. 가톨릭 미사의 화려한 의식을 늘 좋아했는데 말이다. 예배도. 응창(가톨릭 미사 때 사제의 노래에 응하여 성가대나 신자들이 노래를 따라 부르는 것 – 옮긴이)도. 향냄새도. 그레이스는 세 아이가 가톨릭 교리를 줄줄 외도록 단속했다. 나 역시 새로 얻은 어머니를 기쁘게 하는 일에 열심이던 시기가 있었고.

하지만 사춘기가 도래하면서 모든 게 시시하게 느껴졌다. 이후 신과 나의 관계는 회복되지 않았고 그것은 가족들, 특히 아버지와의 관계를 변화시켰다. 내가 열세 살이 된 이후 우리 사이에는 늘 어색한 기운이 감돌았다. 나는 그 기억을 떨쳐냈다. 고통스러웠다.

고요하고 장려한 신도석 가운데 서 있으니 익숙한 평온함이 나를 압도했다. "가자. 보여줄 게 있어." 우리는 옆 통로를 따라 걸어갔다. 아나의 힐 소리가 판석 위로 또각또각 울려 퍼졌다. 우리는 작은 예배당에 도달했다. 황금빛 벽과 짙은 색 바닥은 흔들리는 촛불들에 둘러싸인 정교한 성모 마리아 상에게는 완벽한 배경이었다.

아나는 성모상을 보고 입을 딱 벌렸다.

이처럼 아름다운 성지는 본 적이 없었다. 성모상은 겸손하게 눈길을 아래로 향한 채 아이를 높이 치켜들고 있었다. 황금색과 푸른색이 섞인 성모의 가운이 타오르는 촛불에 반짝거렸다.

황홀한 곳이었다.

"미사를 드릴 때 가끔 어머니가 우리를 여기로 데려오곤 했어. 내가 가장 좋아하던 곳이야. 성모 마리아를 모신 성소." 내가 속삭였다.

아나는 서서 그곳의 풍경을 올려다보았다. 성모상, 벽, 황금빛 별들이 총총한 짙은 색 천장. "당신의 소장품에 영감을 준 곳이군요? 당신의 성모상도?" 그녀가 물었다. 놀란 목소리였다.

"맞아."

"모성." 그녀는 중얼거리고는 나를 올려다보았다.

나는 어깨를 추어올렸다. "난 좋은 것도 보고 나쁜 것도 봤어."

"당신을 낳아준 어머니?" 그녀가 물었다.

나는 고개를 끄덕였다. 그녀의 눈이 놀랍도록 커다래지며 깊은 감정을 드러냈다. 내가 인정하고 싶지 않은 감정이었다.

나는 고개를 돌렸다. 너무 쓰라렸다.

나는 50달러 지폐를 헌금함에 넣고 나서 아나에게 양초를 하나 건넸다. 아나는 감사의 표시로 내 손을 꼭 쥐고 나서 양초 심지에 불을 붙인 뒤 촛불을 벽의 쇠 그릇 안에 놓았다. 촛불이 다른 촛불들 틈에서 흔들리며 환히 타올랐다. "고맙습니다." 그녀는 성모 마리아에게 나직이 말하고는 한 팔을 내 허리에 두르고 머리를 내 어깨에 기댔다. 우리는 도심 한복판의 더없이 아름다운 성소 안에 함께 서서 조용히 명상에 잠겼다.

평화와 아름다움, 아나와 함께한다는 것이 내 기분을 끌어올렸다. 일은 무슨, 오늘 오후는 그만하자. 오늘은 일요일이다. 내 여자랑 즐거운 시간을 보내고 싶었다.

"게임하러 갈까?" 내가 물었다.

"게임?"

"세이프 필드에서 필라델피아 필리스랑 시애틀 매리너스 경기가 있어. GEH가 거기 특별석을 가지고 있어."

"좋아요. 재밌겠다. 가요." 아나가 활짝 웃었다.

우리는 손을 잡고 R8으로 돌아갔다.

2011년 6월 20일 월요일

아침부터 분통이 터져서 누구 하나 작살내고 싶은 심정이다. 방송국 직원들을 포함해 기자들이 떼로 몰려와서 에스칼라와 SIP출판사 밖에 진을 치고 있다.

저 인간들 할 일이 그렇게 없나?

집에서는 지하 주차장을 통해 들어가고 나갔기 때문에 저들을 쉽사리 따돌릴 수 있었는데 SIP에서는 그게 쉽지가 않았다. 저 각다귀들이 아나를 이렇게나 빨리 찾아내다니 당혹스럽고 소름 끼친다.

어떻게 된 걸까?

우리는 SIP 건물을 우회해 뒤쪽 화물 출입구로 들어와 저들을 피했다. 하지만 이제 아나는 사무실 안에 갇힌 꼴이 되었고, 그것 때문에 나는 머릿속이 복잡했다. 그 안에 있으면 안전하기는 하지만 그녀는 갇혀 있는 걸 오래 참지 못할 것이다.

마음이 무거웠다. 시애틀 언론이 내 약혼자를 궁금해하는 건 그럴 수 있다. 크리스천 그레이가 주는 일종의 보너스니까. 이 관심으로 인해 아나가 떠나는 일만은 없기를 신께 바랄 뿐이다.

소여가 그레이 하우스 밖에 차를 세웠다. 기자 나부랭이 둘이 잠복해 있었지만 나는 테일러를 대동하고 부리나케 그들을 지나쳤다. 그들의 질문 세례는 무시해버렸다.

아침부터 재수 없게!

나는 씩씩거리며 엘리베이터를 기다렸다. 할 일이 태산인데 지난 주말의 여파까지 처리해야 했다. 아버지와 어머니, 엘레나 링컨에게서 걸려 온 부재중 전화들.

엘레나가 전화한 용건은 짐작이 가지 않았다. 우리는 이미 끝난 사이 아닌가. 토요일 밤에 그 점을 분명히 했건만.

내 여자랑 집에 있고 싶다.

나는 엘리베이터 안에서 휴대전화를 확인했다. 아나의 이메일이 들어와 있었다.

보낸 사람: 아나스타샤 스틸

제목: 쾌락을 맛본 약혼녀

날짜: 2011년 6월 20일 09:25

받는 사람: 크리스천 그레이

친애하는 미래의 남편님,

나는 고마움을 모르는 사람이 아니니 이렇게라도 당신에게 고마운 마음을 전해야겠어요.

a) 헬기 사고를 무사히 넘긴 것

b) 모범적이고 감동적인 프러포즈

c) 멋진 주말

d) 빨간 방으로 귀환한 것

e) 모두의 눈에 띄는 아주 예쁜 다이아몬드!

f) 오늘 아침 모닝콜(특히 이게! ;))

Ax

아나스타샤 스틸

편집 대리, 소설 담당, SIP

추신: 언론을 처리할 방안은 있겠죠?

보낸 사람: 크리스천 그레이

제목: 쾌락을 맛본 남자

날짜: 2011년 6월 20일 09:36

받는 사람: 아나스타샤 스틸

사랑하는 나의 아나

고맙다는 말은 넣어둬.

나야말로 멋진 주말 고마워.

사랑해.

언론 개**들을 다룰 방안에 대해선 곧 말해줄게.

크리스천 그레이

CEO, 그레이 엔터프라이즈 홀딩스 Inc.

추신: 모닝콜은 과소평가된 것 같군.

추추신: **빌어먹을 블랙베리를 쓰라고!!!!!!!!!!!**

내가 몇 번이나 말을 해야 돼, 이 여자야!

그녀와 주고받은 이메일 덕분에 달달하게 풀린 기분으로 엘리베이터에서 내렸다. 안드레아가 바깥 사무실 책상에 앉아 있었다.

"좋은 아침입니다, 사장님." 그녀가 말했다. "저기…… 음…… 사장님이 이렇게 건재하셔서 기쁩니다."

"고마워, 안드레아. 나도 감사할 따름이야. 금요일 밤에 발 벗고 나서서 도와준 거 고마웠어. 큰 도움이 됐어."

그녀가 얼굴을 붉혔다. 내 감사 인사에 부끄러워진 것 같았다.

"신참은 어디 있지?" 내가 물었다.

"새러요? 심부름 갔어요. 커피 드실래요?"

"줘. 블랙으로. 강하게. 해야 할 일이 많아."

그녀가 일어섰다.

"아버지나 어머니, 링컨 여사에게서 전화 오면 메시지만 받아 둬. 기자들 전화는 샘에게 넘기고. 연방 항공국이나 유로콥터, 웰치 전화는 연결해."

"알겠습니다, 사장님."

"알겠지만 아나스타샤 스틸 전화도."

안드레아의 얼굴이 드물게 나타나는 미소를 띠며 부드럽게 풀렸다. "축하드려요, 사장님."

"알고 있었어?"

"다 아는데요."

나는 웃음을 터뜨렸다. "고마워, 안드레아."

"커피 가져다드릴게요."

"그래. 고마워."

나는 책상 앞에 앉아 아이맥을 켰다. 아나의 새 이메일이 들어와 있었다.

보낸 사람: 아나스타샤 스틸

제목: 언어의 한계

날짜: 2011년 6월 20일 09:38

받는 사람: 크리스천 그레이

. **, **** *******!

*** ***** ** **********.

* **** ***, ***.

Ax

내용은 알 수 없었지만 하하 웃음이 터졌다. 안드레아가 커피를 가지고 들어와서 앉았다. 첫 회의 전에 그녀와 오늘 일정을 점검해야 했다.

전화 통화를 세 시간은 한 것 같았다. 전화를 끊고 일어서서 기지개를 펴고 나니 1시 15분이었다. 찰리 탱고가 수리를 마치고 오늘 밤에는 보잉 필드에 돌아와 있을 것이다. 연방 항공국이 비상착륙 조사서를 연방 교통안전위원회로 넘겼다. 처음 현장 검증을 했던 유로콥터 엔지니어는 내가 소화기로 화재를 진압한 것은 그야말로 기적이라고 했다. 이로써 유로콥터와 연방 교통안전위원회의 조사에 가속도가 붙을 것이다. 내일 그들의 1차 보고서가 기대되었다.

웰치는 예방 조치 차원에서 포틀랜드 헬기 이착륙장과 보잉 필드의 찰리 탱고 격납고 안팎의 지난주 CCTV 녹화 영상을 모두 확보했다고 보고했다. 등에 소름이 돋았다. 웰치는 고의 손상일 가능성을 염두에 두고 있다. 양쪽 엔진에 불이 붙은 이후 나 역시 줄곧 떨쳐내지 못한 의심이다.

고의 손상.

하지만 왜?

웰치에게 그의 팀 전원을 동원해 의심스러운 점이 없는지 모든 기록을 샅샅이 뒤질 것을 지시해두었다. 홍보 책임자 샘의 꼬드김에 넘어가 오늘 오후에 짧은 기자회견을 하기로 동의했다. 샘의 잔소리가 아직도 귓가를 맴돈다. "전면에 나서야 합니다, 크리스천. 그렇게 요리조리 피해만 다니시니 아직도 뉴스거리가 되고 있는 거예요. 저들은 사고 잔해를 수습하는 항공 영상을 가지고 있어요."

솔직히 샘은 그저 드라마를 연출하고 싶은 것 같았다. 이번 기자회견으로 기자들이 아나와 나를 그만 따라다니기를 바랄 뿐이다.

안드레아가 인터폰을 했다.

"무슨 일이지?"

"그레이 박사님께서 다시 전화하셨어요."

"망할." 나는 숨죽여 중얼거렸다. 어머니를 평생 피해 다닐 수는 없었다. "좋아, 연결해." 나는 책상에 몸을 기댄 채 어머니의 상냥한 목소리에 대비했다.

"크리스천. 바쁜 거 알지만 딱 두 가지만 이야기할게."

"네, 어머니."

"의뢰하고 싶은 웨딩 플래너를 찾았어. 알론드라 구티에레즈라는 여자야. 올해 '함께 발맞추기'라는 행사를 진행했어. 아나랑 같이 한번 만나봐."

나는 눈을 위로 치켜떴다. "그럴게요."

"그래. 이번 주에 자리를 마련하려고. 두 번째 할 얘기는, 네 아버지가 너랑 이야기를 하고 싶어 하셔."

"아버지랑은 약혼을 발표한 날 밤에 길게 이야기를 나누었어요. 내가 세상에 나온 지 28년 된 것도 기념했고요. 아시다시피 저는 무얼 기념하는 것이 그리 달갑지 않아요." 말이 술술 나왔다. "오싹한 추락 사고에서 살아 돌아온 지도 얼마 되지 않았고요." 목소리가 높아졌다. "아버지가 제 일에 찬물을 끼얹었어요. 말씀은 하실 만큼 하셨어요. 더 이상 아버지 말은 듣고 싶지 않아요."

꼰대 짓 그만하라고요.

"크리스천. 어깃장 놓지 마. 아버지랑 이야기해."

어깃장! 난 제대로 열 받은 거예요, 그레이스.

어머니의 질책성 침묵이 우리 사이를 팽팽하게 연결했다.

나는 한숨을 쉬었다. "알았어요, 생각해볼게요." 전화기 저편에서 불빛이 반짝거렸다. "그만 끊어요."

"알았다, 아들. 알론드라와 만날 약속은 나중에 따로 알려줄게."

"끊을게요, 어머니."

전화기가 또다시 울렸다. "사장님, 아나스타샤 스틸 양이 전화하셨습니다."

반발심이 사라졌다. "연결해. 고마워, 안드레아."

"크리스천?" 아나의 목소리는 작고 불안정했다. 겁먹은 목소리였다.

나는 숨이 막혔다. "아나, 무슨 일 있어?"

"어…… 바람을 좀 쐬려고 밖에 나왔거든요. 사람들이 물러간 줄 알고. 그런데 그게……."

"기자들이랑 사진기자들?"

"네."

망할 놈들.

"아무 말도 안 했어요. 그냥 돌아서서 건물 안으로 다시 뛰어 들어왔어요."

제기랄. 소여를 보내 아나를 경호하게 할걸. 라일라 윌리엄스 사건 이후 소여를 계속 고용하도록 나를 설득한 테일러가 고마울 따름이었다. "아나, 별일 아니야. 이따가 오후에 찰리 탱고에 관해 기자회견을 열기로 했어. 사람들이 우리 약혼에 대해 물을 거야. 그때 있는 그대로 자세히 말할 생각이야. 제발 그걸로 만족해주었으면 좋겠는데."

"됐네요, 그럼."

나는 한번 떠보았다. "소여를 보내서 당신을 경호하게 할까?"

"그렇게 해요." 그녀가 바로 말했다.

와. 이렇게 쉬울 줄이야. 생각보다 많이 떨었나 보네. "정말 괜찮은 거 맞아? 원래 이렇게 순순히 응하지 않잖아."

"얼마나 흥미진진한데요. 시애틀 거리에서 기자들에게 쫓기고 나면 대개 그렇더라고요. 운동도 되고요. 사무실로 돌아갔을 땐 숨이 차긴 했지만." 아나는 상황을 가볍게 받아들이고 있었다.

"정말이야, 스틸 양? 너는 원래 스태미나가 엄청 좋잖아."

"참 나, 그레이 씨, 대체 무슨 말을 하는 거예요?" 아나의 목소리에서 그녀의 미소가 느껴졌다.

"알면서 그래." 내가 속삭였다.

그녀의 호흡이 가빠졌고 그 소리가 내 사타구니로 직행했다.

"지금 나 꼬시는 거예요?" 아나가 물었다.

"넘어오면 나야 좋지."

"내 스태미나는 나중에 테스트 해보시죠?" 그녀의 목소리는 낮고 끈적거렸다.

오, 아나. 욕망이 번개처럼 내 몸을 따라 흘렀다.

"나한테 그보다 더 즐거운 일은 없어."

"듣기 좋은 소리네요, 크리스천 그레이."

아나는 이 게임을 잘해도 너무 잘한다. "네가 먼저 전화해주니까 참 좋다. 덕분에 기분 좋아졌어."

"좋은 게 좋은 거니까요." 그녀가 깔깔 웃었다. "당신 트레이너한테 전화해야겠어요. 그래야 당신이랑 보조를 맞추죠!"

나는 웃음을 터뜨렸다. "바스티유가 좋아하겠는데."

아나가 잠시 뜸을 들였다가 말했다. "고마워요, 내 기분 풀어줘서."

"그러라고 내가 있는 거 아냐?"

"맞아요. 게다가 아주 능숙하죠."

나는 햇살을 쬐듯 그녀의 사랑스런 말들을 음미했다. 아나, 나는 너로 인해 완전해져.

문을 두드리는 소리가 났다. 안드레아 아니면 새러가 내 점심을 가져왔을 것이다.

"그만 끊자."

"고마워요, 크리스천."

"뭐가?"

"당신으로 살아줘서요. 아, 하나 더요. 당신이 SIP를 인수했다는 뉴스는 아직 엠바고인 거죠?"

"응, 3주 만 더."

"알았어요. 명심할게요."

"그래. 나중에 봐, 자기."

"그래요. 나중에, 크리스천."

오늘 안드레아와 새러는 하루 종일 외근이다. 내가 좋아하는 피클을 곁들인 터키 클럽샌드위치와 샐러드, 감자튀김이 GEH 냅킨과 함께 쟁반에 놓여 있었다. 크리스털 유리잔에는 탄산수가 담겨 있었고, 분홍 장미 한 송이가 같은 디자인의 꽃병 안에서 자태를 뽐냈다.

"고마워." 두 사람이 부산스럽게 쟁반을 놓을 때 내가 얼떨떨하게 중얼거렸다.

"천만에요, 사장님." 안드레아가 미소를 띠며 말했다. 안드레아의 미소가 점점 흔해져간다. 오늘따라 두 사람 다 이상하게 산만한 데다 조금 들떠 보였다. 무슨 일을 꾸미고 있나?

나는 배를 채우면서 메시지를 확인했다. 엘레나로부터 메시지가 한 통 와 있었다.

제길.

엘레나

전화 부탁해. 제발.

엘레나

전화 좀 하라고. 나 미칠 것 같아.

엘레나

무슨 말을 해야 할까. 주말 내내
무슨 일이 일어난 건지 곰곰이
생각해봤어. 일이 왜 이렇게 걷잡을
수 없이 꼬인 건지 모르겠네.
미안해. 전화해줘.

엘레나

제발 내 전화 받아.

엘레나 문제를 처리해야만 했다. 부모님은 링컨 부인과 인연을 완전히 끊기를 바라지만, 솔직히 토요일 저녁에 서로 그렇게 퍼부었는데 뭘 어떻게 수습을 해야 할지 난감했다.

내가 꽤나 심한 말을 했다.

그 여자도 만만치 않았지만.

그만 끝내야 할 때였다.

아나한테는 회사를 엘레나에게 증여하겠다고 말해두었다.

나는 스크롤을 내려가며 연락처를 뒤져서 개인 변호사의 번호를 찾았다. 아이러니하게도 이 변호사는 엘레나를 통해 얻은 인맥이었다. 데브라 킹스턴. 상업 전문 변호사인데 공교롭게도 나와 같은 라이프 스타일을 즐기는 사람이다. 모든 D/s 계약서와 NDA 초안을 작성했고, 링컨 부인과의 협상과 우리의 동업 문제를 처리했다.

나는 통화 버튼을 눌렀다.

"크리스천, 안녕하세요. 오랜만에 통화하네요. 축하할 일이 있는 것 같던데요."

"고마워요, 데브라."

맙소사! 이 여자도 알고 있네.

"무슨 일로 연락을 주셨나요?"

"미용 사업체를 엘레나 링컨에게 증여하려고 합니다."

"네?" 잘못 들었나 하는 목소리였다.

"내 말 들었잖아요. 엘레나에게 사업체를 증여하고 싶습니다. 계약서 작성해주세요. 전부 다. 부채, 부동산, 자산, 모두. 모두 그 여자에게 넘기는 걸로."

"정말이세요?"

"네."

"동업 관계를 청산하시겠다는 건가요?"

"맞아요. 완전히 손을 떼고 싶습니다. 법적 책임을 포기하려고 합니다."

"크리스천, 담당 변호사로서 묻지 않을 수 없네요. 진심으로 하는 말씀이세요? 이건 믿을 수 없을 만큼 아주 관대한 증여예요. 수십 만 달러의 손실을 감수하셔야 합니다."

"데브라, 나도 잘 알고 있어요."

그녀가 전화기에 대고 푹 한숨을 쉬었다. "정 그러시다면 알겠습니다. 이틀 안에 초안을 보내드리죠."

"고마워요. 그리고 그분과의 연락은 모두 당신을 통해서 하고 싶어요."

"두 분이 완전히 갈라섰군요."

데브라에게 내 사생활을 의논할 생각은 없다. 더군다나 이런 쪽의 사생활은.

"하긴." 그녀가 덧붙였다. "그래야 아내분이 좋아하시겠죠?"

"데브라, 빌어먹을 계약서나 쓰라고요."

그녀가 입을 꽉 다문 소리로 대꾸했다. "알겠습니다, 크리스천. 링컨 부인에게는 제가 연락 드릴게요."

"그래요. 고마워요."

이것으로 엘레나는 더 이상 나를 귀찮게 하지 못할 것이다.

나는 전화를 끊었다.

후우. 끝냈다.

홀가분했다. 안심도 되고. 방금 GEH 기준에서 봐도 상당한 금액을 떼어주었지만, 그녀에게 그만한 신세를 진 것도 사실이다. 그녀가 없었다면 GEH도 없었을 테니까.

"얼마 전에 우리가 나눈 이야기를 곰곰 생각해봤어, 크리스천."

"네, 그랬군요."

"너, 하버드 그만둔다면서. 내가 10만 달러 빌려줄 테니까 창업을 한번 해봐."

"정말이에요?"

"크리스천, 난 널 믿어. 넌 세상의 주인이 될 거야. 빌려주는 거니까 나중에 갚으면 돼."

"엘레나…… 나는……."

"고마우면 오늘 배운 거 나랑 복습하자. 네가 위야. 내가 아래 할게. 내 몸에 자국은 남기지 마."

나는 고개를 절레절레 흔들었다. 그때부터 내 도미넌트 훈련은 시작되었다. 내가 사업가로서 거둔 성공은 내가 선택한 라이프 스타일과 관련이 있다. 나는 그 말장난에 피식 웃었다가 얼굴을 찌푸렸다. 이제야 그 상관관계를 깨닫다니 믿기지가 않았다.

젠장. 책상 뒤에 웅크리고 있을 수만은 없다. 그 여자에게 전화를 해야만 한다.

해치워, 그레이.

나는 마지못해 휴대전화에서 그녀의 번호를 눌렀다.

그녀는 첫 번째 신호음에서 전화를 받았다. "크리스천, 왜 이렇게 전화를 안 해?"

"지금 하잖아요."

"대체 왜들 그러는 거야? 네 엄마랑 네…… 약혼녀." 그녀는 마지막 단어에서 비웃음을 흘렸다.

"엘레나, 예의상 전화한 거예요. 당신에게 사업체를 증여할 겁니다. 데브라 킹스턴에게 연락해두었어요. 그 사람이 서류 작업을 할 겁니다. 다 끝났어요. 더 이상 이런 식은 싫어요."

"뭐? 대체 무슨 소리를 하는 거야?"

"진심으로 하는 말입니다. 더 이상 당신의 헛소리를 받아줄 여력이 없단 말입니다. 아나를 건드리지 말라고 부탁했는데도 당신은 내 요구를 무시했어요. 뿌리는 대로 거두는 겁니다, 링컨 부인. 끝났어요. 다신 전화하지 말아요."

"크리스……." 전화를 끊는데 경고하는 투의 목소리가 들렸다.

즉시 휴대전화가 부르르 진동했다. 휴대전화 화면에 엘레나의 이름이 번쩍거렸다. 나는 전화기를 꺼버린 뒤 해야 할 목록을 점검했다.

기자회견까지 한 시간쯤 남았다. 그만 엘레나를 머릿속에서 몰아내야 한다. 나는 사무실 전화기를 집어 들고 형에게 전화를 걸었다.

"어이, 슈퍼스타. 갈팡질팡 고민 중이신가?"

"시끄러, 엘리엇."

"아니면 여자분 마음이 달라지셨나?" 형이 킬킬거렸다.

"제발 2분만이라도 개소리 좀 그만할 수 없어?"

"그렇게나 오래? 그건 곤란한데."

"나 집 살 거야."

"와하. 너랑 미래의 그레이 부인을 위해? 빠르기도 하군. 임신시켰냐?"

"아니!" 맙소사!

형이 전화기 저편에서 킬킬 웃었다. "보나 마나야. 데니 블레인에 있지? 아님 로렐허스트?"

아, 테크 갑부들이 선택하는 교외 말이로군.

"아니."

"메디나?"

나는 하하 웃었다. "거긴 어머니 아버지 집이랑 너무 가까워. 브로드뷰 북쪽 해안이야."

"농담이겠지."

"아니. 호수 위로 뜨는 태양이 아니라 푸젯 사운드 아래로 지는 태양을 보고 싶어."

엘리엇이 와하하 웃었다. "이야, 네가 그렇게 로맨틱한 줄 누가 알았겠냐?"

나는 크 웃었다. 옛날엔 안 그랬지. "내부를 다 뜯어고쳐야 해."

"그래?" 엘리엇이 관심을 보였다. "누구 추천해줄까?"

"아니, 됐어. 형이 직접 해줘. 지속적이고 친환경적인 방식으로. 형이 식사 자리에서 주절주절 떠드는 거 있잖아."

"오. 와우." 형이 놀란 듯했다. "내가 좀 볼 수 있을까?"

"응, 당연히 그래야지. 아직 계약은 안 했지만 다음 주쯤 보러 갈 생각이야."

"좋아. 재밌겠는데. 그래도 건축가는 있어야 해. 내가 할 수 있는 건 한계가 있어."

"아스펜 집 개조할 때 감독했던 여자, 이름이 뭐였지?"

"음…… 지아 마테오. 근사한 여자야. 지금은 도심에 근사한 사업체를 갖고 있어."

"그 여자가 아스펜 집을 멋지게 손봤잖아. 포트폴리오가 인상적이고 창의적이었던 게 기억이 나. 그 여자 어떨까?"

"그래. 뭐…… 괜찮지."

"망설이는 눈친데."

"그게 말이지. 안 되는 걸 인정하지 않는 여자더라고."

"무슨 소리야?"

"좀…… 야망이 많다고나 할까. 굶주렸어. 원하는 걸 얻기 위해선 저돌적이지."

"그거라면 문제 안 될 것 같은데."

"그렇긴 해." 엘리엇이 말했다. "포식자 스타일의 여성이 내 취향이니까."

"그래?" 그럼 캐버너가 형 입맛에 딱이겠네.

"그 여자랑 나랑……." 엘리엇이 말꼬리를 흐렸다.

나는 눈을 위로 치켜뜰 수밖에 없었다. 형은 섹스를 너무 안 가리는 게 늘 문제였다. "좀 어색하려나?"

"아니. 그럴 리가. 세상 물정 아는 여자인데."

"내가 그 여자에게 전화해볼게. 포트폴리오에 추가된 게 있는지도 보고." 나는 그녀의 이름을 적었다.

"그래. 거기 언제 가볼 건지 알려줘."

"알았어. 나중에 보자고."

"그래."

나는 전화를 끊었다. 형이 잠자리를 한 여자가 도대체 몇 명일까. 나는 고개를 절레절레 저었다. 형은 캐서린 캐버너가 자기를 마음에 두고 있다는 걸 알기나 할까? 지난 주말에 혹시 눈치채지 않았을까? 나로서는 형이 캐버너와 맺어지는 게 달갑지 않다. 내가 아는 여자 중에 캐버너만큼 짜증 나는 여자는 없다.

샘이 한 시간 뒤 예정된 기자회견에서 발표할 내용을 이메일로 보내왔다. 나는 그것을 살펴보고 몇 군데 수정했다. 늘 그렇지만 그의 문체는 꾸밈이 많고 가식적이다. 내가 왜 그를 고용했는지 가끔씩 회의감이 든다.

20분 뒤 샘이 내 방문을 두드렸다.

"크리스천. 준비되셨습니까?"

"그레이 씨, 고의 손상일 가능성이 있다는 말씀이십니까?" 〈시애틀 타임스〉 기자가 물었다.

"꼭 그렇다는 건 아닙니다. 가능성을 열어두고 사고 보고서를 기다리는 중이에요."

"약혼 축하드립니다, 그레이 씨. 아나스타샤 스틸은 어떻게 만나셨지요?" 이 여자는 〈시애틀 메트로폴리탄〉에서 나온 것이 분명했다.

"사생활에 관한 질문에는 답변하지 않겠습니다. 거듭 말하지만, 그녀가 내 아내가 되기로 동의한 것에 기뻐하고 있다는 정도로만 말씀드리죠."

"질문은 이 정도만 받겠습니다. 감사합니다, 내빈 여러분." 샘이 구원 투수로 나서며 나를 GEH 회의장 밖으로 내보냈다.

드디어 끝났다.

"잘하셨습니다." 샘이 말했다. 내가 샘의 호평을 바라기도 했다는 투다. "기자들이 사장님과 아나스타샤의 사진을 찍으려 할 겁니다. 한 장 건질 때까지는 추적을 멈추지 않을 거예요."

"생각해볼게. 지금은 그저 사무실로 돌아가고 싶어."

샘이 킬킬 웃었다. "그러시겠지요, 크리스천. 기자회견 기사는 입수하는 대로 보내드리겠습니다."

"고마워." 저치는 왜 킬킬거리는 거야?

나는 엘리베이터에 탔다. 그 꼴을 나 혼자 봐서 천만다행이었다. 휴대전화를 확인했다. 엘레나의 부재중 전화가 몇 통 있었다.

제발 좀, 링컨 부인. 우린 끝났다고요.

아나의 이메일도 한 통 있었다.

보낸 사람: 아나스타샤 스틸

제목: 뉴스!

날짜: 2011년 6월 20일 16:55

받는 사람: 크리스천 그레이

그레이 씨

멋진 기자회견이었어요.

난 왜 그게 놀랍지 않을까요?

당신 정말 섹시해요.

넥타이 멋지던데요.

Ax

추신: 고의 손상이라고요?

내 손이 넥타이로 올라갔다. 브리오니 타이. 내가 가장 즐겨 매는 것이다.

내가 섹시해 보였단다. 그 말이 기대 이상으로 내게 큰 기쁨을 주었다. 아나에게 섹시해 보이고 싶다. 그녀의 이메일을 읽자 좋은 생각이 떠올랐다.

보낸 사람: 크리스천 그레이

제목: 섹시함이 뭔지 내가 보여줄게

날짜: 2011년 6월 20일 17:08

받는 사람: 아나스타샤 스틸

사랑하는 나의 신부에게

오늘 저녁에 이 넥타이를 사용해 너의 스태미나를 측정할 생각이야.

크리스천 그레이

조바심이 난 CEO, 그레이 엔터프라이즈 홀딩스 Inc.

추신: 고의 손상일 가능성은 아직 짐작일 뿐이야. 너무 걱정하지 마. 이건 부탁이 아니야.

엘리베이터 문이 열렸다.

"생일 축하드려요, 사장님!" 환호성이 터져 나왔다. 안드레아가 문 옆에 서서 커다란 케이크를 들고 있었다. 케이크 맨 위에 파란색으로 '축 생일, 축 약혼'이라는 글귀가 쓰여 있었다.

이게 무슨 난리야.

처음 겪는 일이다.

태어나서 처음.

로스, 바니, 프레드, 마르코, 버네사를 비롯한 각 부서의 책임자들이 생일 축하 노래를 한목소리로 열창했다. 나는 놀란 마음을 숨기려고 얼굴에 미소를 띠다가 그들이 노래를 마쳤을 때 촛불을 훅 불어 껐다. 모두 좋아라 소리치면서 내가 무슨 공이라도 세운 것처럼 박수를 치기 시작했다.

새러가 길쭉한 샴페인 잔을 내게 건넸다.

"한 말씀 하세요! 한 말씀 하세요!" 그들이 외쳤다.

"갑작스럽네." 나는 안드레아에게 고개를 돌렸다. 그녀가 슬쩍 어깨를 추어올렸다. "그래도 고마워."

로스가 한마디했다. "크리스천, 사장님이 건재하신 것에 우리 모두 감사하고 있습니다. 그건 나도 건재하다는 뜻이 되니까요." 점잖은 웃음소리와 박수가 조금 터져 나왔다. "어떤 식으로든 감사한 마음을 전하고 싶었습니다. 우리 모두요." 그녀는 한 팔을 동료들을 향해 뻗었다. "생일 축하도 드리고, 기쁜 소식이 있으니 그것도 축하드릴 겸. 다 같이 잔을 듭시다." 그녀가 잔을 들었다. "크리스천 그레이를 위해."

내 이름이 사무실 전체에 울려 퍼졌다.

나는 잔을 들어 그녀에게 경의를 표하고 나서 한 모금 쭉 들이켰다.

박수가 더 크게 터졌다.

직원들에게 무슨 바람이 분 것인지 알 수가 없었다. 왜 이러는 걸까? 무엇 때문에?

"자네 생각이야?" 안드레아가 내게 케이크 조각을 건넬 때 그녀에게 물었다.

"아뇨. 로스 생각이에요."

"그래도 자네가 지휘했을 텐데."

"새러랑 같이 했어요."

"고마워. 감사할 따름이야."

"천만에요, 사장님."

로스가 내게 따뜻한 미소를 짓고 나서 나를 향해 잔을 기울였다. 그녀에게 남색 마놀로 구두를 한 켤레 빚졌다는 것이 기억났다.

사무실에 모인 인파로부터 벗어나는 데 35분이 걸렸다. 감동을 받았고, 내가 감동을 받았다는 것이 놀랍기도 했다. 이대로 가다가는 나이가 들면 물렁한 늙은이가 될 것 같았다. 항상 그렇듯 집으로 돌아가고 싶은 마음이 앞섰다……. 아나가 보고 싶었다.

아나가 SIP의 뒤편 출입구에서 달려 나왔다. 그녀를 보자 내 심장이 제비를 넘었다. 소여가 그녀 옆을 따라붙어 아우디 문을 열어주자 아나가 차에 올라타 내 옆에 앉았다. 그사이 소여는 테일러 옆 앞자리에 올라탔다.

"안녕." 아나의 미소가 눈이 부셨다.

"안녕." 나는 그녀의 손을 잡고 손가락 관절에 키스했다. "오늘 하루 어땠어?"

2011년 6월 21일 화요일

엘레나의 눈은 부싯돌 같다. 차갑다. 모질다. 내 얼굴 바로 앞에 그녀가 있다. 화가 났다. "너에게 난 최고의 선물이었어. 지금의 널 봐. 미국에서 가장 부유하고 성공한 사업가 중 하나가 되었잖아. 자제력과 추진력을 갖추었고 무엇 하나 부족한 게 없지. 넌 네 우주의 주인이야." 어느새 그녀는 엎드려 있다. 내 앞에. 고개를 숙이고. 벌거벗고. 이마를 지하실 바닥에 대고. 그녀의 머리카락이 검은 마룻바닥 위에서 빛의 화관처럼 반짝인다. 그녀의 손이 뻗어 있다. 힘없이 늘어져 있다. 손끝마다 빨간 손톱이 보인다. 그녀가 애원한다. "머리를 바닥에 붙이고 있어." 내 목소리가 콘크리트 벽에 울려 퍼진다. 그녀가 내게 멈추라고 말한다. 그만하면 됐다고. 나는 채찍을 꽉 움켜쥔다. "그만 됐다니까, 그레이." 나는 그녀의 입이 단단하게 세워놓은 내 물건을 감싸 쥔다. 그녀의 립스틱으로 온통 붉게 얼룩진 그것을. 내 손바닥이 위아래로 움직인다. 더 빨리. 더 빨리. 좋아. 나는 사정하고 사정한다. 몸속에서 커다란 신음을 토해낸다. 그녀의 등에 정액을 흩뿌린다. 나는 그녀 위에 우뚝 서 있다. 헐떡거린다. 의기양양. 만족스럽다. 쾅 소리가 난다. 문이 벌컥 열린다. 그자의 몸뚱이가 문간을 채운다. 그자가 고함을 지르고, 피가 얼어붙는 소리가 방 안을 채운다. "안 돼." 엘레나가 비명을 지른다. 제기랄, 안 돼. 안 돼. 안 돼. 그자가 여기 있다. 그자가 안다. 엘레나가 나와 그자 사이에 서 있다. "안 돼." 그녀가 소리친다. 그자가 그녀를 후려치고 그녀가 바닥에 쓰러진다. 그녀가 소리친다. 소리친다. 소리친다. 도망쳐. 도망쳐. 순간 그자가 나를 때린다. 오른손 훅이 내 턱에 명중한다. 나는 쓰러진다. 쓰러진다. 머리가 빙글빙글 돈다. 정신을 잃는다. 그만. 소리 지르지 마. 그만해. 비명이 계속된다. 계속된다. 나는 부엌 탁자 밑에 있다. 두 손으로 귀를 틀어막고서. 하지만 그 소리는 계속 들려온다. 그자가 여기 있다. 그자의 부츠 소리가 들린다. 큰 부츠. 버클이 달린. 그녀가 비명을 지른다. 비명을 지른다. 그자가 무슨 짓을 한 걸까? 그녀가 어디 있나? 그자의 악취가 나는가 싶더니 그자의 모습이 눈에 들어온다. 그자가 탁자 밑을 들여다본다. 손에 작은 담배를 들고서. 여기 있었구만, 이 애새끼.

나는 벌떡 깨어나 숨을 몰아쉬었다. 땀에 흠뻑 젖었고 두려움이 혈관을 휘젓고 있다.

여기가 어디지?

내 눈이 빛에 적응했다. 집이다. 에스칼라. 밝아오는 여명이 잠든 아나의 몸 위에 희미한 장밋빛 광채를 드리웠다. 안도감이 시원한 가을바람처럼 내 몸을 감쌌다.

다행이다.

아나가 여기 있다. 내 곁에.

나는 정신을 차리려고 숨을 훅 길게 내쉬었다.

무슨 꿈이 이래?

엘레나 꿈은 잘 꾸지 않는데. 우리가 공유한 역사 중 그 순간은 특히나 더. 나는 그대로 누워 천장을 바라보며 몸을 떨었다. 다시 잠이 들기에는 마음이 너무 어지러웠다. 아나를 깨울까 잠시 생각했지만('다시 그녀 안에서 모든 걸 잊을까') 그건 공정하지 않다는 생각이 들었다. 간밤에 아나는 본인의 스태미나 이상을 쏟아부었다. 오늘은 늦게까지 일을 해야 해서 푹 자야 한다. 나 역시 뭐가 몸 위를 기어가는 것처럼 불안했다. 악몽이 남긴 여운에 입맛이 썼다. 엘레나와의 우정과 동업 관계를 청산한 앙금이 마음에 남아 있던 모양이다. 어쨌든 링컨 부인은 10년 넘게 나의 길잡이 별이었다.

젠장.

끝낼 수밖에 없었다.

끝났다. 완전히 끝났다.

나는 일어나 앉아 아나가 깨지 않게 조심하면서 그녀의 머리카락을 쓸어 넘겼다. 이른 시각이었다. 5시 5분. 당장 물을 한 잔 마셔야 했다.

살그머니 침대를 빠져나왔다. 일어섰을 때 넥타이가 발에 밟혔다. 어젯밤 벌인 즐거운 놀이의 흔적이었다. 아나와의 황홀한 기억이 내 감각 안으로 침투했다. 머리 위로 들려 묶인 그녀의 두 손. 힘이 들어가 뻣뻣해진 그녀의 몸. 절정에 올라 침대 머리판의 연회색 널을 움켜쥐며 머리를 뒤로 젖히던 그녀의 모습. 그녀의 클리토리스를 정성껏 탐닉하던 내 혀. 악몽의 잔상보다 훨씬 더 즐거운 기억이었다. 나는 넥타이를 집어서 접은 뒤 침대 옆 탁자 위에 올려놓았다.

아나가 옆에서 자고 있으면 좀체 악몽을 꾸지 않는데. 이번 한 번뿐이기를. 다행히 오늘 플린과 약속이 잡혀 있으니 이 새로운 전개를 플린과 분석하면 될 것이다.

나는 파자마 바지를 입고 나서 휴대전화를 집어 들고 침실을 나왔다. 쇼팽이나 바흐가 내 마음을 달래줄 것이다.

피아노 앞에 앉아 메시지를 확인했다. 웰치가 어젯밤에 남긴 메시지 한 통이 관심을 끌었다.

웰치

고의 손상이 의심됩니다.

오늘 아침에 1차 보고서 보내드리죠.

제기랄. 모골이 송연해지고 머리에서는 피가 빠져나갔다.

두려움이 사실로 확인되었다. 누군가 내가 죽기를 바란 것이다.

누구일까?

이제까지 내게 굴복한 기업인 몇 명을 따져보았다.

우즈? 스티븐스? 카버? 또 누가 있지? 워링?

그들이 이렇게까지 타락했다고?

그들은 모두 돈을 벌었다. 많은 돈을 벌었다. 그저 회사를 잃었을 뿐이다. 이 일이 내 기업 활동과 관련이 있는 것 같지는 않았다.

혹시 사적인 일인가?

그렇다면 유력한 용의자는 하나뿐이다. 링컨. 하지만 엘레나의 전남편은 이미 엘레나에게 복수를 했다. 그것도 수년 전에. 그자가 왜 이제 와서 행동에 나서겠나?

다른 사람일 수도 있다. 불만을 품은 직원? 그만둔 직원? 이런 짓을 할 만한 사람이 떠오르지 않았다. 레일라 말고는 모두 잘 지내고 있다.

어떻게든 해결해야 한다.

아나! 젠장!

놈이 나를 쫓고 있다면 아나도 해칠 수 있다. 두려움이 유령처럼 내 몸을 훑었고 그것이 지나간 자리에 소름이 돋았다. 무슨 희생을 치르더라도 아나를 지켜야 한다. 나는 웰치에게 문자 메시지를 보냈다.

오늘 아침에 봅시다.
8시 그레이 하우스

웰치
알겠습니다.

그리고 안드레아에게 메시지를 보내 오전 회의를 모두 취소시킨 다음 테일러에게 이메일을 보냈다.

보낸 사람: 크리스천 그레이
제목: 고의 손상
날짜: 2011년 6월 21일 05:18
받는 사람: J B 테일러

웰치의 보고에 의하면 찰리 탱고에 고의적 손상이 가해졌을 가능성이 있다는군. 최초 보고서가 오늘 아침에 입수될 거야. 아침 8시에 그레이 하우스에서 회의가 있어.
가능하면 레이놀즈와 라이언을 복귀시켜. 아나에게 24시간 경호 붙이고.
오늘은 소여가 아나 옆에 있을 거야.
고마워.

크리스천 그레이

CEO, 그레이 엔터프라이즈 홀딩스 Inc.

내가 해야 할 일은 불안감과 울분을 해소하고 해결책을 모색하는 것이다. 나는 옷방으로 살그머니 들어가서 아나가 깨지 않게 빠르고 조용히 옷을 갈아입었다.

러닝머신 위를 달리면서 텔레비전 화면으로 시황을 확인하고 푸 파이터스를 들었다. 대체 누가 나를 죽이려는 걸까?

아나에게서 수면과 섹스, 가을날의 향긋한 과수원 냄새가 났다. 더 행복한 시간 속으로 순간 이동한 듯한 기분이 잠시 들었다. 근심 걱정으로부터 풀려나 나와 내 여자만 존재하는 시간. "안녕, 자기야. 일어났네." 나는 그녀의 귀에 코를 비볐다.

아나가 눈을 떴다. 잠을 자서 녹녹해진 그녀의 얼굴이 황금빛 여명처럼 빛을 발했다. "좋은 아침." 그녀가 말을 하며 엄지손가락으로 내 입술을 쓰다듬고는 가볍게 키스했다.

"잘 잤어?" 내가 물었다.

"하암……. 당신한테서 좋은 냄새가 나네요. 말끔해 보이고."

나는 씩 웃었다. 이건 훌륭한 맞춤 양복이니까. "회사에 일찍 나가봐야 해서."

아나가 일어나 앉았다. "벌써요?" 그녀는 라디오의 시계를 흘끔 보았다. 7시 8분.

"볼일이 있어. 오늘은 소여가 밀착 경호하면서 기자들을 막아줄 거야. 괜찮지?"

아나가 고개를 끄덕였다.

됐군. 아나가 찰리 탱고에 대한 소식을 듣고 두려움에 떠는 건 원치 않았다.

"나중에 봐." 나는 그녀의 이마에 입을 맞추고는 계속 있고 싶은 욕망이 치솟기 전에 자리를 떴다.

보고서는 간단했다.

연방 항공국 사고 보고 시스템

일반 정보

데이터 소스: 사고 데이터베이스

보고서 번호: 20110453923

날짜: 2011년 6월 17일

도시: 캐슬록

주: 워싱턴

공항: 포틀랜드 헬리포트

사건 종류: 사고

공중 충돌 여부: 없음

항공기 정보

항공기 파손 정도: 중대

항공기 제작사: EURCPT

항공기 모델: EC-135

항공기 시리즈: EC-135-P2

비행시간: 1470

조종자: GEH INC

조종 용도: 항공 운송/이동

등록 번호: N124CT

탑승 인원: 2

사망자: 0

부상자: 0

항공기 무게 등급: 12501 LBS 이하

엔진 수: 2

엔진 제조사: TURBOM

엔진 모델: ARRIUS 2B2

환경/조종 정보

기본 비행 조건: 시계 비행 규칙

부수 비행 조건: 날씨 요인 없음

비행 계획 제출 유무: 유

조종사

조종사 면허: 상업용 항공기

조종사 등급: 회전익 항공기/헬리콥터

조종사 적격 여부: 적격

총 비행시간: 1180

본 모델 비행시간: 860

지난 90일 내 비행시간: 28

사고 경위

2011년 6월 17일 14시 20분경, 그레이 엔터프라이즈 홀딩스 Inc가 소유하고 운행하는 EC-135 N124CT 한 대가 중대한 고장 사고를 일으켰다. 본 항공기는 안정적으로 운항하던 중 돌연 추락하면서 1번 엔진의 화재 경고등이 켜졌다. 조종사는 소화기를 작동해 1번 엔진의 화재를 진압하고 남은 엔진으로 시애틀 타코마 공항으로 돌아가려고 시도했다. 이후 2번 엔진 화재 경고등이 켜졌다. 조종사는 실버 레이크 남동부 변두리 쪽에 비상 착륙을 시도하였다. 착륙 도중 조종사는 2번 엔진에 소화기를 작동하고 장치를 끈 다음 항공기에서 탈출하였다. 부상자는 보고되지 않았다. 조종사는 기내에 비치된 휴대용 소화기를 사용하였다. 항공기 제조사는 본 항공기의 엔진을 조사 중이다. 1차 조사 결과에 의하면 훼손이 의심되며 악의적 개입이 있을 가능성도 있다. 국가 교통 안전국(NTSB)의 추가 조사가 필요하다.

내 사무실에서 웰치, 테일러, 나는 보고서를 정독했다. 찬란한 아침 햇살 아래 수염이 희끗희끗한 웰치의 얼굴이 어느 때보다 험상궂게 보였다. 그의 표정이 어두웠다. "현재 NTSB는 고장이라는 것만 의심하지만 우리로서는 악의적 개입이 있었다는 걸 전제로 조사를 진행해야 합니다. 그래서 포틀랜드 헬기 이착륙장 주변의 모든 CCTV 영상을 확인했는데 특별히 의심이 가는 활동은 없었어요." 그가 의자에서 꿈지럭거리며 헛기침을 했다. "하지만 보잉 필드 격납고 쪽에서 수상한 점이 있었습니다."

그래?

"카메라 두 대가 작동되지 않아서 전체 녹화 영상을 확보하지 못했습니다."

"뭐! 아니 어쩌다가?" 망할, 나 이 사람들에게 월급은 왜 주는 거야?

"경위를 파악하는 중입니다." 웰치가 오래된 자동차 배기관에서 나는 소리처럼 굵고 걸걸한 목소리로 대답했다. "중대한 위반 사항이에요."

당연하지, 셜록 선생. "책임자가 누구야?"

"교대 근무 시스템입니다. 직원 네다섯 명으로 압축됩니다."

"근무 태만으로 판명되면 해고감이야. 전부."

"그렇죠." 그가 테일러를 흘끔거렸다.

"지금으로선 배후에 누가 있는지 딱히 단서가 없습니다." 테일러가 말했다.

"헬기의 정밀 감식이 진행될 겁니다." 웰치가 덧붙였다. "저는 거기서 실마리가 풀릴 것으로 기대하고 있습니다."

"그깟 기대만 한다고 뭐가 되냔 말이야!" 나는 언성을 높였다.

"그렇긴 합니다만." 두 사람이 동시에 말했다. 둘 다 후회스러운 표정이었다.

망할. 이건 이들의 잘못이 아니다. 그레이, 정신 차려.

나는 차분해진 말투로 말했다. "격납고에서 일을 망친 작자를 찾아내. 해고라고. 진상이 파악되는 즉시 내게 보고하고. 헬기 안전하게 잘 간수하는 것도 잊지 마."

"알겠습니다." 테일러가 말했다.

"그러죠." 웰치가 으르렁거렸다. 분한 기색이 역력했다. 자기가 책임자니 그럴 수밖에. "국가 교통 안전국이 이 건에 대해 검토를 마쳤으니 사법 기관에 통고하고 조사를 계속할 거예요. 여건이 허락되면 그들에게 합동 수사를 요청해도 좋을 겁니다. NTSB와 같이 다시 보고 드리겠습니다."

"경찰 쪽은?" 내가 물었다.

"아직입니다. FBI가 나서겠죠."

"됐군. 그들이 뭐라도 찾아내겠지. 예비 경호 인력은 누가 있지?"

"레이놀즈와 라이언이 가능하고, 오늘부터 시작할 겁니다."

“이 일에 아나스타샤가 휘말려선 안 돼. 아나가 걱정하는 건 싫어. 배후가 될 만한 인물들을 간추려줬으면 좋겠어. 난 도무지 짐작이 안 돼.”

“제 팀원들이 유력한 용의자들을 추리고 있습니다.” 웰치가 말했다.

“나도 해볼게.”

“사장님, 연방 항공국 사이트에 이 내용이 올라와 있어서 언론이 이걸 빌미로 캐묻기 시작할 수도 있어요.” 테일러가 말했다.

망할. “그렇겠군. 당장 샘에게 알려줘. 지금 여기로 부를 테니까.”

“그러죠.” 그가 대답했다.

이게 외부에 알려지는 거라면 아나에게도 말해야 한다.

어쩌다 일이 이 지경이 됐을까?

고의 손상이라니!

무슨 개짓거리람.

나는 둘이 용의자 이야기를 나누게 두고 문밖으로 고개를 내밀었다. 안드레아가 컴퓨터 화면에서 눈을 들었다. “왜 그러세요, 사장님?”

“샘과 로스에게 올라오라고 해.”

“알겠습니다.”

사무실을 문을 두드리는 소리가 들렸다. 안드레아였다. “커피 더 드릴까요?” 그녀가 물었다.

“그래.”

컴퓨터 화면에 창업 이후 지금까지 합병한 기업체의 명단이 떠 있었다. 하나하나 살펴보면서 용의자의 가능성을 따져보았다. 짚이는 데가 전혀 없었다. 막막했다. 아나가 너무 걱정되었다. 누군가 나를 해치려 한다면 그 와중에 아나가 치명적인 피해를 입을지도 모른다. 그렇게 된다면 제정신으로 살아갈 자신이 없다.

"라테로 할까요?"

"아니. 블랙으로. 강하게."

"알겠습니다." 안드레아가 문을 닫았을 때 내 여자로부터 이메일이 들어왔다.

보낸 사람: 아나스타샤 스틸

제목: 폭풍 전인지 후인지 조용하네요?

날짜: 2011년 6월 21일 14:18

받는 사람: 크리스천 그레이

사랑하는 그레이 씨

오늘은 정말 조용하네요. 사람 걱정되게.

거기 대형 금융 거래의 세상이 평안하기를 기원할게요.

어젯밤 고마웠어요. 배부르게 드시던데요. ;)

Axx

추신: 나 오늘 오후에 바스티유 씨 만나요.

아나! 옷깃 아래로 후끈한 열기가 퍼져서 넥타이를 조금 느슨하게 풀었다. 아나는 단어 선택에 꽤나 음란하다. 나는 키보드를 두드려 답장을 썼다.

보낸 사람: 크리스천 그레이

제목: 폭풍 한가운데에서

날짜: 2011년 6월 21일 14:25

받는 사람: 아나스타샤 스틸

사랑하는 나의 신부에게

잊지 않고 블랙베리를 쓴 건 축하해.

여긴 폭풍우가 한창 몰려오는 중이야. 집에 가면 오늘의 날씨와 임박한 폭우에 대해 얘기해줄게.

그나저나 바스티유가 널 너무 거칠게 다루지 말아야 할 텐데. 그건 내 몫이잖아. ;)

어젯밤 고마웠어. 네 스태미나도 네 입도 최고의 방식으로 계속 날 놀라게 하네. ;) ;) :)

크리스천 그레이

기상학자 겸 CEO, 그레이 엔터프라이즈 홀딩스 Inc.

추신: 이번 주에 네 아파트에서 남은 물건 챙겨와. 이제 당신은 거기 안 살잖아…….

보낸 사람: 아나스타샤 스틸

제목: 날씨 예보

날짜: 2011년 6월 21일 14:29

받는 사람: 크리스천 그레이

당신 이메일은 마음의 안정에 별로 도움이 안 되네요.

당신은 필요하다면 조선소를 인수해서 능히 방주를 만들 사람이라는 것으로 위안을 삼았지만요. 당신은 내가 아는 사람 중에 가장 유능한 남자예요.

당신을 사랑하는 아나. xxx

추신: 언제 이사할지 오늘 저녁에 이야기해요.

추추신: 기상학이 당신 전문 분야 맞아요?

그녀의 이메일에 미소가 절로 나왔다.

나는 엄지손가락으로 xxx를 쓰다듬었다.

보낸 사람: 크리스천 그레이

제목: 내 전문 분야는 너야

날짜: 2011년 6월 21일 14:32

받는 사람: 아나스타샤 스틸

언제까지나.

크리스천 그레이

사랑에 빠져 허우적대는 CEO, 그레이 엔터프라이즈 홀딩스 Inc.

5시 30분. 플린 박사가 손짓을 하며 나를 상담실로 안내했다.

"안녕하십니까, 크리스천."

"존." 나는 소파로 천천히 걸어가서 앉아 플린이 그의 의자에 앉기를 기다렸다.

"떠들썩한 주말을 보내셨군요." 그가 상냥하게 말했다.

나는 고개를 돌렸다. 어디서부터 시작해야 할지 난감했다.

"무슨 일 있습니까?" 그가 물었다.

"나를 죽이려는 사람이 있어요."

플린의 얼굴이 하얗게 질렸다. 저런 얼굴은 처음이네 하는 생각이 들었다. "그 사고 말입니까?"

나는 고개를 끄덕였다.

"안타까운 소식이네요." 그가 인상을 썼다.

"우리 쪽 사람들이 애를 쓰고 있어요. 하지만 난 그게 누구인지 모르겠어요."

"짚이는 데 없으세요?"

나는 고개를 저었다.

"음." 그가 말했다. "경찰이 개입해서 범인이 잡히기를 기대했는데요."

"FBI가 맡을 겁니다. 하지만 내 주된 관심사는 아나예요."

존이 고개를 끄덕였다. "그녀의 안전 말인가요?"

"경호원을 추가로 배치하긴 했는데 그것으로 충분할지 모르겠어요." 나는 치솟는 불안감을 삼켰다.

"전에도 나눈 적 있는 이야기로군요." 그가 대답했다. "당신은 통제력을 잃는 걸 혐오해요. 아나 때문에 전전긍긍하죠. 당신이 왜 그런 감정을 느끼는지 이해합니다. 하지만 당신에겐 자원이 있고, 아나를 안전히 지키기 위해 적절한 조치를 취했어요. 할 만큼 한 거예요." 그의 시선은 차분하고 진지했다. 그의 말투가 내 마음을 가라앉혔다. 그가 미소를 짓더니 덧붙였다. "아나를 가둬둘 수는 없어요."

나는 한바탕 웃어젖혔다. "압니다."

"그리고 당신은 아나의 입장에서 생각할 줄 아는 사람이에요."

"네. 압니다. 알아들었어요. 아나를 몰아붙이고 싶진 않아요."

"그러니까요. 됐네요."

"그 얘기만 하러 온 건 아닙니다."

"더 있군요?"

나는 길게 한숨을 내쉬고 나서 생일 파티 때 엘레나와 벌인 말다툼과 그것 때문에 빚어진 부모님과의 마찰에 대해 최대한 짧게 들려주었다.

"크리스천, 당신과 있으면 지루할 틈이 없다는 말을 하지 않을 수가 없군요." 내가 체념한 듯 미소를 짓자 플린이 턱을 문질렀다. "한 시간 정도 남았네요……. 무슨 이야기를 해볼까요?"

"간밤에 악몽을 꿨어요. 엘레나에 관한."

"그렇군요."

"부모님의 바람대로 그 여자와의 인연을 완전히 끊었어요. 사업체는 증여했고."

"관대하시네요."

나는 어깨를 으쓱 추어올렸다. "그런가요. 하지만 난 아무렇지도 않습니다. 물론 그 여자는 내게 계속 전화를 하고 있어요. 오늘은 두 번만 왔지만."

"그 여자는 당신 인생에 큰 영향력을 행사한 사람이에요."

"그렇죠. 하지만 새 출발을 해야 할 때가 됐어요."

그는 생각에 잠기는 듯했다. "어느 쪽이 더 화가 나죠? 엘레나와의 언쟁? 부모님과의 언쟁?"

"엘레나와 다툴 땐 자제를 했어요. 아나가 그 자리에 있었거든요. 서로에게 독한 말을 하긴 했지만." 내 목소리가 후회하는 빛을 띠었다. 더 좋게 헤어졌으면 좋았을걸. "어머니는 내게 불같이 화를 냈어요. 생전 안 하던 욕까지 하시더군요. 하지만 최악은 아버지와의 언쟁이었어요. 아버지는 머저리예요."

"아버님이 화를 많이 내셨나요?"

"아주 많이." 나는 캐릭에게 대든 것이 꺼림칙했지만 죄책감을 외면해버렸다.

"아버님이 자신에 대한 분노를 당신에게 투사하는 것일 수도 있어요. 아버님이 왜 그런 감정을 느낄지 이해하시죠?"

아뇨. 네. 어쩌면.

플린이 계속 말했다. "당신이 동의하든 안 하든, 아버님은 엘레나가 연약한 10대 아이를 이용했다고 생각하는 거예요. 그 아이를 지키는 것이 자기 일이었는데 그걸 실패했다고 말입니다. 아마 그런 식으로 생각하고 있을 겁니다."

"그 여자가 이용한 게 아니에요. 내가 열렬히 원했어요." 내가 발끈하는 투로 말했다.

그것에 관한 언쟁은 이미 할 만큼 했어.

존이 한숨을 쉬었다. "이건 이미 여러 번, 여러 번 상담했으니 또다시 당신과 논쟁하고 싶지 않습니다. 하지만 아버님의 시각에서 상황을 바라보려고 노력해보기를 바랍니다."

"아버지는 내가 남편감으로는 맞지 않는 것 같다고 했어요."

플린이 깜짝 놀란 듯했다. "저런. 기분이 어땠나요?"

"화가 났죠. 아버지 말이 맞을까봐 걱정도 되고." 수치스러웠지.

"아버님이 무슨 말 끝에 그런 말을 했나요?"

나는 경멸하듯 손을 내저었다. "나한테 결혼의 신성함에 대해 설교하다가. 그걸 존중하지 않으려거든 결혼할 자격이 없다고요."

존의 두 눈썹이 일자로 붙었다.

"엘레나가 유부녀였거든요." 나는 그를 위해 설명해주었다.

"그랬군요." 플린이 입을 꾹 다물었다. "크리스천." 그가 부드럽게 말했다. "아버님 말씀에 일리가 있어요."

뭐라고?

"당신은 자발적으로 유부녀와 관계를 맺었어요. 그녀에게 일어난 일을 생각해본다면 그 관계가 그녀의 결혼 생활을 끝장냈죠. 그게 아니면 그저 연약한 10대 아이가 이용당한 거고요. 어느 쪽일까요? 둘 다일 수는 없어요."

나는 그를 노려보았다. 무슨. 소리. 지?

"결혼은 중대한 문제입니다." 그가 말했다.

"집어치워요, 존. 그건 나도 아니까. 아버지랑 똑같은 소리를 하네!"

"그래요? 그럴 의도는 아니었습니다. 나는 당신에게 다른 시각을 제시하려고 여기 있는 거예요."

시각? 시각 좋아하네.

나는 그를 노려보다가 두 손을 내려다보았고, 우리 사이에는 침묵이 흘렀다.

시각 따위 개나 주라지. "캐릭이 잘못 생각하고 있는 거예요." 나는 중얼거렸다. 정말 토라진 10대 아이처럼 말해버렸다. 안 그래도 아버지는 나를 아직 10대 아이처럼 취급하는데.

"물론이죠. 당신과 링컨 부인의 관계에 대한 내 시각이 어떠하든, 당신은 오랫동안 그녀에게 신의를 지켜왔어요. 그녀와 관계를 단절한 것에 대한 후회가 양심을 괴롭히고 있는 겁니다."

"후회하지 않아요." 나는 딱 잘라 말했다. "내 의지로 한 거니까요."

"그럼 죄책감일까요?"

나는 한숨을 쉬었다. "죄책감? 죄책감은 느끼지 않는데요." 죄책감일까?

존은 여전히 무표정했다.

"그래서 악몽을 꾼 거라는 겁니까?" 내가 물었다.

"어쩌면." 그가 엄지손가락으로 입술을 톡톡 두드렸다. "부모님의 뜻에 따라 오랫동안 지속된 관계를 포기하는 것이니까요."

"부모님을 위해서가 아니에요. 아나를 위해서예요."

그가 고개를 끄덕였다. "사랑하는 여인, 아나스타샤를 위해서라면 모든 걸 포기할 각오군요. 큰 진전입니다." 그가 다시 미소를 지었다. "내가 보기엔 올바른 방향으로 가고 있는 겁니다."

나는 무슨 말을 해야 할지 몰라 그를 물끄러미 쳐다보았다.

"내가 한 말을 한번 생각해보세요. 시간이 다 됐네요." 그가 말했다. "이 이야기는 다음 시간에 마저 하도록 하죠."

나는 어리둥절한 기분으로 일어섰다. 플린은 늘 그러듯 이번에도 곰곰이 생각할 거리를 많이 던져주었다. 이로써 한 가지 의문은 다음 상담 때까지 풀리지 않은 채 남게 되었다. "레일라는 좀 어떻습니까?"

"많이 좋아졌어요."

"다행이네요."

"네. 다음 주에 봅시다."

테일러가 Q7 옆에서 대기하고 있었다.

"집까지 걸어갈게." 내가 테일러에게 말했다. 생각할 시간이 필요했다. "에스칼라 밖에서 보도록 하지."

테일러가 곤란한 표정을 지었다.

"왜?"

"사장님이 차로 이동하셔야 제가 마음이 편합니다."

아, 그렇지. 누군가 나를 죽이려고 하는 상황이니까.

테일러가 차 뒷문을 열었고 나는 인상을 쓰면서도 포기하고 차에 올라탔다.

나는 더 이상 내 세상의 주인이 아니란 말인가?

안 그래도 우울한 기분이 더욱 가라앉았다.

"아나 어디 있어요?" 거실에 들어섰을 때 존스 부인에게 물었다.

"안녕하세요, 그레이 씨. 지금 샤워하는 중일 거예요."

"고마워요."

"20분 뒤에 저녁 드시겠어요?" 존스 부인이 레인지 위의 냄비를 저으며 물었다. 냄새가 기가 막혔다.

"30분 있다가요." 아나가 샤워 중이니 절호의 기회다. 존스 부인은 미소를 애써 숨겼고, 나는 그것을 못 본 척하고 내 여자를 찾아 안으로 들어갔다. 아나는 욕실이 아니라 침실에 있었다. 몸에 수건을 두르고 창가에 서 있었는데 샤워를 해서 물기로 촉촉했다.

"안녕." 아나가 활짝 웃으며 말했다가 내가 다가갈 때 웃음기를 거두었다. "무슨 일 있어요?"

나는 대답하지 않고 두 팔로 그녀를 꽉 끌어안았다. 막 샤워를 마친 그녀의 달달한 향기가 내 영혼을 달래주었다.

"크리스천. 왜 그래요?" 아나가 두 손으로 내 등을 쓸고 나를 바짝 끌어안았다.

"그냥 널 안고 싶어." 나는 머리채를 대충 틀어 올린 그녀의 머리에 얼굴을 묻었다.

"나 여기 있잖아요. 어디 안 가요." 그녀의 목소리에 긴장감이 어렸다. 아나가 걱정하는 건 싫었다. 나는 손을 올려 그녀의 머리를 받쳐 들고 뒤로 젖힌 다음 내 입술을 그녀의 입술에 대고 키스했다. 내 걱정을 우리의 입맞춤에 쏟아냈다. 아나가 즉시 반응하며 내 얼굴을 어루만지고 내게 자신을 열어젖혔다. 그녀의 혀가 내 혀와 엉켰다.

오, 아나.

그녀가 몸을 뗐을 때 우리 둘 다 숨이 가빴고 나는 단단해져 있었다.

엄청 단단해졌어. 아나를 위해.

"일이 잘못된 거예요?" 아나가 다정하게 나를 달랬다. 그리고 내 얼굴을 물끄러미 들여다보며 단서를 찾았다.

"나중에." 나는 그녀의 입술에 대고 웅얼거리고는 그녀를 뒷걸음치게 해서 침대로 이끌었다. 그녀가 내 옷깃을 움켜쥐고 재킷을 벗기려 했다. 그 와중에 그녀의 수건이 바닥에 떨어지며 벌거벗은 몸이 내 품에서 드러났다.

나는 손을 올려 그녀의 머리채를 느슨하게 고정한 고무줄을 당겼다. 그녀의 머리카락이 어깨와 가슴 위로 흘러내렸다. 나는 두 손으로 그녀의 등을 쓰다듬다가 엉덩이를 움켜쥐고 그녀를 내 몸에 바짝 붙였다. "널 원해."

"알아요." 아나가 발기한 내 몸에 몸을 비볐다.

아아. 내가 웃으며 아나를 침대 위로 살짝 밀자 그녀의 아름다운 알몸이 침대 위로 쭉 펼쳐졌다. 나는 그녀 위에 서 있었고 내 다리는 그녀의 무릎 사이에 있었다.

"좀 낫네." 내가 속삭였다. 방금 전까지 느꼈던 불쾌감은 어느새 잊히고 없었다.

"그레이 씨, 정장 차림의 당신을 좋아하긴 하지만 옷을 너무 많이 입으셨네요." 그녀의 불안감도 자취를 감추었다. 그녀의 눈이 반짝거리며 나를 올려다보았다. 짓궂은 욕망이 가득했다. 그것이 내 몸을 일으켜 세웠다.

"생각 좀 해볼게, 스틸 양."

아나가 아랫입술을 깨물며 손가락으로 젖가슴 사이를 쓰다듬었다. 그녀의 장밋빛 젖꼭지가 솟아올라 준비를 마쳤다. 내 입을 받아들이기 위한.

옷을 벗어 던지고 그녀의 안으로 들어가고 싶은 걸 자제력을 총동원해 간신히 참았다. 대신 넥타이의 매듭을 잡아 살짝 끌어내려 천천히 풀어 내렸다. 넥타이를 바닥에 던지고 셔츠의 맨 위 단추를 풀었다. 아나의 입이 벌어지더니 감탄하듯, 섹시하게 숨을 들이켰다.

나는 어깨를 움직여 재킷을 바닥에 떨구었다. 재킷이 바닥에 떨어질 때 쿵 소리가 났다. 휴대전화 소리 같았다. 그 소리는 무시하고 셔츠 밑자락을 홱 잡아당겨 바지춤에서 끌어냈다.

"벗을까, 입을까?" 내가 물었다.

"벗어요. 당장. 제발." 아나는 주저하지 않았다.

나는 씩 웃으며 왼쪽 소매를 풀고 나서 오른쪽 소매도 풀었다.

아나가 침대 위에서 꼼지락거렸다.

"계속해, 자기야." 나는 셔츠의 맨 아래 단추를 풀고 나서 손가락을 위로 움직여 다음 것, 다음 것을 차례로 풀었다. 내 눈은 내내 그녀의 눈을 떠나지 않았다. 단추가 다 풀리고 셔츠는 재킷이 간 길을 따라갔다. 나는 벨트를 잡았다. 아나의 눈이 커졌다. 우리는 서로의 눈을 품었다. 나는 벨트 끝을 당겨 벨트 고리에서 완전히 빼낸 후 최대한 천천히 당겨 풀었다.

아나는 고개를 살짝 기울인 채 나를 지켜보았다. 가슴이 점점 더 크게 오르내렸고 호흡이 가빠졌다.

벨트를 반으로 접어 손가락 사이로 미끄러뜨렸다.

오, 아나……. 이걸로 이렇게 하고 싶어.

그녀의 골반이 따라 솟구쳤다가 떨어졌다.

나는 벨트의 양쪽 끝을 쭉 잡아당겨 짝 하는 날카로운 소리를 냈다. 아나는 움찔하지는 않았지만 반기는 기색도 없어서 나는 벨트를 바닥에 떨구었다. 아나가 얕은 숨을 내쉬며 안도하면서도 살짝 실망감을 비쳤다. 나는 혼란스러웠지만 지금은 그걸 따질 때가 아니었다. 나는 두 발을 움직여 신발을 벗고 양말도 벗어버린 다음 바지 단추를 풀고 앞섶을 벌렸다.

"준비됐지?" 내가 물었다.

"기다리고 있어요." 그녀의 목소리는 욕망으로 허스키했다. "하지만 무대 아래 공연이 흥미진진하네요."

나는 빙긋 웃고 나서 바지와 사각 팬티를 떨어뜨려 팽팽해진 놈을 풀어주었다. 바닥에 무릎을 꿇고 그녀의 종아리 안쪽을 따라 키스하며 위로 올라갔다. 종아리에서 허벅지로 올라가 음모 선을 따라 배꼽으로 올라가서 양쪽 젖가슴에 도달한 다음 그녀 위에 엎드려 자세를 잡고 준비를 마쳤다.

"사랑해." 나는 속삭이고는 천천히 그녀의 안으로 들어가며 키스했다.

아나가 신음을 토했다. "크리스천."

나는 천천히 움직이며 그녀를 맛보았다. 사랑스럽고 사랑스러운 아나. 내 사랑.

아나가 두 다리로 나를 감쌌다. 그녀의 손가락이 내 머리카락을 움켜쥐고 세게 당겼다.

"나도 사랑해요." 그녀가 내 귀에 속삭이고 같이 움직이기 시작했다. 우리는 동시에 움직였다.

함께.

우리가 되어.

하나가 되어.

아나가 내 품에서 무너졌고 나는 그녀를 따라 절정에 올랐다.

"아나!"

아나가 코를 내 가슴에 비볐다. 나는 어둠이 몰려올까 긴장했다. 그녀가 동작을 멈추고 고개를 들었다. "당신의 즉흥 스트립쇼랑 이후 이어진 공연 좋았어요. 그나저나 이메일에서 말한 그 일기 예보 얘기 안 해줄래요? 일이 틀어진 거예요?"

나는 손끝으로 그녀의 등을 위아래로 쓰다듬었다. "우선 밥부터 먹을까?"

아나가 미소를 지었다. "좋아요. 나 배고파요. 샤워도 다시 해야 하고."

나는 빙긋 웃었다. "난 너 더럽히는 거 재밌더라." 나는 일어나 앉아 그녀의 엉덩이를 찰싹 때렸다. "일어나! 30분 뒤에 간다고 게일에게 말해뒀어."

"그랬단 말이에요?" 아나가 발끈했다.

"그랬지." 나는 활짝 웃었다.

존스 부인의 타이식 그린커리는 맛있었다. 우리는 커리에 샤블리 화이트와인을 곁들여 즐겼다. "그래서 연방 항공국의 1차 보고서가 나왔어. 어느 시점에 공개될 거야."

"그래요?" 아나가 음식에서 고개를 들었다.

"누가 찰리 탱고에 손을 댄 것 같아."

"고의 손상이란 말이에요?"

"맞아. 용의자를 색출할 때까지 보안 조치를 강화했어. 너도 당분간 여기 있는 게 좋겠어."

아나가 고개를 끄덕였다. 놀라 눈이 동그래졌다.

"방심해선 안 돼."

"그렇겠죠."

나는 한쪽 눈썹을 추어올렸다.

"그렇게 해볼게요." 아나가 얼른 덧붙였다.

좋았어. 이번엔 쉬웠다.

하지만 아나는 우울해 보였다.

"어이, 너무 걱정 마." 내가 말했다. "힘닿는 데까지 내가 널 보호할 거니까."

"걱정되는 건 내가 아니에요, 당신이지."

"테일러와 팀원들이 애쓰고 있어. 걱정 마."

아나가 얼굴을 찌푸리며 포크를 접시 위에 내려놓았다.

"안 먹고 그러면 안 돼."

아나가 아랫입술을 잘근잘근 씹었다. 나는 손을 내밀어 그녀의 손을 잡았다. "아나. 괜찮을 거야. 날 믿어. 너에게 무슨 일이 생기게 안 해." 나는 더 안전한 화제로 넘어가려고 말머리를 돌렸다. "바스티유는 어땠어?"

아나의 표정이 즐거운 미소로 밝아졌다. "좋은 사람이던데요. 철저하고. 재밌는 수업이 될 거 같아요."

"너와의 시합 기대할게."

"그건 이미 한 줄 알았는데요, 크리스천."

나는 웃음을 터뜨렸다. 아, 투셰(명중), 아나스타샤……. 투셰(명중)."

2011년 6월 23일 목요일

사무실 창문으로 아침 햇살이 비쳐들었다. 로스가 사무실 안으로 들어왔다. 우리는 작은 회의 탁자 앞에 앉았다. "몸은 좀 어때?" 내가 물었다.

"괜찮아요. 고마워요, 크리스천. 지난주 헬기 추락 사고의 후유증은 말끔히 나았어요."

"발 말이야?"

로스가 웃었다. "네. 물집이 가라앉았어요. 사장님은요?"

"괜찮아. 고마워. 괜찮은 거 같아. 고의적 손상이었다는 게 환장할 노릇이긴 하지만."

"누가 그런 짓을 했을까요?"

"모르겠어."

"불만을 품은 직원일 가능성은 고려해 보셨어요?"

"웰치의 팀이 유력한 용의자가 나올까 해서 전 · 현직 직원의 모든 파일을 뒤지고 있어. 이제까지 찾아낸 건 잭 하이드, 내가 SIP에서 쫓아낸 작자뿐이야."

"그 편집자 말인가요?" 어이가 없는지 로스의 목소리가 갈라졌다. 충격을 받은 로스의 표정에 나는 웃음이 터졌다.

"응."

"뜻밖이네요."

"그러니까. 웰치가 그치의 행방을 추적하는 중인데, 그치는 해고당한 이후 자기 아파트에 나타나지 않고 있어. 웰치가 끝까지 쫓을 거야."

"우즈 아닐까요?" 로스가 갑자기 떠오른 듯 말했다.

"그자도 당연히 용의자야. 웰치가 조사하고 있어."

"누가 됐든 꼭 잡았으면 좋겠어요."

"그래야 할 텐데." 가능한 빨리. "오늘 아침 가장 시급한 사안은?"

"캐버너 미디어. 심사숙고해야 할 건이에요. 비용 문제는 승인하셨어요?"

"알아. 알고 있어. 몇 가지 의문점이 있어서 프레드와 의논하려고. 내가 그걸 마무리 지어야 우리 쪽 최종 제안이 나오겠지. 그쪽 사람들이 영상당 비용을 승인하면 우리도 광섬유 조사에 착수할 수 있을 거야."

"네. 사장님께서 프레드와 확인 작업을 마칠 때까지 그 안은 보류하죠."

"이따가 프레드 만날 거야. 그때 의논할게. 프레드가 태블릿의 최신 시제품을 보여주기로 했어. 안 그래도 다음 시제품이 나올 때가 되긴 했어."

"좋은 소식이네요. 대만 건을 진척시킬 생각은 없으세요?

"보고서는 읽었어. 흥미롭더군. 그 조선소가 성장세에 있다는 건 분명하고 그들이 사업을 확장하려는 이유도 알겠어. 그런데 굳이 미국에서 투자를 받으려는 이유를 잘 모르겠어."

"미국 정부가 우리 편이니까요." 로스가 단언했다.

"그렇긴 하지. 세금 측면에서 유리하기도 하겠지만, 건설 부문을 시애틀 바깥으로 확장한다면 커다란 진전일 거야. 그들이 건실

한지 확신이 필요해. GEH에 도움이 될지 말이야."

"크리스천, 장기적으로는 비용이 절감될 거예요. 아시잖아요."

"물론이야. 철강 값이 계속 오르고 있으니까 장기간 GEH 조선소를 운영하면서 이쪽에 일자리를 유지하는 게 유일한 길일지도 몰라."

"이것이 우리 조선사와 직원들에게 어떤 의미가 될지 철저하게 영향 평가를 해야 할 거예요."

"그렇지." 내가 대답했다. "좋은 생각이야."

"알겠습니다. 마르코와 상의해서 그의 팀이 진행하도록 할게요. 하지만 너무 지체해선 안 돼요. 그 사람들 다른 데로 가버릴 거예요."

"알겠어. 다음 안건은?"

"공장 건이에요. 디트로이트. 빌이 적당한 재개발용 공장 부지 세 곳을 골라두었어요. 사장님의 결정을 기다리는 중입니다." 로스가 내게 눈총을 주었다. 나 때문에 지체되고 있다는 걸 알고 있었다.

왜 하필 디트로이트냐고?

나는 한숨을 쉬었다. "알았어. 디트로이트가 가장 좋은 지원 정책을 펴고 있긴 해. 비용 비교 분석을 진행한 후 각 부지의 장단점을 이야기해봅시다. 다음 주까지 끝내보자고."

"네. 알겠습니다."

우리는 다시 우즈 문제로 넘어가서 그가 비밀 유지 협약을 위반했다면 어떤 법적 조치를 취할 것인지 논의했다.

"그 작자 스스로 목을 맨 꼴이지." 내가 경멸조로 투덜거렸다. "언론이 그자에게 호의적이지 않던데."

"제가 편지를 써서 법적 조치를 취하겠다고 으름장을 놓았어요."

"우리가 실망했다는 것도 전했나?"

로스가 웃었다. "그럼요."

"그자가 입을 다무는지 두고 보자고. 등신." 나는 숨죽여 중얼거렸지만, 로스는 내 욕설이 못마땅해 얼굴을 찌푸렸다.

"그 작자 등신 맞아." 나는 소리쳐 나를 변호했다. "용의자이기도 하고."

프로 의식을 잃는 법이 없는 로스는 내 무례를 못 본 척했다. "사장님 개인에 관련된 사안입니다. 사장님의 자택 구매를 진행하고 있어요. 에스크로에 대금을 송금하셔야 해요. 제가 구체적인 내용을 보내드릴게요. 측량 작업을 진행해도 됩니다."

"건축업자에게 다음 주에 작업 시작하라고 말해두었어. 측량 작업이 필요할지는 잘 모르겠지만, 집은 개조할 거야."

"해서 나쁠 건 없을 겁니다. 건축업자가 자세히 알면 알수록 좋을 거예요."

나는 고개를 끄덕였다. "그렇긴 하지."

그녀의 양쪽 눈썹이 다시 붙었다. "제가 생각을 좀 해봤는데요." 그녀가 망설였다.

"뭔데?"

"생명의 위협을 받고 계시는데 아파트에 비상 대피소를 만들 생각은 안 해보셨나요?"

나는 놀랐다. "아니, 그런 생각은 안 해봤어. 펜트하우스에 살고 있으니까. 하지만 자네 말도 맞긴 해. 고려해볼게."

로스가 씁쓸한 미소를 지었다. "제 업무는 이게 전부예요."

"아직 더 있어." 나는 탁자 밑에서 오늘 아침 테일러가 가져다준 노드스트롬 가방을 집었다. "자네 거야. 약속한 대로."

"네?" 로스가 영문을 몰라 어리둥절한 얼굴로 가방을 받아 들고 안을 들여다보았다.

"마놀로." 내가 말했다. "치수가 맞아야 할 텐데."

"크리스천, 이러시면……" 로스가 항의했다.

나는 양손을 치켜들었다.

"내가 약속했잖아. 잘 맞았으면 좋겠어."

로스가 고개를 기울이더니 애정이 담긴 표정으로 나를 쳐다보았다. 분위기가 어색해졌다.

"고맙습니다." 로스가 말했다. "참고로, 그런 일이 있었지만, 저는 언제든 사장님과 다시 비행할 겁니다."

와. 듣던 중 가장 큰 칭찬이다.

로스가 나간 뒤 나는 책상 앞에 앉아 구매부의 버네사 콘웨이에게 전화했다. 이틀 전부터 마음먹은 일이었다.

"네, 사장님." 그녀가 응답했다.

"안녕, 버네사, 어려운 부탁 하나만 할게. 헬리콥터 추락 후에 로스와 내가 세브라는 남자에게 도움을 받았어. 트레일러트럭을 모는 남자야. 혼자 운전해. 그 남자를 채용할 방법이 없을까 해서……. 장거리 운전을 하는 남자야."

"제가 연락을 취해볼까요?"

"그래. 하지만 그 사람을 먼저 찾아내야겠지. 자세한 건 몰라."

"제가 한번 알아보겠습니다."

"주로 포틀랜드와 시애틀 사이를 오가는 사람이야. 내 생각엔 그래."

"알겠습니다. 제게 맡겨주세요."

"고마워, 버네사." 나는 전화를 끊었다. 세브에게 명함이라도 받아놓을 걸 후회가 됐다. 그는 내 명함을 가지고 있겠지만, 버리지 않았다면. 어떻게든 그 사람에게 보답하고 싶었다.

나는 이메일을 확인하려고 컴퓨터로 고개를 돌렸다. 아나에게서 이메일이 들어와 있었다.

보낸 사람: 아나스타샤 스틸

제목: 보고 싶어요

날짜: 2011년 6월 23일 11:03

받는 사람: 크리스천 그레이

할 말은 이것뿐.

Axx

보낸 사람: 크리스천 그레이

제목: 내가 더 보고 싶어

날짜: 2011년 6월 23일 11:33

받는 사람: 아나스타샤 스틸

네가 마음을 바꿔서 이번 주에 네 물건을 챙겨 에스칼라로 들어왔으면 좋겠다. 그럼 매일 밤 나랑 같이 있을 수 있잖아. 살지도 않는 집인데, 집세는 왜 내겠다는 거야?

크리스천 그레이

CEO, 그레이 엔터프라이즈 홀딩스 Inc.

내 집으로 완전히 들어오라고 아나를 계속 꼬시고 있는데 아나는 요지부동이었다. 대체 왜 망설이는 걸까? 시애틀에 온 이후 자기 아파트에서 지낸 적이 거의 없는데. 나랑 결혼하기로 약속했으면서……. 이건 왜 싫다는 거지? 이해가 안 갔다. 화가 치밀었다.

나랑 같이 살자, 아나.

보낸 사람: 아나스타샤 스틸

제목: 내 곁에 있어줘요

날짜: 2011년 6월 23일 11:39

받는 사람: 크리스천 그레이

시도는 좋았어요, 그레이.

내 아파트는 당신과 함께한 멋진 추억이 어린 곳이에요.

말했잖아요. 난 더 많은 걸 원한다고.

난 항상 더 원해요.

거기서도 내 옆에 있어줘요.

Axx

오, 아나, 아나, 아나. 넌 항상 더 원하지. 우리가 안전했다면 나도 그랬을 거야.

보낸 사람: 크리스천 그레이

제목: 너의 안전

날짜: 2011년 6월 23일 11:42

받는 사람: 아나스타샤 스틸

지금 내게는 추억 만들기보다 이게 더 중요해.

내 상아탑에선 널 안전하게 지킬 수 있어.

제발 다시 생각해.

크리스천 그레이

CEO, 그레이 엔터프라이즈 홀딩스 Inc.

추신: 웨딩 플래너가 네 마음에 들었으면 좋겠다.

오늘 밤 어머니가 에스칼라로 와서 우리와 함께 웨딩 플래너를 만나기로 했다. 오늘 저녁을 그렇게 보내고 싶지는 않았지만. 왜 그냥 라스베이거스로 가서 결혼하지 않았을까? 그랬다면 지금쯤 우리는 남편과 아내가 되었을 텐데. 아나가 내 집으로 들어오는 걸 자꾸 미루지만 않아도 기분이 한결 유쾌할 것이다.

왜 망설이는 거지?

마음이 바뀔지 몰라서 피난처로 그 아파트가 필요한 걸까?

망할.

왜 내게 온전히 의지하지 않는 거야?

그만, 그레이.

아나는 너랑 결혼하기로 약속했어!

나는 불편한 생각들을 외면하려고 전화기를 들었다. 웰치에게 전화해서 추락 사고에 관해 새로운 사실이 나왔는지, 잭 하이드의 행방을 알아냈는지 확인하고 대피소에 대해서도 알아보기로 했다.

테일러는 내가 시장의 집무실까지 걸어서 가거나 오는 걸 극구 반대했다. 그래서 나는 시장과 긴 오찬을 마친 뒤 마지못해 아우디 뒷좌석에 올라타고 그레이 하우스까지의 짧은 거리를 차로 이동했다. 테일러가 어미 닭처럼 나를 감싸고 도는 것이 달갑지만은 않았다. 갑갑했다. 긴 한숨을 천천히 내쉬는데 아나가 똑같은 이유로 내게 항의한 일이 기억났다.

제길. 아나가 소여의 시선을 참아내야 할 텐데.

그래도 골프를 치지 말라는 테일러의 조언은 유용했다. 골프 코스 주변에 암살자가 몸을 숨길 만한 나무들이 너무 많다는 건 사실이다. 골프라면 사족을 못 쓰는 것도 아니고 해서 포기하기가 어렵지는 않았다. 테일러가 너무 유난을 떤다는 생각이 들긴 하지만.

고개를 들어 풍경이 담긴 선루프를 올려다보니 시애틀 도심의 강철과 유리 위로 여름의 푸르름이 눈에 들어왔다. 저 위에 있고 싶다는 생각에 잠시 젖었다.

창공을 걷는 자유.

아나와 같이 저 위로 다시 가보기로 했다. 세일플레인(하늘 높이 나는 고성능 글라이더 – 옮긴이)을 타고 하늘 높이 치솟으면 안전할 것이다. 항시 우리를 경호하는 경계의 시선도 없을 것이다. 그런 계획은 지극히 매력적이었다. 아나를 데려가려면 2인용 세일플레인을 새로 장만해야 하겠지만. 나는 신이 나서 양손을 비볐다. 쇼핑을 할 기회가 생긴 것이다. 나는 주머니에서 휴대전화를 꺼내 알렉산더 슐라이허 웹사이트를 뒤지며 최근 출시된 항공기 디자인을 찾아보기 시작했다.

"고맙습니다, 크리스천, 아나. 만나서 반가웠어요. 환상적인 결혼식이 될 거예요."

"고마워요, 알론드라." 그레이스가 상냥하게 말했다.

"제안하신 것들이 마음에 쏙 드네요." 어머니는 평소답지 않게 열정을 내보이며 양손을 맞잡았다. 나는 억지웃음을 끌어내며 눈을 위로 치켜뜨지 않으려고 용을 써야 했다. 내 딴에는 최대한 예의를 차리는 중이었다. 구티에레즈 씨가 내놓은 제안은 훌륭했다. 내가 바라는 건 그저 이 일을 끝내는 것이다. 이걸 빨리 끝내고 우리가 결혼하는 것이다.

"제가 배웅할게요." 아나가 그렇게 말하며 그녀를 현관으로 안내했다.

"네 생각은 어떠니?" 그레이스가 물었다.

"괜찮은 사람 같아요."

"참 나, 크리스천." 어머니가 발끈했다. "그냥 괜찮은 정도가 아니잖아."

"알았어요. 웨딩 플랜에 천부적 소질이 있는 것 같아요." 내가 비꼬는 투로 말했다. 그레이스는 일자가 되도록 입을 꾹 다물었다. 어머니가 곧 내게 포문을 열겠구나 싶은 순간, 아나가 안으로 들어왔다.

"어땠어요?" 아나가 물었다. 그녀의 시선이 내 얼굴을 살피며 대답을 찾았다.

"괜찮은 사람 같았어. 넌 마음에 들어?" 내겐 이것이 중요한 문제다.

"마음에 쏙 들던데요. 창의적인 아이디어가 넘치더라고요. 그레이 박사님은……."

"아나, 제발. 그레이스라고 불러."

"그레이스." 아나가 수줍은 미소를 지으며 말했다. "그럼 이제 하객들에게 청첩장을 보내야겠죠?" 아나가 눈을 빠르게 깜빡거렸다. 갑자기 당혹감이 몰려온 듯했다. "아직 하객 명단도 없는데." 그녀가 중얼거렸다.

"그건 금방 해." 나는 아나를 안심시켰다. 내 생각에 하객은 가족들 외에 딱 두 사람뿐이었다. 로스와 플린 박사, 그리고 그들의 배우자. 어쩌면 바스티유도……. 그리고 맥.

"한 가지 더 있어." 그레이스가 말했다.

"뭔데요?"

"네가 가톨릭 예식을 원하지 않는 건 알지만, 마이클 월시에게 혼인미사를 부탁해보는 건 어떻겠니?"

월시 신부. 내가 아는 이름이다.

"우리 병원에 소속된 사제야. 나와는 친한 친구이기도 해. 우리가 아는 신부님들 중에 너와 친분이 있는 분은 없다는 건 알고 있어."

"아, 네. 그분 기억해요. 내게 늘 친절하셨죠. 가톨릭 결혼식은 원치 않지만 그분이 예식을 주관하는 건 괜찮아요. 아나만 괜찮다면."

아나가 조금 창백한 얼굴로 고개를 끄덕였다. 이 상황이 힘겨운 듯 보였다.

"그럼 됐구나. 내일 내가 그분에게 말씀드리마. 하객 명단은 너희 둘에게 맡길게." 그레이스가 나를 향해 뺨을 올렸고 나는 가볍게 입을 맞추었다. "난 그만 갈게." 어머니가 말했다. "아나, 잘 있으렴. 전화할게."

"네." 아나는 그렇게 대답했지만 어쩐지 확신이 없는 목소리였다. 웨딩 플래너가 마음에 들지 않는 걸까? 나처럼 당황해서? 나는 아나의 손을 꼭 쥐어 그녀를 안심시켰다. 우리는 함께 어머니를 현관까지 배웅했다. 엘리베이터를 기다릴 때 그레이스가 내게 돌아섰다.

"아버지에게 전화 드려, 크리스천."

나는 한숨을 쉬었다. "생각해볼게요."

"어깃장 그만 부리고." 어머니가 조용히 타일렀다.

"어머니!" 그만 좀 하세요.

아나는 우리 둘을 흘끔거렸지만 슬기롭게 입을 꼭 다물고 아무 말도 하지 않았다. 핑 하는 소리와 함께 엘리베이터 문이 열리며 나를 살려주었다. 내가 아나의 손을 향해 손을 내밀 때 그레이스가 엘리베이터에 탔다. "잘 자렴." 어머니가 인사했다. 엘리베이터 문이 닫혔다.

"아버님과는 이야기 안 할 거예요?" 아나가 물었다.

나는 어깨를 추어올렸다. "그렇게까지 할 생각은 없어."

"지난주 일 때문에 그러는 거죠? 아버님과 다퉈서?"

나는 궁금해하는 그녀의 눈을 마주했지만 아무 말도 하지 않았다. 이건 아버지와 나 사이의 일이다.

"크리스천, 그분은 당신 아버지예요. 당신을 지키려는 것뿐이에요."

나는 아나가 멈추기를 바라며 한 손을 들었다. "이 얘긴 그만하자." 아나가 팔짱을 끼더니 고집쟁이 스틸의 턱을 치켜들었다. "아나스타샤. 그만해."

그녀의 코발트색 눈이 반짝거렸다. 하지만 그녀는 한숨을 쉬고는 팔짱을 풀며 짜증과 연민이 섞인 눈으로 나를 바라보았다.

괜히 50가지 그림자겠어, 자기야.

"나 할 말 또 있어요." 아나가 말했다. "우리 아빠가 결혼식 비용을 대고 싶어 하세요."

"그래?"

안 될 말이다. 엄청난 비용이 들 텐데 아버님은 그걸 감당하지 못할 것이다. 장인어른을 파산시킬 수는 없다. "말도 안 되는 소리."

"네? 왜요?" 아나가 전투태세를 갖추었다.

"자기야, 이유를 알잖아." 이 문제로 다투고 싶지 않았다. "안 돼."

"하지만……."

"안 돼."

그녀의 입술이 내가 잘 아는 고집쟁이 입매를 만들었다.

"아나, 이 결혼식의 전권은 네게 있어. 뭐든 마음대로 해. 그것만 빼고. 아버님에게 그런 부담을 지울 순 없어. 지금은 2011년이지 1911년이 아니야."

아나가 한숨을 쉬었다. "아빠한테 뭐라고 말해야 할지 모르겠어요."

"필요한 건 이미 내가 결정했다고 말씀드려. 나는 그래야 직성이 풀리는 사람이라고."

사실이 그러니까.

아나가 다시 한숨을 쉬었다. 체념하는 것 같았다.

"이제 하객 명단을 정해볼까?" 내가 물었다. 아나가 이 작업을 하면서 근심을 덜고 레이 아빠 생각을 그만했으면 싶었다.

"그래요." 아나가 순순히 말했다. 그렇게 싸움의 위기는 무사히 넘겼다.

나는 아나의 귀에 코를 비볐다. 아나는 막 물러간 오르가슴 때문에 숨을 몰아쉬었다. 이마에는 땀방울이 송골송골 맺혔고 손가락은 아직 내 머리카락을 움켜쥐고 있었다.

"어땠어, 아나스타샤?"

아나는 내 이름을 엉터리로 중얼거렸다. "황홀했다"는 말을 하고 싶은 듯했다.

나는 활짝 웃었다. "제발 여기서 나랑 살자."

"알았어요. 하지만 이번 주는 안 돼요. 제발. 크리스천." 아나가 숨을 몰아쉬었다. 눈을 바르르 떨다가 뜨고 나를 물끄러미 쳐다보았다. "제발." 그녀가 입 모양으로 말했다.

망할.

"알았어." 내가 속삭였다. "이제 내 차례야." 나는 그녀의 귓불을 잘근잘근 씹고는 그녀를 뒤집어 엎드리게 했다.

2011년 6월 28일 화요일

"레일라가 당신과 얘기를 나누고 싶답니다." 플린이 말했다. 그는 내 반응을 살피느라 실눈을 뜨고 있었다. 나를 시험하는 걸까. 알 수 없다.

"무슨 얘기를요?" 내가 조심스럽게 물었다.

"고맙다는 말을 하려는 거겠죠."

"꼭 해야 하는 일인가요?"

존이 의자에 몸을 기댔다. "그 여자와 꼭 얘기해야 하냐고요? 난 별로 좋은 생각 같지 않아요."

"그런다고 무슨 해로운 일이 생길까요?"

"크리스천, 레일라는 당신에게 강한 애착을 가지고 있습니다. 죽은 연인에 대한 감정을 당신에게 쏟아왔으니까요. 당신을 사랑한다고 생각하고 있어요."

머리카락이 곤두서고 가슴이 철렁했다.

안 돼! 어째서 나를 사랑한다는 거지?

그 생각을 하니 견딜 수가 없었다.

내 사랑은 오직 아나여야 한다. 태양도 달도 별들도…… 오직 아나와 함께 뜨고 진다.

"만약 레일라의 일에 관여할 생각이라면 선을 명확히 긋는 게 레일라를 위해 필요할 겁니다."

나를 위해서라도 필요하겠지. "레일라와 나 사이의 모든 의사소통은 당신을 통해 계속 이어가고 싶은데 괜찮으시죠? 레일라는 내 이메일 주소를 알고 있지만 아직 연락을 취한 적은 없어요."

"당신이 응답하지 않을까 봐 두렵겠죠."

"맞아요. 난 레일라가 아나에게 총을 겨눈 일을 절대 용서할 수 없습니다."

"위안이 될지 모르겠지만, 그 여자는 그 일을 깊이 뉘우치고 있어요."

나는 분노가 섞인 한숨을 훅 내쉬었다. 그 여자가 뉘우치든 말든 관심 없었다. 그냥 치료나 받고 꺼져주었으면 싶다. "그래도 진전은 있는 거죠?"

"그럼요. 상당한 진전이 있습니다. 미술 치료가 놀라운 효과를 내고 있어요. 레일라는 고향으로 돌아가 미술을 전공하기를 희망하고 있어요."

"학교는 정했습니까?"

"정했습니다."

"아나에게…… 내게 접근하지만 않는다면, 그렇기만 하면…… 내가 학비를 대죠."

"참 너그러우시군요." 플린이 인상을 썼다. 반대하려는 게 분명했다.

"너그러운 건 그만한 능력이 있어서입니다. 그 여자가 회복이 된다면 나로서는 기쁜 일이에요." 나는 얼른 덧붙였다.

"레일라는 이번 주에 퇴원합니다. 가족에게로 돌아갈 거예요."

"코네티컷 말입니까?"

그가 고개를 끄덕였다.

"잘됐군요." 그 여자는 이 나라 반대편에 있게 될 것이다.

"내가 뉴헤이번의 정신과 의사를 추천해주었습니다. 그럼 너무 멀리까지 여행을 다니지 않아도 되고 보살핌을 받게 될 겁니다." 그가 잠시 멈추었다가 화제를 바꾸었다. "악몽은 멈추었나요?"

"일단은요."

"엘레나는요?"

"모든 연락을 피하고 있는데, 어제 계약서에 서명했어요. 다 끝났어요. 이제 에스클라바 그룹은 그 여자 겁니다." 엘레나가 미용 브랜드 사업체로 직접 고른 그 이름은 언제나 나를 미소 짓게 만들었다. 심지어 지금도.

"그러고 나니까 어떤 기분이 드나요?"

"별로 생각해본 적 없어요." 내 머릿속은 다른 걱정거리들로 복잡했다. "다 끝났다는 데 안도할 뿐이에요."

플린은 잠시 나를 바라보았다. 나는 그가 이 문제를 더 파고들겠구나 생각했지만 그는 화제를 바꾸었다. "전반적으로 기분이 어떻습니까?"

그의 물음에 나는 잠시 생각해보았다. 아끼는 찰리 탱고가 누군가에 의해 손상되었다는 것과 누가 내가 죽기를 바란다는 사실 외에는…… 기분이 좋았다. 사실이 그러했다. 물론 불안하기도 했고, 아나가 에스칼라로 아직 이사하지 않은 것에 화도 났다. 하지만 자기 아파트에서 다시 나와 함께 밤을 보내고 싶어 하는 아나의 마음은 이해가 갔다. 그것이 이번 주가 될 수 있다는 것도. 펜트하우스에 대피소를 만들 거라 어차피 거기서 나와야 했다. 호텔로 가든가 그레이스의 집 아니면 아나의 집으로.

"좋습니다."

"그런 것 같군요. 놀랍습니다." 플린은 생각에 잠기는 듯했다.

"왜요? 뭐가 놀랍다는 겁니까?" 내가 물었다.

"당신이 불안감을 내면에 꽁꽁 숨기지 않고 표면화시키는 것 같아서요."

나는 인상을 썼다. "내 삶에 대한 위협이 표면화됐죠."

그가 고개를 끄덕였다. "네. 그렇죠. 그래도 그 덕분에 당신이 당신 자신을 괴롭히지 않는 거예요."

"미처 생각해보지 않은 면이로군요."

"아버지와는 이야기를 나누었습니까?"

"아뇨."

플린이 무표정한 얼굴로 입술을 살짝 다물었다.

나는 한숨을 쉬었다. "안 그래도 그러려고 합니다."

그가 시계를 흘끔 보았다. "시간이 다 되었군요."

2011년 7월 1일 금요일

사무실 문을 두드리는 소리가 나고 안드레아가 들어왔다. 나는 아나가 보내준 결혼 용품 목록을 살펴보다가 눈을 들었다. "뭐지?" 나는 멋대로 들어온 안드레아에게 놀라 물었다.

"아버님께서 찾아오셨습니다."

뭐라고? "사무실에 말인가?"

"지금 올라오고 계세요."

제기랄!

"죄송합니다, 사장님." 안드레아가 말했다. "로비에 계시게 할 수가 없었습니다." 그녀가 사과하듯 어깨를 으쓱거렸다. "사장님 아버님이라 어쩔 수 없었어요."

맙소사. 나는 시간을 확인했다. 5시 15분. 5시 30분에 퇴근해 긴 주말을 보낼 예정이었는데.

"기다리시라고 해."

"네, 사장님." 안드레아가 밖으로 나가서 문을 닫았다.

죽겠구만.

아버지와 다시 대화하고 싶지 않았다. 지난번 이야기를 나눈 것으로 충분했다. 하지만 비서가 나서는 바람에 달리 선택의 여지가 없었다.

망할.

어머니가 아니라 아버지가 연락도 없이 들이닥친 적은 없었다. 나는 숨을 크게 들이마시며 일어서서 몸을 쭉 폈다. 걷어 올린 셔츠의 소맷부리를 내리고 책상 위에 놓인 커프스 링크를 끼웠다. 의자 등받이에 걸쳐둔 재킷을 집어 걸치고 단추를 하나 잠갔다. 셔츠에 커프스 링크를 고정한 뒤 넥타이를 똑바로 고쳐 매고는 두 손으로 머리카락을 쓸어 넘겼다.

한번 해보자, 그레이.

캐릭이 낡은 서류 가방을 들고 문 앞에 서 있었다. "아버지." 나는 목소리에서 힘을 뺐다.

아버지의 입술이 휘어지며 따스한 미소를 지었다. 24년간의 사랑과 아버지로서의 자긍심을 드러내는 미소였다.

후우. 감정이 홍수처럼 밀려왔다.

"아들아." 아버지가 말했다.

"들어오세요. 뭐 좀 드릴까요?" 나는 별안간 치미는 감정들을 다잡으며 물었다.

싸우러 왔을까? 화해하러? 뭐지?

"안드레아가 벌써 줬어. 괜찮아." 아버지가 말했다. "금방 갈 거야." 아버지가 사무실 안으로 들어와 안을 휙 둘러보았고, 그사이 나는 문을 닫았다. "오랜만에 와보네."

"네." 내가 중얼거렸다.

"아나 사진이 참 근사하구나."

책상 맞은편 벽에서 흑백의 아나가 우리를 매혹적으로 응시하고 있었다. 다정하면서도 수줍은 미소가 그녀의 즐거움을 암시하고 힘은 감추었다. 아나가 나를 향해 웃고 있다고 생각하면 기분이 좋았다. 그러면 나도 나 자신을 향해 웃을 수 있었다. "새로 구입한 사진이에요. 워싱턴 주립 대학 출신의 아나 친구 호세 로드리게즈가 찍은 거예요. 포틀랜드에서 전시를 했었죠. 아버지도 제 집에서 만난 적 있어요. 찰리 탱고가 추락한 날 밤에. 연작이고 모두 일곱 작품이에요. 이건 이번 주 초에 가져와 걸었어요. 아나의 미소가 참 아름답죠." 내가 말을 쏟아냈다.

캐릭의 표정은 따스하면서도 조심스러웠다. 아버지가 손으로 머리카락을 쓸어 넘겼다.

"크리스천, 내가 말이다……." 아버지가 몹시 고통스런 생각에 잠기는 것처럼 말을 끊었다.

"네?" 내가 물었다.

"사과하러 왔다."

나는 돛에 불던 바람이 일시에 잠잠해진 것처럼 평온하게 바다 위를 떠도는 느낌이 들었다.

"내가 실언을 했어. 화가 나서 한 말이었다. 나 자신한테." 아버지의 시선이 내 시선을 파고들었다. 아버지의 손가락이 오랜 세월 사용한 낡은 가방의 손잡이를 꽉 움켜쥐었다. 내가 할 말을 찾는 동안 목이 뜨겁게 메어왔다. 아버지의 서류 가방이 아버지 서재의 해어진 의자 위에 항상 놓여 있던 것이 기억났다.

"크리스천, 폭력 행위로 학교에서 쫓겨난 게 이번이 두 번째야." 아버지는 제정신이 아니었다. "정말 어처구니가 없구나. 네 어머니와 나는 뭘 어찌해야 할지 모르겠다." 아버지가 뒷짐을 지고 책상 앞을 왔다 갔다 서성였다.

나는 아버지 앞에 서 있었다. 까진 손가락의 관절이 욱신거렸다. 참고 있었지만 걷어차인 옆구리도 아팠다. 하지만 상관없었다. 와일드 그 자식은 맞아도 싼 놈이니까. 자기보다 작은 아이들, 자기보다 가난한 집 아이들을 괴롭히는 놈이다. 쓰레기 같은 놈, 그 개자식도 같이 퇴학을 당했다.

"아들아, 이러면 선택의 폭이 좁아지는 거야."

아버지와 어머니에게는 인맥이 있다. 어차피 다른 학교를 구해 줄 거면서. 제길, 굳이 학교를 더 다닐 필요가 있을까.

"엄마랑 사관학교가 어떨까 의논 중이다."

아버지가 영화처럼 안경을 벗고 나를 노려보면서 기다렸다. 내가 반응하길 바랐다. 엿이나 드세요. 사관학교도 까 드시고. 정말 거기로 나를 내쫓으려는 거라면 두 분 다 까 드세요. 덤비라고요. 나는 눈을 내리깔고 아버지가 어디를 가든 들고 다니는 그 바보 같은 가방만 쳐다보며 목구멍으로 치미는 불덩이를 외면했다.

아버지는 왜 내 편을 들어주지 않지?

번번이.

그놈이 먼저 내게 덤볐는데.

나는 버티고 서 있었을 뿐이다.

그 개자식.

이제 아버지는 눈주름이 더 깊게 파였고 안경알도 더 두꺼웠다. 아버지가 나를 바라보며 차분히 인내하는 방식으로 사과에 대한 대답을 기다렸다.

아버지.

나는 고개를 끄덕였다. "저도 죄송해요."

"됐다." 아버지가 헛기침을 하더니 벽에 걸린 아나를 다시 흘끔 보았다. "참 아름다운 여인이다."

"그렇죠. 모든 면에서."

아버지의 눈이 부드럽게 풀렸다. "이만 갈게."

"그러세요."

아버지가 슬쩍 내게 미소를 짓고는 휭하니 나가버렸다. 문이 아버지 뒤에서 닫혔다.

나는 숨을 훅 뱉었다. 목이 뜨겁게 메고 가슴이 뭉클했다.

젠장. 사과라니. 아버지가 사과를 했다. 처음으로. 믿기지가 않았다. 나는 이렇게 될 줄 알았다는 듯 슬며시 웃고 있는 아나를 쳐다보았다. '크리스천, 그분은 당신 아버지예요. 당신을 지키려는 것뿐이에요.' 머릿속에서 아나의 목소리가 들려온 순간 실제로 그녀의 목소리를 들어야겠다는 생각이 들었다. 당장.

나는 책상으로 돌아가 전화기를 들었다.

아나는 첫 번째 신호음에 전화를 받았다. 내 전화를 기다렸다는 듯이. "안녕." 부드럽고 숨이 가쁜 목소리였다.

"안녕." 내가 속삭였다. "보고 싶었어."

그녀가 미소 짓는 소리가 들리는 듯했다. "나도 보고 싶었어요, 크리스천."

"오늘 저녁 각오는 돼 있지?"

"그럼요."

"작전 회의 어때?"

"좋죠." 그녀가 깔깔 웃었다.

오늘 밤. 우리는 부부가 된다. 그녀의 아파트에서.

아나가 그녀의 아파트 문을 열어주었다. 서 있는 아나의 모습이 주방 불빛에 실루엣으로 드러났다. 그녀는 하늘거리는 꽃무늬 원피스 차림이었다. 전에 본 적 없는 옷이었는데 불빛에 속이 훤히 비쳤다. 굽이치는 선과 면이 만들어낸 몸매가 멋진 조각품처럼, 오로지 나를 위해 드러났다. 그녀는 황홀했다.

"안녕." 그녀가 말했다.

"안녕. 원피스 예쁘다."

"이 오래된 옷이요?" 아나가 재빨리 한 바퀴 휙 돌았고, 치맛자락이 그녀의 다리에 감겼다. 나를 위해 특별히 입은 옷이 분명했다.

"그건 나중에 벗겨줄게. 기대된다." 나는 파이크 플레이스 마켓에서 산 파란색 모란 꽃다발을 내밀었다.

"꽃?" 그녀가 환해진 얼굴로 꽃다발을 받아 코를 묻었다.

"그럼 내가 약혼녀에게 꽃 하나 못 사 주겠어?"

"얼마든지 그럴 수 있죠. 그러고 있고요. 당사자에게 직접 받은 건 이번이 처음 같긴 하지만."

"그러고 보니 그러네. 들어가도 돼?"

아나가 깔깔 웃으면서 두 팔을 펼쳤다. 나는 그녀의 품으로 들어가서 그녀를 꼭 끌어안았다. 그녀의 머리카락에 코를 비비며 매혹적인 향기를 들이마셨다.

내. 집은. 아니다.

그녀가. 내. 삶이다.

"괜찮아요?" 아나가 손바닥으로 내 뺨을 감쌌다. 그녀의 짙푸른 두 눈이 내 눈을 탐색했다.

"이제 괜찮아." 나는 고개를 숙여 그녀에게 가볍게 키스했다. 그녀의 입술이 내 입술을 스치자, 감사하는 마음을 전하고 '네 얼굴을 보니 너무 좋아' 하려던 입맞춤이…… 그 이상이 되었다. 저만치 앞서 나갔다. 아나의 자유로운 손이 내 뒷목을 어루만졌다. 그녀가 이국의 꽃처럼 나를 위해 활짝 펼쳐졌다. 그녀의 따스한 입이 나를 환영했다. 내 손이 아나의 몸을 가린 옷감을 따라 내려가 그녀의 엉덩이를 움켜쥐자 아나가 숨을 들이켰다. 그녀의 혀가 갖가지 언어로 내 혀를 맞이하는 바람에 결국 둘 다 숨을 가빠졌다.

욕망이 출구를 찾아 내 혈관을 질주했다.

나는 신음하며 몸을 떼고 나서 몽롱해진 그녀의 아름다운 얼굴을 내려다보았다.

"그래, 테일러, 그만 가도 좋아." 내가 말했다.

"네, 사장님." 뒤에 있던 테일러가 계단 그림자 밖으로 나와 내 가죽 여행 가방을 문간 안에 내려놓은 뒤 우리 둘에게 고개를 숙이고는 계단 아래로 내려갔다.

아나가 깔깔 웃었다. "테일러가 있는 줄 몰랐어요."

"나도 깜빡했어." 나는 씩 웃었다.

아쉽게도 아나가 나를 놓았다. "이 근사한 꽃은 물에 담가둬야겠어요." 나는 아나가 콘크리트 아일랜드 식탁으로 건너가는 것을 보았다. 지난번 여기 왔을 때는 아나가 무기를 든 채 제정신이 아닌 레일라와 맞섰던 것이 기억났다. 등줄기에 소름이 돋았다. 하마터면 그 만남으로 끔찍한 비극이 벌어질 뻔했다. 아나가 자꾸 여기서 다시 밤을 보내자고 하는 것도 무리는 아니었다. 지난번 여기서 벌어진 일을 잊고 새 기억을 만들고 싶은 게 분명했다. 다행히 레일라는 회복되어 이 나라 반대편에 있는 부모님의 고향인 코네티컷으로 돌아갔다.

"케이트는 어디 있지?" 나는 아나가 혼자 살지 않는다는 게 생각나 물었다.

"당신 형님과 데이트하러 나갔어요."

아나가 꽃병에 물을 채웠다.

"그럼 이 집은 오롯이 우리 둘 거겠네." 나는 어깨를 움직거려 재킷을 벗고 넥타이를 풀어버린 다음 셔츠의 위 단추를 두 개 풀었다.

"맞아요." 아나가 공책을 들어 보였다. "결혼식에 관해 의논해야 할 것들을 모두 적어봤어요."

"그건 나중에 하면 안 될까?"

"안 돼요. 당신이 나중에 하자고 하는 건 무슨 뜻인지 잘 알거든요. 그리고 우리 이거 꼭 해야 해요, 크리스천. 작전 회의 잊지 않았죠?"

아나가 내게 공책을 흔들며 결의에 찬 스틸 턱을 치켜들었다.

그 모습이 아나에게 잘 어울렸다.

아나는 결혼식 때문에 스트레스를 받고 있었는데, 나는 그 이유를 알 수가 없었다. 유능한 구티에레즈 씨가 확고하고 효율적인 방식으로 모든 준비를 착착 진행하고 있는데. 우리끼리는 오래 할 이야기도 없었다.

"삐지기 없기에요." 아나가 덧붙이며 특유의 명랑한 미소를 지었다.

나는 웃었다. "좋아. 해보자."

한 시간 뒤 우리는 주방 식탁의 스툴에 앉아 있었다. 혼인 신고서를 온라인으로 제출하고서. 청첩장도 정했다. 색깔 배합. 메뉴. 케이크 디자인. 파티 선물도.

파티 선물!

"크리스천, 목록은 없어도 되겠어요."

"목록?"

"결혼 선물 목록."

"필요 없지, 그럼."

"그래도 뭐든 선물하고 싶은 사람들은 당신 부모님의 자선 행사 '함께 발맞추기'에 기부를 하면 되지 않을까요?"

나는 아나를 쳐다보았다. 놀랍기도 하고 숙연한 마음도 들었다.

"기발한데."

아나가 고개를 끄덕였다. "당신이 찬성이라니까 기뻐요."

나는 몸을 내밀어 아나에게 키스했다. "이러니 너랑 어떻게 결혼을 안 하냐고."

"내 요리 솜씨에 반해 결혼하는 줄 알았는데요."

내가 고개를 끄덕였다. "그것도 이유지."

아나가 깔깔 웃었다. 기쁨이 가득한 소리였다.

"그럼, 내가 케이트한테 신부 들러리 부탁할게요."

아나가 말했다.

"그래." 나는 김이 샜지만 내색하지는 않았다. 내가 아는 한 캐서린만큼 사람을 열 받게 하는 여자는 없었다. 하지만 아나의 절친이기도 했다……. 그러니까…… 싫어도 참아, 그레이.

"미아에게도 신부 들러리 부탁해볼게요."

"미아가 좋아하겠네."

"신랑 들러리는 당신이 구해요."

"신랑 들러리?"

"네."

엘리엇밖에 맡길 사람이 없다. 형한테 부탁할 수밖에 없는데, 형은 그걸로 나를 놀려먹을 게 분명하다.

"당신은 별로 즐겁지 않나봐요?" 아나가 나를 물끄러미 쳐다보았다.

"너랑 결혼하는데 즐겁지 않을 리가 있나."

아나는 고개를 한쪽으로 기울였다. 내 대답이 만족스럽지 않은 눈치였다. 나는 한숨을 쉬었다. "응. 별로야. 난 관심의 대상이 되는 걸 즐긴 적이 없어. 이것도 너랑 결혼하는 이유 중 하나야."

아나가 눈살을 찌푸렸다. 나는 손가락 관절로 아나의 뺨을 쓰다듬었다. 벌써 몇 분째 그녀를 만지지 않았다. "넌 관심의 대상이 되겠지."

아나가 눈을 위로 치켜떴다. "그건 두고 봐야죠. 결혼 예복을 차려입으면 틀림없이 근사할 거예요, 그레이 씨."

"드레스 있어?"

"케이트의 어머니가 디자인해주실 거예요." 아나는 자기 손가락을 내려다보며 덧붙였다. "비용은 아빠한테 부탁드렸어요."

"아버님이 좋아하셔?"

아나가 고개를 끄덕였다. "결혼식 비용을 부담하지 않는 건 안심하시는 눈치인데, 이렇게라도 비용을 보태는 게 뿌듯하신가봐요."

나는 활짝 웃었다. "아나스타샤 스틸, 똑똑하기도 하지. 네가 타협점을 찾아낼 줄 알았어. 훌륭한 협상이야." 나는 몸을 내밀어 아나의 입술에 쪽 하고 입을 맞추었다.

"배고파요?" 아나가 물었다.

"응."

"내가 스테이크 구울게요."

"대피소요? 그게 효과가 있을까요?" 아나가 쇠고기 안심을 잘게 썰면서 물었다.

"테일러의 사무실에 적당한 자리가 있긴 해. 우리 침실 옷방도 괜찮고. 버튼을 누르면 문이 닫히고 침입이 차단돼. 구조대가 도착할 시간을 버는 거지. 아무튼 계획은 그래."

"아하." 아나의 얼굴에서 핏기가 가셨다.

나는 아나의 손을 잡았다. "그냥 예방 차원이야. 거길 사용할 일이 없으면 좋겠지만." 나는 피노누와 와인 잔을 들고 그녀의 손을 놓았다.

“그런 의미에서 건배.” 아나가 내 잔에 자기 잔을 부딪쳤다.

“너무 걱정하는 얼굴은 하지 마. 내가 온 힘을 다해 널 안전하게 지킬 거니까.”

“나 자신이 걱정돼서 그러는 게 아니에요, 크리스천. 알잖아요. 그…… 조사는 어떻게 되어가요?”

“지지부진해. 그래서 답답해. 그 생각은 하지 마. 직원들이 노력하는 중이니까.” 진척이 없는 것 때문에 아나가 걱정하는 건 싫었다. “스테이크 맛있게 잘 먹었어.” 나는 나이프와 포크를 내려놓았다.

“고마워요.” 아나가 그렇게 말하고는 빈 접시를 옆으로 밀어놓았다.

“이제 우리 뭐 할까?” 내가 물었다. 내 의사가 명확히 전달되기를 바라며 목소리를 착 깔았다. 지금 이 아파트에는 우리뿐이었는데 내 집에서는 누릴 수 없는 일이었다.

아나가 속눈썹 사이로 나를 빤히 쳐다보았다. “좋은 생각이 있어요.” 부드럽고 끈적한 그녀의 목소리가 나를 흥분시켰다. 아나가 혀로 윗입술을 핥더니 손을 내 무릎에 놓았다. 내 욕망으로 인해 우리 사이에 불꽃이 튈 지경이었다.

아나.

그녀가 몸을 앞으로 기울여 환상적인 가슴골을 선보였다. 그리고 내 귀에 소곤거렸다. “젖는 것도 포함돼요.”

오. 아나가 엄지손가락으로 내 허벅지 안쪽을 쓰다듬었다.

후아.

“맞아요.” 아나가 몸을 더 기울였다. 그녀의 숨결이 내 귀를 간지럽혔다. “우리 같이…… 설거지해요.”

뭐야!

날 놀렸겠다!

생각지도 못했네. 이건 도전이야.

나는 웃음을 참으며 그녀의 눈에서 내 눈을 떼지 않고 집게손가락으로 그녀의 뺨을 턱선까지 쓸어내린 다음 목과 흉골을 지나 원피스의 V자로 파진 곳으로 내려갔다. 그녀의 입술이 벌어지며 숨이 가빠졌다. 나는 엄지손가락과 집게손가락으로 보드라운 옷감을 꼬집으며 그녀를 내 쪽으로 끌어당겼다. "내게 더 좋은 생각이 있어."

아나가 숨을 들이켰다.

"훨씬 더 좋은 생각이야."

"뭔데요?"

"합체하자."

"크리스천 그레이!"

내가 씩 웃었다. 아나를 놀리는 건 꿀재미였다. "아니면 사랑을 나누던가." 내가 덧붙였다.

부드럽게, 그레이. 부드럽게.

"내 생각보다는 당신 생각이 더 마음에 들어요." 그녀의 목소리가 낮고 허스키했다.

"이제 와서?"

"음…… 1번으로 할게요." 그녀의 눈빛이 혼탁해졌다.

아나, 나의 여신.

"좋은 선택이야. 이제 원피스 벗어. 천천히."

아나가 일어섰다. 그녀는 내 허벅지 사이에 서 있었다. 시키는 대로 할 줄 알았는데 그녀가 고개를 숙이고 두 손을 내 허벅지에 놓더니 입술로 내 입가를 애무했다. "당신이 해줘요." 그녀가 내 피부에 대고 속삭였다. 욕망이 내 피를 뜨겁게 데우면서 온몸의 털이 곤두섰다.

"분부대로 하죠, 스틸 양." 나는 그녀의 랩 원피스를 고정한 허리끈을 잡아 부드럽게 매듭을 풀었다. 그녀의 원피스 자락이 벌어졌다.

아나는 브래지어를 하고 있지 않았다. 딱 좋아.

나는 두 손을 아나의 등으로 올렸다. 그녀가 내 얼굴을 손으로 감싸고 내게 키스하기 시작했다. 그녀의 입술은 꾸준했고 혀는 집요했다. 나는 신음하며 눈을 감았다. 우리는 서로의 키스를 음미했다. 그녀를 더 가까이 끌어당겨 내 가슴에 붙이자 부드러운 그녀의 피부가 내 손가락에 닿았다. 아나의 두 손이 내 머리카락 속에서 뒤틀렸다. 아나가 머리카락을 당기는 바람에 내 머리가 위로 젖혀졌다.

후아.

아나가 이로 내 아랫입술을 물어 당겼다.

윽.

아나!

나는 머리를 뒤로 빼고 그녀의 손목을 움켜쥐었다. "좀 거친데." 내가 경이로움에 젖어 속삭였다. 아나가 내 다리 사이에서 엉덩이를 흔들며 춤을 추었다. 그녀의 젖꼭지가 내 셔츠를 스치며 단단해졌다. 그녀의 머리카락이 어깨 위로 흘러내려 젖가슴을 뒤덮는 순간 내 바지가 팽팽하게 부풀었다.

아나가 뭐에 씐 걸까?

잔뜩 들떠 있었다. 도발적이었다.

"지금 나 놀리는 거야?" 내가 물었다.

"맞아요. 날 가져요."

"오, 그럴게. 여기서. 준비되면."

아나가 숨을 들이켰다. 끈적한 그녀의 눈이 강하게 나를 초대했다. 생각보다 와인을 너무 많이 마셨나. 나는 그녀를 살짝 물러나게 한 뒤 그녀의 손을 놓고 자리에서 일어섰다. 내가 내려다보자 그녀는 긴 속눈썹 사이로 나를 탐색했다.

"여기서 할까?" 나는 스툴의 윗부분을 톡톡 쳤다.

아나가 두어 번 눈을 깜빡거리는 사이 그녀의 입술이 놀라 벌어졌다.

"여기 엎드려." 내가 속삭였다.

그녀의 이가 도톰한 입술을 파고들자 옴폭한 자국이 작게 생겨났다. 일부러 한 행동이었다.

"1번을 선택한 걸로 아는데." 내가 아나에게 일깨웠다.

"그랬죠."

"다시 묻지 않을 거야." 나는 바지 단추를 풀고 천천히 지퍼를 내려 팽창한 몸에게 공간을 넓혀주었다.

아나가 나를 응시했다. 예쁜 원피스와 하얀 팬티만 입고 하이힐 샌들만 신은 모습이 음탕하면서도 사랑스러웠다. 아나가 두 손을 올렸다. 원피스를 벗으려는 것 같았다.

"입고 있어." 나는 명령하고 나서 바지 안에 손을 넣어 아랫도리 놈을 풀어주었다. "준비됐지?" 나는 손을 위아래로 움직여 자위를 하기 시작했다. 그녀의 짙어진 눈이 내 손에서 얼굴로 흘러갔다. 그녀가 알아채고 미소를 지으며 돌아서서 스툴 위에 엎드렸다.

"의자 다리 잡아." 아나는 시키는 대로 철제 버팀대를 감싸 쥐었다. 그녀의 머리카락이 바닥을 쓸었다. 나는 원피스 자락을 왼쪽으로 치워 그녀의 근사한 엉덩이를 눈앞에 드러냈다. "이건 없애버리자." 나는 한 손가락으로 팬티 고무줄 위쪽의 피부를 쓰다듬었다. 그리고 바닥에 무릎을 대고 앉아 천천히 그녀의 다리 아래 신발 위로 팬티를 끌어내렸다. 그것을 옆으로 던져버린 다음 두 손으로 그녀의 엉덩이를 움켜쥐었다.

“이 각도에서 보니까 끝내주게 근사한데, 스틸 양.” 나는 속삭이고 나서 그녀의 엉덩이에 입을 맞추었다. 아나가 꼼지락거렸다. 나는 참지 못하고 그녀의 엉덩이를 찰싹 때렸다. 그녀는 악 하고 소리를 질렀고 나는 한 손가락을 그녀 안에 넣었다. 그녀가 크게 신음하고는 몸에 힘을 주고 내 손을 향해 몸을 밀어댔다.

그녀가 이걸 원한다.

젖었다.

흠뻑 젖었다.

아나. 날 실망시키지 않네.

나는 그녀의 엉덩이에 다시 입을 맞춘 다음 일어서면서 안에 넣은 손가락을 움직였다. 밖으로. 안으로. 밖으로.

“다리. 더 넓게.” 나는 명령하며 그녀의 엉덩이를 어루만졌다. 그녀가 발을 움직였다. “더 넓게.”

내가 만족할 때까지 그녀가 다리를 옆으로 움직였다.

완벽해.

“버텨, 자기야.” 나는 손을 빼고 조심조심 천천히 그녀 안으로 들어갔다.

그녀가 숨을 들이켰다.

후. 그녀는 천국이다.

나는 한 손을 그녀의 등에 대고 다른 손으로 주방 식탁의 가장자리를 붙잡았다. 같이 넘어지면 안 되니까.

“버텨.” 나는 빠져나왔다가 강하게 그녀 안으로 들어갔다.

“아!” 그녀가 울부짖었다.

“심해?”

“아뇨. 계속해요!” 그녀가 흐느꼈다.

분부대로 하죠. 나는 그녀를 취하기 시작했다. 세게. 찌르고. 밀고. 모든 걸 뒤로하고 떠나갔다. 고민도 근심도 놓아두고. 오직 아나만 있었다. 내 여자. 내 연인. 내 빛이여.

아나가 크게 울부짖었다. 한 번, 두 번, 세 번. 내게 더 해달라고 애원했다. 나는 그녀를 데리고 계속 나아갔다. 그녀를 더 높이 끌어올렸다. 나는 멈추지 않았다, 그녀가 숨이 넘어갈 듯 크게 내 이름을 외칠 때까지. 그녀는 밀물처럼 힘차게 몇 번이고 절정에 올랐다.

"아나!" 나도 외치며 그녀를 따라갔다.

나는 그녀 위로 무너져 바닥에 쓰러졌고 그녀를 끌어당겨 내 품에 안았다. 그녀의 눈꺼풀에, 코에, 입에 키스했다. 그녀가 두 팔을 내 목에 감았다.

"1번 어땠어?" 내가 물었다.

"흠……." 그녀가 나른한 미소를 지으며 흥얼거렸다.

나는 픽 웃었다. "나도 그래."

"더 하고 싶어요."

"더? 맙소사, 아나."

그녀가 벌어진 셔츠 사이로 내 가슴에 키스했다. 이제 보니 나는 옷을 다 입고 있었다.

"이번에는 침대에서 하자." 내가 그녀의 머리에 대고 속삭였다.

아나가 신음했다. "제발." 그녀의 두 손은 침대 틀의 기둥에 가운 끈으로 묶여 있었다. 벌거벗은 몸이었고, 내 입술과 혀의 봉사로 길고 단단해진 젖꼭지는 하늘을 가리켰다. 나는 그녀의 두 발을 잡아 뒤쪽에 있는 침대 위에 올려놓았다. 그녀는 두 다리를 구부린 채 절정을 앞두고 몸에 힘을 주었다. 나는 천천히 집게손가락을 그녀의 안에 넣었다가 뺐고 엄지손가락으로는 클리토리스를 계속 둥글게 문질렀다.

넌 못 움직여.

"이건 어때?" 내가 물었다.

"제발!" 그녀가 목쉰 소리로 말했다.

"내가 놀려줬으면 좋겠어?"

"네." 그녀가 외쳤다.

"나 놀리니까 좋아?"

"네."

"나도 좋아." 나는 엄지손가락을 멈추었지만 내 손, 내 손가락은 아직 그녀 안에 있었다.

"크리스천! 멈추지 마요!"

"받은 대로 돌려준 거야, 아나스타샤." 그녀는 절정에 오르려고 내 손을 향해 골반을 치켜들어 밀었다. "가만히." 내가 속삭였다. "가만히 있어."

그녀의 입이 슬쩍 벌어졌다. 짙어진 눈에 욕정과 욕구, 남자가 바라는 모든 것이 가득했다.

"제발." 그녀가 속삭였다. 더 이상은 그녀를 괴롭힐 수 없었다. 나는 그녀의 두 발을 놓아주고 손을 뺐다. 그녀의 무릎을 잡고 코와 입술을 그녀의 허벅지 안쪽으로 내려 최종 목적지를 향해 나아갔다.

"아!" 내 혀가 부푼 클리토리스 위로 회오리를 그릴 때 그녀가 외쳤다. 나는 손가락 두 개를 그녀의 안에 밀어 넣고 한 번, 두 번 밀었다. 그녀가 희열에 못 이겨 비명을 질렀다. 그녀의 오르가슴이 내게 밀려왔다. 나는 그녀의 아랫배, 윗배, 젖가슴 사이에 키스했다. 그리고 천천히 절정이 물러가는 그녀 안으로 들어갔다.

"사랑해, 아나." 나는 속삭이고 나서 움직이기 시작했다.

아나는 내 옆에서 잠이 들었다. 머리 위에는 아나의 가운 끈이 아직 침대 기둥에 묶여 있었다. 아나를 깨워 짓궂은 방식으로 그녀를 세 번째로 가질까 하는 생각이 들었다. 또 하고 싶은 생각이 들다니 놀라웠다. 아나스타샤 스틸에 대한 욕구가 채워질 날이 올까? 하지만 아나는 잠을 자야 한다. 내일은 항해를 해야 하니까. 단둘이 그레이스호를 타고. 배 위에서 나를 도우려면 힘을 비축해야 할 것이다. 우리는 사흘 동안 모두를 떠나 단둘이 7월 4일 휴일을 즐길 예정이었다. 며칠만이라도 느긋하게 긴장을 풀고 싶었다.

내 마음은 아버지 생각으로 흘러갔다. 예상하지 못한 아버지의 사과, 메뉴, 파티 선물, 추락 사고, 비행기를 고장 낸 미지의 범인에게로. 레이놀즈와 라이언이 밖에서 별 탈 없이 있기를 바랐다.

그들이 경비를 서고 있다.

아나는 안전하다. 우리는 안전하다.

2011년 7월 5일 화요일

나는 책상 앞에 앉아 멀리 있는 푸젯 사운드를 바라보았다. 피부에서 윤이 나는 것인지 아니면 가슴 속 깊은 곳에서 발산되는 것인지 모르지만 내게서 훈훈한 광채가 뿜어져 나왔다. 주말 연휴에 그레이스호에 올라 즐긴 바다와 태양, 바람의 조합 덕분일지도 몰랐다. 아니면 아나스타샤와 함께 사흘을 내리 지냈기 때문일지도. 지난 몇 주 동안 여러 가지 문제들을 처리하느라 골머리를 앓았는데도 아나와 함께 쌍동선에 오르니 언제 그랬냐는 듯 긴장이 풀렸다. 아나는 내 영혼의 양식이다.

아나스타샤는 곤히 잠들어 있다. 반짝이는 이른 아침 햇살이 현창을 통해 들어와 그녀의 헝클어진 머리카락 위에 드리우자 매끄럽고 아름다운 그녀의 머리카락이 은은하게 빛났다. 나는 침대 가장자리에 걸터앉아 찻잔을 침대 옆 탁자 위에 놓았다. 그레이스호가 보먼만 물살에 살며시 까딱까딱 움직였다. 나는 몸을 숙여 그녀의 뺨에 다정하게 입을 맞추었다.

"일어나, 잠꾸러기. 나 외로워."

아나가 끄응 소리를 냈지만 표정은 부드럽게 풀렸다. 나는 다시 그녀에게 키스했다. 그녀의 눈꺼풀이 움직거리다가 열렸고, 얼굴은 아름다운 미소로 빛났다. 그녀가 손을 올려 내 뺨을 어루만졌다.

"좋은 아침, 신랑님."

"좋은 아침, 신부님. 마실 차 대령해두었어."

아나가 킥킥 웃었다. 못 믿는 눈치였다. "내 사랑." 아나가 말했다. "이것도 우리의 첫 번째 목록에 올려야겠네요!"

"그래야겠지."

"당신 뭔가 해냈다는 얼굴인데요." 그녀의 함박웃음이 내게 전염되었다.

"스틸 양. 정확히 봤어. 내가 차를 끝내주게 타거든."

아나가 일어나 앉더니 아쉽게도 이불을 끌어올려 가슴을 가렸다. 싱글벙글한 미소가 멈추지 않는 듯했다. "진짜 감동인데요. 꽤나 복잡한 과정을 거쳐야 할 텐데."

"그렇더라고." 내가 대답했다. "물도 끓여야 하고 기타 등등."

"티백도 담가야 하고요. 그레이 씨, 정말 유능하시네요."

나는 하하 웃고는 실눈을 떴다. "지금 내 차 끓이기 실력을 깎아내리는 거야?"

아나는 숨을 훕 들이마시며 장난스레 충격을 받은 시늉을 했다. "제가 어찌 감히." 그러고는 손을 내밀어 찻잔을 들었다.

"어디 맛 좀 볼까요……."

사무실 문을 두드리는 소리에 나는 현실로 돌아왔다. 안드레아가 문간으로 고개를 쑥 디밀었다. "사장님, 양복점에서 사람이 왔습니다."

"오, 그렇군. 안으로 모셔."

마르코는 인수 합병뿐 아니라 회사의 포트폴리오까지 관리한다. 오늘 아침 그는 임원진 앞에서 최근 GEH가 인수해 우리 주식에 편입한 회사들을 브리핑했다. "이로써 우리는 '블루 씨 테크'를 25퍼센트, '피프틴젠포'는 34퍼센트, '링컨 목재'는 66퍼센트를 보유하게 됐습니다." 듣는 둥 마는 둥 흘려듣던 나는 마지막 소식에 귀가 번쩍 뜨였다. 내가 오랫동안 추진해온 프로젝트. 페이퍼 컴퍼니를 통해 우리가 링컨 목재의 최대 주주가 되었으니 나로서는 흡족한 일이었다. 링컨은 돈이 궁할 것이다. 흥미진진한데.

복수는 냉정하게 해야 제맛이지…….

그만, 그레이. 집중해.

마르코가 인수를 고려 중인 거래로 넘어갔다. 그가 특별히 염두에 둔 회사는 두 곳이었다. 마르코가 인수에 찬성하는 쪽 의견을 발표하는 동안 내 마음은 지난 주말과 아나에게로 흘러갔다.

아나는 그레이스호의 키 앞에 있었다. 우리는 반짝거리는 바닷물 위를 날듯이 달려 에드미럴티 헤드 등대를 지나 위드베이섬으로 나아갔다. 그녀의 머리카락이 바람에 흩날리며 햇빛에 반짝였다. 그녀의 미소는 가장 지독한 냉혈한의 가슴도 녹일 것 같았다.

아나는 내 가슴을 녹였다.

아나는 아름다워 보였다. 여유로웠다. 자유로웠다.

"안 흔들리게 꽉 잡아야지." 나는 달려가는 바다 위로 소리쳤다.

"네네, 선장님. 그럴게요." 아나가 입술을 깨물었다. 그녀는 평소처럼 나를 놀리는 중이었다. 그녀가 내게 경례를 했고 나는 그녀에게 인상을 구기는 시늉을 하고는 가로돛 밧줄을 조이려고 뱃머리로 돌아갔다. 도저히 미소를 감출 수가 없었다.

마르코가 투자 유치에 열심인 태양광 회사 한 곳을 언급했다.

조리실에 들어섰을 때 맛있는 팬케이크 반죽과 베이컨 냄새가 활짝 펼쳐진 두 팔과 함께 나를 반겼다. 그녀는 티셔츠와 짧아도 너무 짧은 데님 반바지 차림이었고, 머리는 뒤로 한데 묶은 말총머리였다.

"좋은 아침." 나는 두 팔로 그녀를 감싸고 등을 내 앞몸에 밀착시키며 입술로 그녀의 목을 쓸었다. 그녀에게서 좋은 냄새가 났다. 비누 향기와 따사로운 온기. 달콤하고 달콤한 아나.

"좋은 아침, 그레이 씨." 아나가 고개를 기울여 자기 목을 내게 고스란히 내주었다.

"이걸 보니 옛날 생각이 나네." 나는 그녀의 피부에 대고 중얼거리고 나서 그녀의 말총머리를 조금 당겼다.

아나가 깔깔 웃었다. "까마득한 옛일 같아요. 그래도 이건 '처녀성을 뺏으면 도미넌트가 되리라 팬케이크'는 아니에요. 이건 독립기념일 팬케이크예요. 7월 4일 축하해요."

"팬케이크 말고는 딱히 축하할 방법이 없군." 나는 그녀의 귓불 아래에 키스했다. "방법이 하나 있긴 하지." 나는 그녀의 말총머리를 다시 살짝 당겼다. "넌 언제나 만점짜리야."

"크리스천." 로스가 불쑥 말했다. 눈 일곱 쌍이 일제히 나를 향했다. 이런. 나는 다른 사람들은 무시하고 고개를 한쪽으로 기울인 채 멍하니 로스의 시선을 마주했다.

"무슨 생각을 하고 계시죠?" 짜증스런 말투로 보아 나를 부른 것이 이번이 처음이 아닌 모양이었다.

그냥 자백하자, 그레이. "미안. 딴생각을 좀 했어."

로스가 입을 일자가 되도록 꾹 다물더니 마르코를 흘끔거렸고, 마르코는 내게 온화한 미소를 짓고 나서 방금 브리핑한 내용을 다시 요약했다.

"그렇군." 그가 말을 마쳤을 때 내가 말했다. "지오루마라 건은 검토를 해보자고. 에너지 부분에 추가할 만해. 우리도 친환경 에너지 부문을 확장할 필요가 있어."

"다른 것들은요?"

나는 고개를 저었다. "내실이 중요해. 지오루마라에 집중하자고. 자세한 내용 보고해."

"그러죠."

"대만 조선소 건을 결정해야 해요. 그쪽에서 우리 쪽 답변을 애타게 기다리고 있어요." 로스가 나를 날카롭게 쳐다보았다.

"영향 평가서는 읽어봤어."

"그런데요?"

"도박이야."

"그렇긴 하죠." 로스가 인정했다.

"하지만 인생이란 게 어차피 도박 아니겠어. 합작투자로 위험을 공유하면 적어도 여기 조선소의 미래는 확보할 수 있겠지."

로스와 마르코가 고개를 끄덕였다.

"그렇게들 움직여봅시다."

"팀원들을 그쪽으로 투입시킬게요." 마르코가 말했다.

"그래. 오늘은 여기까지. 모두 고마워."

전부 일어섰지만 로스는 그대로 있었다. "잠깐 얘기 좀 나누실래요?"

"그래."

로스가 모두 나가기를 기다렸다.

"뭔데?" 나는 딴생각을 한 데 대한 로스의 질책을 기다리며 물었다.

"우즈가 소송 협박을 거두었어요. 다 해결됐습니다."

"예상 밖인데."

"그러게나 말이에요. 솔직히 크리스천, 사장님의 마음은 이미 신혼여행 중이신 것 같네요."

"신혼여행? 신혼여행은 아직 생각 안 했는데."

젠장. 신경 쓸 게 또 있었네.

로스가 큭 웃었다. "준비하셨어야죠." 그녀가 고개를 절레절레 저었다. "저라면 그웬과 유럽으로 떠날 거예요."

나는 로스의 말을 듣고 놀라지 않을 수 없었다. 로스는 사생활을 좀체 말하지 않았다. 그녀가 그웬과 동거하고 있다는 건 알고 있었다. 워싱턴에서 동성 결혼을 합법화하려는 노력이 종종 있어 왔지만 번번이 무산되었다. 나는 다음에 브랜디노 상원의원을 만나면 이 문제를 의논하기로 마음먹었다. 브랜디노가 주지사를 압박한다면 이 의제를 밀어붙이는 데 도움이 되지 않을까? "아나와 벨뷰 인근 모처에서 하룻밤 지낼까 생각한 적은 있어. 우리 둘 다 일을 해야 하니까."

"그레이, 그거보다는 잘하실 수 있잖아요." 로스가 장난스럽게 당찮다는 듯 인상을 쓰는 시늉을 하면서 서류를 챙겼다.

나는 하하 웃었다. "그렇긴 하지. 게다가 무얼 할지 궁리하는 동안 재미도 있을 테고. 유럽, 좋지."

아나는 늘 유럽을 가고 싶어 했어. 특히 잉글랜드.

일어서는 로스의 입가에 온화한 미소가 어렸다. "행운을 빌게요." 텅 빈 사무실에 로스의 인사가 울려 퍼졌다. 나는 혼자 남아 미래의 그레이 부인을 데려갈 신혼여행지를 궁리했다.

아나가 여권을 가지고 있어야 할 텐데.

내 사무실로 돌아와 컴퓨터를 확인했다. 한 시간 전에 아나의 이메일이 도착해 있었다.

보낸 사람: 아나스타샤 스틸

제목: 뱃머리 돛. 돛대 밧줄.

날짜: 2011년 7월 5일 09:54

받는 사람: 크리스천 그레이

친애하는 그레이 씨,

참으로 스펙터클한 주말이었어요! 내 생애 최고의 7월 4일. 고마워요.

이번 금요일은 케이트랑 같이 내 아파트에서 보낸다는 것도 미리 말해둘게요. 그때 짐을 쌀 거니까 토요일엔 당신 집에 있게 되겠죠. 하지만 경고하는데, 여자들끼리 밤을 보낼 거니까 당신이 나타나면 불청객일 수밖에 없어요. 아주 그리운 불청객이겠지만. 이메일로 당신의 확답을 받을 수 있을까요?

내 생각은 그래요.

나중에 봐요, 자기.

Axxxx

보낸 사람: 크리스천 그레이

제목: 배를 버리기

날짜: 2011년 7월 5일 11:03

받는 사람: 아나스타샤 스틸

친애하는 나의 약혼녀

최고로 여유로운 7월 4일을 선사해준 거 고마워.

금요일엔 네가 그립겠네.

그래도 토요일에 이사하는 거 도와줄게.

드디어 내 꿈이 실현되겠다.

확답은 생각 중이야. 몇 자 끄적이는 중…….

운율을 맞추려던 건 아니었어!

크리스천 그레이

CEO 겸 시인, 그레이 엔터프라이즈 홀딩스 Inc.

추신: 여권 가지고 있어?

보낸 사람: 아나스타샤 스틸

제목: 미합중국 시민

날짜: 2011년 7월 5일 11:14

받는 사람: 크리스천 그레이

시인 님

나라면 금융 업무에 집중하겠어요.

그래도 당신의 꿈이 이루어진다니 기뻐요.

이런 말 하려니까 떨리기도 하고 영광스럽기도 해요.

새 여권은 잘 가지고 있어요.

이유가 궁금해지네요?

우리 비행기 타고 어디 가요?

당신과 함께라면 얼마든지 세상을 여행하고 싶어요.

하나가 아니라 둘로.

호기심 많은 시애틀 사람으로부터 xxx

(보시다시피 시인은 아니랍니다!)

내 미래의 아내는 무시무시한 시인이다! 나는 그녀의 답장에 싱글벙글하면서 운동 가방을 집어 들고 사무실을 나와 바스티유와 시합을 하러 지하실로 내려갔다.

체육관에서 돌아오자마자 책상 앞에 앉아 치킨 샐러드 샌드위치를 먹어치우고 전화기를 들었다. 엘리엇과 통화해야 했다. 형이 나를 놀려먹을 게 뻔해서 미뤄둔 일이었다.

"슈퍼스타. 무슨 일이셔?"

"안녕, 엘리엇. 잘 지냈어?"

형이 하하 웃었다. "아이고, 지루해서 죽겠다는 목소리네!"

이게 이렇게 어려울 일이냐고?

"안 지루해. 나 일하는 중이야. 그리고 형이랑 이야기하는 중이잖아."

"이젠 화딱지가 난 목소리네."

"그건 맞아."

"내가 무슨 말을 했다고 그래?" 엘리엇이 전화기 저편에서 껄껄 웃었다. 나는 전화를 끊고 나중에 다시 할까 하는 충동이 들었다.

하지만 숨을 크게 들이마셨다. "부탁할 게 있어."

"새 집 말이냐?"

"아니."

해치워, 그레이. 부탁하라고.

"할 말 있음 해, 자식아." 내가 대꾸하지 않자 형이 말했다. "기다리다가 숨넘어가겠네."

"신랑 들러리 좀 해줘."

했다. 해치웠다. 전화기 저편에서 흡 숨을 들이마시는 소리가 나더니 쥐 죽은 듯 잠잠해졌다. 젠장. 싫다는 건가?

"엘리엇?"

"알았어." 형이 웬일로 순순히 응했다. "음…… 나야 영광이지." 얼떨떨한 목소리였다. 왜지? 예상했다는 거야?

"됐네, 그럼. 고마워." 내 목소리는 안도하는 기색이 역력했다.

형이 하하 웃었다. 형의 시답잖은 유머 감각이 돌아온 게 분명했다. "지옥의 총각 파티도 책임지고 열어줄게!" 형이 발광하는 고릴라처럼 함성을 질러댔다.

총각 파티? 농담이겠지.

"그나저나, 엘리엇." 한 가지 생각이 반짝 떠올랐다. "금요일에 놀러와. 같이 당구나 치게. 아나는 케이트랑 같이 저녁 시간을 보낼 거야."

"응, 들었어. 그럴게. 우리끼리 의논해보자. 스트리퍼라든가, 밤새 퍼마시고 마지막에 널 수갑 채워 어디에 묶어놓을지!"

나는 형이 나를 몰라도 너무 모른다는 생각에 웃음이 터졌다. "우리?"

"너 친구 없는 거 알아, 이 못 말리는 외톨이야. 내가 놀 줄 아는 패거리를 모아볼게."

아후, 안 돼.

"금요일에 얘기해." 내가 대답했다.

"기대된다. 그나저나 너 지아 마테오랑 연락하냐?"

"응, 하지. 아나랑 같이 온라인으로 그 여자 포트폴리오를 살펴본 적 있어. 우리 둘 다 마음에 들었어. 마테오 씨가 건축업자랑 같이 그 집을 살펴보러 갔었어. 그래야 다음에 만나면 그 여자가 우리 말을 알아들을 테니까."

"그 집은 나도 가봐야겠다, 슈퍼스타."

"그래. 금요일에 가보자고. 일 끝나고."

"응. 그러자."

"알았어. 나중에 봐, 엘리엇." 느닷없이 가슴에 뜨거운 감정이 퍼졌다. "그리고…… 고마워."

"형제 좋다는 게 뭐냐?"

"여기가 네 새 사무실이로구나, 슈퍼스타." 엘리엇이 말투만큼이나 태평하게 문 안으로 슬렁슬렁 들어갔다.

"날 꼭 그렇게 불러야겠어, 렐리엇?" 나는 형의 별명을 힘주어 말한 뒤 형에게 하얀 가죽 소파를 가리켰다.

"그게 너니까. 여기 좀 봐." 형이 한 손으로 사무실 바깥을 가리켰다. 청바지에 티셔츠, 샌디에이고주 아즈텍 문양의 재킷을 입은 형은 물 밖으로 나온 동화 속 물고기 같았다.

나는 맞은편 자리에 앉았다. 형의 무릎이 미친 리듬으로 통통 튀었다. 형이 내 눈을 피했다.

뭐지? 초조한가본데.

형의 이런 모습은 처음이었다.

"왜 그래?" 내가 물었다.

형이 앉아서 발을 이리저리 움직이다가 두 손을 부여잡았다. "내 건설 회사를 시작해볼까 하고." 형이 불쑥 말을 꺼냈다.

아하! "투자자를 찾고 있구나."

형의 활기찬 푸른색 눈이 마침내 내 눈을 마주했다. "응." 형의 말투에 어린 의지가 나를 놀라게 했다.

"얼마나 필요한데?"

"10만 달러쯤."

나는 아이러니하다는 생각에 큭큭 웃음이 났다. 나도 딱 그 정도 돈으로 내 사업을 시작했다.

"줄게."

엘리엇이 멈칫했다. "사업 계획서 안 봐도 돼? 계획 같은 거 필요 없어?"

"됐어. 형이 가끔 천하의 머저리 같긴 해도 일은 열심히 하잖아. 그건 인정해. 자기 일은 열심히 하니까. 이거 형의 꿈이잖아. 잘될 거야. 모두 지속 가능한 삶을 지향할 수밖에 없으니까. 게다가 형은 내 형이야. 형제 좋다는 게 뭐야?"

엘리엇의 미소에 온 방 안이 환해졌다.

예전 생각이 나면서 감정이 솟구쳐 마음이 싱숭생숭했다. 나는 새로운 조사 결과가 나왔는지 확인하러 웰치의 번호를 눌렀다.

밤의 장막이 에스칼라의 서재를 감쌌다. 나는 마커스가 보내준 지오루마라의 서류를 검토하는 중이었다. 네바다에 위치한 그들의 태양광 농장은 이미 인근의 두 소도시를 밝히고 있을 만큼 충분한 전력을 생산하고 있었다. 그들은 미국의 다른 지역에도 더 저렴한 재생 에너지를 제공하는 데 특화된 기업이었다. 잠재력이 상당한 기업으로 판단되었다. 하루 빨리 이 회사를 인수해서 그들의 비즈니스 모델에 무얼 추가할 수 있을지 보고 싶었다. 나는 열렬한 관심을 표명하는 이메일을 마커스에게 보낸 다음 아나를 찾으러 갔다.

아나는 도서실 소파에 웅크리고 앉아 있었다. 무릎 위에 노트북이 올려져 있고 오디오에서는 스노 패트롤이 조용히 흘렀다. 그녀가 출간을 앞둔 책 때문에 작업을 하는 듯해서 그녀가 쓸 책상과 의자를 여기 마련해야겠다는 생각이 들었다.

"안녕." 아나가 고개를 들었을 때 내가 말했다.

"안녕." 그녀가 미소를 지었다.

"또 원고 읽어?"

"결혼 서약서 초안을 쓰고 있어요."

"그렇구나." 나는 방 안으로 슬렁슬렁 들어갔다. "잘되어가?"

"두려워요, 그레이 씨. 당신과 조금 비슷하게."

"두렵다고? 므와(내가)?" 나는 손을 가슴팍에 대고 짐짓 놀란 척을 했다.

아나가 입을 꾹 다물어 미소를 숨기려 했다. "당신 특기잖아요."

나는 옆 소파에 앉아 팔꿈치를 무릎에 얹고 그녀 쪽으로 몸을 기울였다. "난 다른 특기들을 생각했는데……." 조금 떨어져 있는데도 그녀의 향기가 내게 손짓했다.

순수한 아나. 매혹적이었다.

그녀의 뺨이 분홍빛으로 예쁘게 물들었다. "음, 그렇긴 하죠. 당신은 다른 특기들을 타고 났어요. 그건 사실이에요." 아나가 노트북을 끄고 두 발을 깔고 앉아 고지식한 옛날 교사처럼 턱을 치켜들었다.

나는 웃음을 터뜨렸다. 내 눈은 못 속여. 아나의 내면에는 야성이 도사리고 있다. "사랑과 존경, 순종을 약속하는 한 네 서약서는 완벽할 거야."

아나가 웃었다. "크리스천, 당신에게 순종을 약속할 순 없어요."

"뭐?" 내가 지금 농담하는 줄 아나?

"절대로." 그녀가 딱 잘라 말했다.

"순종하지 않겠다니, 무슨 뜻이야?" 나는 가슴이 오룩 미터는 추락하는 것 같았다. 웃자고 한마디 했다가 뒤통수를 얻어맞은 기분이었다. 아나가 머리채를 어깨 뒤로 휙 넘기자 탁자 위 램프의 불빛이 머리카락에 쏟아지며 붉은빛과 황금빛이 도는 터럭을 강조했다. 그 아름다움이 내 시선을 끌었다. 하지만 내 관심은 아나의 입술로 이동했다. 그녀의 입술이 고집스런 일자를 그리며 그녀가 가슴에 팔짱을 꼈다. 싸울 태세를 갖출 때면 항상 그러듯 어깨가 활짝 펴졌다.

망했다. 나랑 싸우겠다는 건가?

"설마 진심으로 하는 말은 아니겠죠! 난 당신을 언제나 사랑하고 존경할 거예요, 크리스천. 하지만 순종이라고요? 그건 안 돼요."

"왜 안 돼?" 나는 지극히 진심이었다.

"지금은 21세기니까요!"

"그래서?" 어떻게 이걸로 내게 반기를 들지? 대화는 내 예상과 다르게 엉뚱하게 흘러갔다.

"결혼 생활 동안 대화로 합의에 이르기를 바란다는 뜻이에요. 말하자면…… 서로간의 의사소통으로."

"그거야 나도 바라는 바야. 하지만 그게 여의치 않아서 곤경에 처할 때는, 네가 사라져 스스로 불필요한 위험을 초래할 때는……." 나는 온갖 끔찍한 시나리오가 머릿속에 빗발쳐서 간담이 서늘해졌다.

아나가 힘을 빼고 표정을 풀었다. 그녀의 눈에서 이해심이 반짝거렸다. "크리스천, 당신은 항상 최악을 상상하네요. 걱정이 너무 많아요." 아나가 손을 내밀어 내 얼굴을 어루만졌다. 보드랍고 상냥한 그녀의 손가락이 내 피부에 닿았다.

"아나, 난 이게 필요해." 내가 속삭였다.

아나가 깊은 한숨을 쉬며 손을 빼더니 텔레파시로 자기 마음을 전달하려는 것처럼 나를 물끄러미 바라보았다. "크리스천, 난 종교는 없지만 우리 결혼 서약은 성스러워야 해요. 지키지 못할 약속을 할 순 없어요."

그녀의 대답이 나를 후려쳤다. 캐릭이 엘레나 일로 나를 꾸짖던 말이 기억났다. '하지만 지금 우리는 결혼의 신성함에 대해 얘기하는 거야. 그걸 존중할 마음이 없다면 결혼해선 안 돼.'

나는 아나를 물끄러미 바라보았다. 불안감이 부글부글 끓어 불만으로 변했다. "아나스타샤, 합리적으로 굴어."

아나가 고개를 저었다. "크리스천. 당신이야말로 합리적이 되어 봐요. 당신이 과민한 성향이라는 건 당신도 알잖아요. 난 그럴 수 없어요."

내가? 과민하다고?

나는 아나를 쏘아보았다. 무슨 말을 해야 할지 이렇게 말문이 막히기는 오랜만이었다.

"결혼식을 앞두고 긴장이 되어 그런 거예요." 아나가 상냥하게 말했다. "우리 둘 다."

"네가 순종할 마음이 없다니까 더 지독하게 긴장되는데. 아나, 다시 생각해. 제발." 나는 손으로 머리카락을 쓸어 넘기고 그녀의 크고 푸른 눈을 들여다보았지만 결의와 용기 외에는 아무것도 보이지 않았다. 그녀는 꿈쩍도 하지 않았다.

망할.

이런다고 결론이 날 리 없다. 나는 슬슬 인내심을 잃기 시작했다. 후회할 짓을 하기 전에 물러나야 했다. 나는 일어서서 최종 협상을 시도했다. "잘 생각해봐. 난 끝내야 할 일이 있어서 그만." 아나가 붙잡기 전에 도서실을 나와 아나의 생각을 바로잡을 방안을 궁리하며 내 서재로 돌아갔다.

대장은 우리 둘 중 하나여야 한다고, 젠장.

나는 책상으로 건너가서 의자에 털썩 앉았다. 아나의 태도가 당돌하게 느껴졌고, 그녀가 순종하지 않을 거라고 생각하니 분노가 치밀었다.

웃기고 있네, 진짜.

아나가 이성을 찾게 해야 한다.

어떻게?

젠장.

너무 심란해 생각을 똑바로 할 수가 없었다. 나는 짜증을 억누르며 이메일을 확인하기 위해 컴퓨터를 열었다. 좋은 소식은 다음 주에 새 세일플레인이 독일에서 배송된다는 것이다. 에프러타 항구에 있는 내 격납고로 이송되는 중이었다. 잠깐이지만 신이 났다. 2인용 글라이더. 달려가서 아나에게 말해주고 싶었지만, 지금은 그녀에게 화가 치밀었다.

젠장.

우울했다. 기분 전환 겸 새 비행기의 세부 사항을 다시 읽어 보기로 했다. 읽을 만한 건 전부 읽고 나서 재정 보고서로 돌아갔다.

망설이는 듯한 노크 소리가 끼어들었다.

"들어와."

아나가 문 안으로 고개를 디밀었다. "자정이 다 됐어요." 그녀는 사랑스런 미소를 지으며 말했다. 그리고 문을 천천히 열면서 새틴 가운 차림으로 문간에 섰다. 그녀의 몸을 어루만지며 굴곡진 부위를 따라 흐르는 보드라운 옷감이 상상의 여지를 전혀 남겨주지 않았다. 나는 입 안이 마르고 몸이 반응했다. 몸이 욕망으로 뜨겁고 무거웠다.

"침대로 안 갈래요?" 아나가 속삭였다.

아랫도리가 일어섰지만 무시해버렸다. "할 일이 몇 가지 남았어."

"알았어요." 아나가 미소를 지었다. 나도 그녀를 따라 슬쩍 미소를 지었다. 그녀를 사랑하니까. 그래도 이 문제는 용납할 수 없다. 그녀가 생각을 돌려야 한다. 아나는 가려고 돌아섰지만 어깨 너머로 내게 도발적인 시선을 슬쩍 던지고는 문을 닫고 갔다.

다시 혼자가 되었다.

젠장.

그녀를 원해.

하지만 그녀가 순종하려 하지 않았다. 나는 그것이 괘씸했다. 아주 많이.

나는 GEH의 바니 부서가 보내온 최근 수치들로 고개를 돌렸다. 그것들은 스틸 양만큼 유혹적이지도 매력적이지도 반항적이지도 않았다.

2011년 7월 6일 수요일

나는 침대로 기어 들어가 곤히 잠든 아나 옆에 누웠다. 배려심이 많은 그녀는 내가 어둠 속에서 헤맬까 봐 내 쪽의 전등을 켜두었다. 하지만 나는 어둠 속을 헤매는 기분이었다. 길을 잃고서. 용기가 꺾인 것이 사실이었다. 왜 그녀는 이해를 못 하는 걸까? 그게 뭐 그리 어려운 일이라고? 안 그래?

잠든 그녀의 사랑스럽고 평온한 얼굴과 오르내리는 가슴을 바라보니 못난 감정의 소용돌이가 일어났다. 질투심. 나는 이렇게 심란하고 비참한 기분으로 누워 있는데 그녀는 태평하게 잠들어 있구나.

그럼 나는 아나가 다른 모습이기를 바라는가?

물론 아니다. 그녀가 행복하기를 바랐다. 그녀를 보호하고 싶었다. 하지만 그녀가 내게 순종하지 않는다면 어떻게 그녀를 보호할 수 있을까?

어쩌겠어, 그레이.

나는 한숨을 내쉬고 몸을 숙여 입술로 그녀의 머리카락을 쓸었다. 그녀가 깰까 봐 아주 살그머니. 하지만 속으로는 제발 마음을 바꿔달라고 그녀에게 간청했다.

제발, 아나. 이건 내게 양보해.

불을 끄고 가만히 어둠 속을 응시했다. 별안간 방 안의 침묵이 귀청을 때리며 가슴을 짓눌렀다. 심장이 두 배로 빨리 뛰었다. 나는 절망의 늪 속으로 끌려 내려갔다. 숨이 막혔다. 내가 큰 실수를 하는 게 아닐까? 아나가 순종할 수 없다면 우리 결혼은 어그러질 것이다.

내가 지금 무슨 생각을 하는 거지?

어쩌면 나란 인간은 더 고분고분한 사람을 원하는 것일지도 모른다. 아니, 그런 사람이 필요한 것일지도.

나는 통제가 필요하다.

항상.

통제가 없으면 혼란스러워진다. 분노도. 상처도, 두려움도……. 그리고 고통도.

젠장. 나더러 어쩌라는 거야?

이건 극복할 수 없는 장애물이다.

아닌가?

하지만 도저히 아나 없이는 살아갈 수가 없다. 그녀라는 빛을 쐬면 어떻게 되는지 알게 된 이상. 그녀는 따스함이고 삶이고 집이다. 모든 것이다. 그녀가 내 곁에 있어줬으면 좋겠다. 나는 그녀를 사랑한다.

내가 어떻게 해야 그녀가 마음을 돌릴까?

나는 음울한 생각들을 떨쳐내려고 얼굴을 문질렀다.

정신 똑바로 차려, 그레이. 아나가 물러설 거야.

나는 눈을 감고 플린 박사의 마음 운동을 시작해 나의 행복한 공간을 찾아갔다. 보트하우스의 꽃핀 나무 그늘…….

나는 에프러타 위 상공으로 높이 솟구치며 하늘을 걷는다. 아래로 워싱턴의 풍경이 조각조각 이은 퀼트 작품처럼 펼쳐진다. 하늘을 날면서 도로와 관개 수로에 의해 이리저리 이어진 갈색과 푸른 색, 초록색 퀼트를 감상한다. 온난한 상승 기류를 타고 비즐리 힐스의 산등성이를 넘어간다. 하늘은 구름 한 점 없이 눈부시게 푸르고 나는 평화롭다. 바람은 내 벗이다. 한결같다. 달려간다. 유일한 소리다. 나는 혼자다. 혼자. 혼자. 나는 다시 날아간다. 세상이 거꾸로 뒤집혔다. 아나는 앞 조종석에 앉아 있다. 덮개를 향해 만세를 부르며 환호성을 지른다. 그리고 감탄한다. 내 가슴이 벅차오른다. 이것이 행복이다. 이것이 사랑이다. 그래, 이런 느낌이지. 나는 비스듬히 날아간다. 별안간 비행기가 뱅글뱅글 돈다. 아나가 사라지고 없다. 발을 굴러보지만 방향타가 없다. 조종간을 움직이며 안간힘을 써봐도 보조 날개가 반응하지 않는다. 통제가 안 된다. 우르릉거리는 바람 소리와 누군가의 비명만 들린다. 우리는 아래로 내려간다. 빙글빙글 돈다. 아래로. 아래로. 아래로. 젠장. 땅바닥과 충돌할 것 같다. 안 돼. 안 돼!

나는 소스라치며 잠에서 깼다.

망할.

아나를 감싸 안자 아나의 손가락이 내 머리카락을 쥐었다. 그녀의 향기가 나를 달래며 영혼에 뚫린 긴박한 공허감을 메워주었다. "좋은 아침." 그녀의 말에 나는 즉시 더 차분해졌다. 살 것 같았다.

"좋은 아침." 나는 어지러운 마음으로 속삭였다. 평소에는 내가 아나보다 먼저 깨는데.

"나쁜 꿈 꿨군요."

"지금 몇 시야?"

"7시 30분 막 지났어요."

"젠장. 늦었다." 나는 그녀에게 가볍게 입을 맞춘 다음 침대에서 벌떡 일어났다.

"크리스천." 아나가 불렀다.

"시간 없어. 늦었어." 중얼거리며 욕실로 들어가는데 어젯밤 그녀가 내게 반항한 것이 기억났다.

화가 풀리지 않았다.

책상 앞에 앉아 예전에 아나가 떠날 때 주었던 모형 글라이더를 바라보았다. 하루 종일 걸려 조립한 것이었다. 불안감이 몸속을 휘저었다. 간밤에 꾼 꿈의 여운이거나, 아나가 떠났을 때 느꼈던 절망감의 앙금일 것이다. 나는 글라이더 날개 끝을 건드리다가 엄지손가락과 집게손가락으로 서늘한 플라스틱을 쥐었다. 그때 느꼈던 기분은 두 번 다시 맛보고 싶지 않았다.

영원히.

그 느낌을 떨쳐버리고 안드레아가 내온 에스프레소를 한 모금 마신 뒤 신선한 크루아상을 베어 먹었다.

보낸 사람: 아나스타샤 스틸

제목: 아침 먹어요!

날짜: 2011년 7월 6일 9:22

받는 사람: 크리스천 그레이

친애하는 미래의 남편님,

아침밥을 건너뛰다니 당신답지 않아요. 당신이 없으니까 허전했어요. 설마 배고픈 거 아니죠. 당신이 배고프면 얼마나 고약해지는지 알거든요. 오늘 하루 잘 보내요.

Axxx

이메일 끄트머리에 찍힌 소문자 x의 개수에 안심이 됐지만, 사무실 벽에 걸린 그녀의 사진을 흘끔거렸다. 그 이메일을 닫고 일정을 확인하기 위해 안드레아를 사무실로 불렀다.

그래도 화가 안 풀리네.

점심 식사 후 에이먼 캐버너와 외부 미팅을 마치고 나서 사무실로 돌아오는 엘리베이터 안에서 블랙베리를 확인했다. 아나의 이메일이 또 들어와 있었다.

보낸 사람: 아나스타샤 스틸

제목: 괜찮은 거죠?

날짜: 2011년 7월 6일 14:27

받는 사람: 크리스천 그레이

친애하는 미래의 남편님,

답장을 하지 않다니 당신답지 않네요.

지난번 당신이 답장하지 않았을 때…… 당신 헬기가 추락했어요.

무사하다고 말 좀 해줘요.

아나

걱정하는 SIP의 직원

젠장. 가슴속에서 죄책감이 피어났다. 특히 메시지 마지막에 키스 문자가 하나도 없었다.

이럴 수가.

나 너한테 화났어, 아나스타샤.

그래도 그녀가 걱정하는 건 싫었다. 나는 간단히 답장을 보냈다.

보낸 사람: 크리스천 그레이

제목: 넌 괜찮아?

날짜: 2011년 7월 6일 14:32

받는 사람: 아나스타샤 스틸

나 괜찮아.

바빠.

크리스천 그레이

CEO, 그레이 엔터프라이즈 홀딩스 Inc.

나는 전송 버튼을 누르고는 그녀가 내 답장을 받고 걱정을 내려놓기를 바랐다. 엘리베이터에서 내려 사무실로 향하는데 안드레아가 나를 조심스런 눈길로 쳐다보았다.

"왜?" 내가 딱딱거렸다.

"아무것도 아닙니다, 사장님. 커피 더 드실지 궁금해서요."

"새러는 어디 있지?"

"지시하신 보고서 복사하고 있습니다."

"그렇군. 커피는 됐어." 나는 더 부드러운 어조로 덧붙였다. 왜 직원들에게 머저리처럼 구는 거냐? "웰치 연결해줘."

그녀가 고개를 끄덕이고 전화기를 들었다.

"고마워." 나는 내 사무실로 들어갔다. 의자에 기대어 앉아 멍하니 창밖을 내다보았다. 내 기분과는 딴판으로 날씨가 화창했다.

휴대전화가 진동했다. "그레이입니다."

"아나스타샤 스틸 양이 통화를 원합니다."

이런. 무슨 일 있나?

"연결해주세요."

"여보세요." 그녀의 목소리가 흔들렸다. 상냥한 어조였고 숨을 몰아쉬었다. 궁금하고 슬픈 듯한 그녀의 목소리에 나는 가슴이 얼어붙었다.

"무슨 일이야? 괜찮아?"

"괜찮아요. 나야말로 당신이 걱정돼요."

안도감이 짜증으로 돌변했다. 언제 걱정했냐 싶게. "괜찮긴 한데 바쁘다니까."

"집에 오면 얘기해요."

"알았어." 나는 무뚝뚝한 나를 의식하며 대답했다.

아나는 대꾸하지 않았지만 전화기 저편에서 그녀의 숨소리가 들려왔다. 불안해하는 그녀의 목소리를 들으니 방금 느낀 냉랭함이 익숙한 그리움에 의해 밀려났다.

왜 그래, 아나? 하고 싶은 말이 뭐야?

우리 사이에 침묵이 가로놓였다. 그 침묵에 책망과 말하지 못한 진실이 가득했다.

"크리스천." 아나가 입을 뗐다.

"아나스타샤, 나 일해야 해. 그만 끊자."

"오늘 밤에." 그녀가 속삭였다.

"오늘 밤에." 나는 전화를 끊고 전화기에 대고 인상을 썼다.

부탁한다고 큰일 나는 거 아니잖아, 아나스타샤.

"집으로 갈까요?" 테일러가 아우디의 운전대를 잡으며 물었다.

"그러자고." 나는 건성으로 중얼거렸다. 집으로 가는 것이 별로 내키지 않았다. 아나가 마음을 바꾸도록 설득할 만한 그럴듯한 논리를 아직 찾지 못했다. 더구나 오늘 저녁에는 할 일이 있다. 웨인 주립 대학 환경과학과의 묵직한 보고서(아프리카의 시험소에서 나온 시험 결과) 두 건에다 그래빗 교수의 토양 속 질소 고정에 영향을 미치는 미생물에 관한 논문을 읽어야 했다. 미생물은 토질 향상에 필수적이고 토질 향상은 탄소 격리의 핵심이다. 이번 주 후반에는 그 학부에 투입할 자금을 검토해야 한다.

아나와 함께 외출하면 어떨까. 같이 저녁을 먹으면서 그녀의 결혼 서약에 대해 의논할 수 있을 것이다. 와인 잔을 기울이며 그녀의 마음을 흔들어본다면. 그녀와 저녁을 먹으며 우리의 계약서에 대해 의논했던 기억이 떠올랐다.

젠장. 그땐 일이 뜻대로 풀리지 않았다.

기분이 울적해져서 짙게 선팅이 된 차창 너머로 서로 밀치며 나아가는 관광객들과 통근자들을 바라보았다. 억울한 마음이 들었다. 젠장, 내가 뭐 지나친 요구를 하는 것도 아니잖아. 내가 바라는 건 그거 하나뿐인데. 왜 아나는 이해를 못하는 걸까?

보도 위에서 선글라스를 끼고 요란한 꽃무늬 반바지를 입은 젊은 남자가 못지않게 요란한 원피스 차림의 여자와 말다툼을 벌였다. 사람들이 다투는 두 사람을 무심히 쳐다보며 지나갔다.

저것이 오늘 밤 아나와 나의 모습일 수도 있다. 십중팔구. 그 생각에 마음이 더욱더 무거워졌다.

그것이 내게 어떤 의미인지 그녀에게 말해야 한다. 그녀를 안전하게 지켜야 하니까.

그래. 그녀도 이해하게 되겠지.

여자가 획 돌아서더니 양팔을 치켜들어 극적인 제스처를 취하고는 가버렸다. 남자는 보도 위에 혼자 남겨져 어찌할 바를 몰랐다. 술에 취한 것 같았다.

머저리.

섹스로 아나의 동의를 받아내면 어떨까. 그거면 통할지도 모른다. 그럴 듯한 생각 같아 희망이 생겨났다. 그제야 나는 의자에 기대어 에스칼라를 향해 달려갔다.

"안녕하세요, 그레이 씨." 내가 거실로 들어갔을 때 존스 부인이 상냥하게 말했다. 먹음직한 냄새로 짐작컨대 불 위 냄비에서 보글보글 끓는 것은 존스 부인의 맛 좋은 볼로냐소시지 같았다. 입에 군침이 돌았다.

"안녕, 게일. 냄새 좋네요. 아나는 어디 있죠?"

"도서실에 있을 거예요."

"고마워요."

"30분 뒤 저녁 식사 차릴까요?"

"내 건 그렇게 해요. 고마워요." 오늘 아침에 운동을 빼먹었으니 러닝머신에서 조금 뛰기로 했다.

나는 옷을 갈아입으러 도서실을 피해 침실로 향했다.

보스 오디오가 귀청을 울려댈 때 나는 몸을 한계선까지 밀어붙였다. 19분 만에 4.8킬로미터를 주파하고 나서 뜨겁고 너덜너덜해진 몸으로 헐떡거리며 러닝머신에서 내려왔다. 공기를 폐 안으로 한껏 끌어들이며 손등으로 이마에서 흘러내리는 땀을 닦은 뒤 한숨 돌리면서 뒤쪽 허벅지를 풀려고 몸을 숙였다.

기분이 좋았다.

일어섰을 때 아나스타샤가 문간에 기대어 서서 살피는 눈으로 나를 바라보고 있었다. 연회색 민소매 셔츠와 딱 붙는 회색 치마 차림이었다. 출판사 임원의 분위기가 났다. 임원 치곤 젊었지만. 너무 젊었다. 그리고 불행해 보였다.

젠장.

"안녕." 그녀가 말했다.

"안녕." 나는 숨을 몰아쉬면서 대답했다.

"집에 왔는데 나한테 아는 척도 안 하기예요. 나 피하는 거예요?"

아나는 돌려 말하지 않는다. 그 순간 나는 그녀의 얼굴에 어린 불행의 그림자와 경계심을 당장 몰아내고 싶어졌다. "운동을 하느라고." 나는 헐떡거렸다. "이제 아는 척할 수 있겠어." 나는 두 팔을 벌리고 그녀에게 다가갔다. 온몸이 땀에 흠뻑 젖었다는 걸 잘 알면서.

아나가 웃음을 터뜨리더니 얼굴을 찡그리며 양손의 손바닥을 들어 보였다. "인사는 나중에 해요."

나는 아나가 물러서기 전에 달려들어 그녀를 끌어안았다. 아나는 꺅 비명을 지르며 몸을 움츠려 나를 피했지만 웃음을 터뜨렸다. 나는 영혼을 짓누르던 짐을 내려놓은 것 같았다.

아나를 웃게 만드니 좋았다.

"오, 자기야. 보고 싶었어." 나는 그녀에게 키스했다. 타인과 접촉하기에는 부적절한 상태였지만 신경 쓰지 않았다. 다행히 아나도 내게 키스했다. 그녀의 손가락이 내 어깨를 움켜쥐었다. 그녀의 손톱이 내 살을 파고들 때 우리의 혀는 우리가 너무나 잘 아는 춤을 추었다.

우리는 헐떡거리며 숨을 쉬려고 떨어졌다. 나는 그녀의 얼굴을 감싸 쥐고 엄지손가락으로 그녀의 부푼 입술을 쓰다듬었다. 그리고 몽롱하고 아름다운 눈을 들여다보았다. "아나." 나는 낮은 목소리로 그녀에게 애원했다. "혼인 서약 바꿔. 순종해. 나랑 말다툼하려 하지 말고. 너랑 싸우기 싫어. 제발."

내 입술이 그녀의 입술 위를 맴돌며 대답을 기다렸지만 그녀는 안개를 헤치듯 눈을 몇 번 깜빡거리더니 어깨를 움직거려 나를 밀어내고 내 품에서 벗어났다. "아뇨. 크리스천. 제발." 아나가 그 몇 마디 말에 좌절감을 가득 실어 말했다.

나는 두 손을 옆으로 축 늘어뜨렸다. 그녀의 말에 찬물을 뒤집어쓴 듯 정신이 번쩍 들었다.

"이게 협상 결렬 요인이라면 말해줘요." 아나가 말했다. 언성이 점차 높아졌다. "나한테는 그렇거든요. 그렇다면 난 결혼식 준비를 멈추고 내 아파트로 돌아가서 케이트랑 진탕 퍼마셔야겠어요."

"떠나겠다고?" 나는 들릴 듯 말 듯 한 목소리로 말했다. 그녀의 선언에 내 세상이 와르르 무너질 것만 같았다.

"지금 당장. 맞아요. 당신 지금 말 안 듣는 10대 아이처럼 굴고 있어요."

"말도 안 돼." 내가 받아쳤다. "내겐 필요한 일이야."

"아뇨, 그렇지 않아요. 그건 당신 생각이죠. 우린 어른처럼 행동해야 한다고요. 우리 대화로 풀어요. 다른 어른들처럼."

우리는 서로를 바라보았다. 우리 사이가 저만치 멀어져 보였다.

아나는 꼼짝도 하지 않았다.

젠장.

"샤워해야겠어." 내가 중얼거렸다. 그녀는 내가 지나가도록 옆으로 비켜났다.

거실에 들어가니 아나가 식탁에 앉아 있는 모습이 보였다. 두 사람이 먹을 저녁 식사가 두 접시에 담겨 있었다. 게일은 레인지 앞에 서 있었다.

"나 배 안 고파." 내가 말했다. "해야 할 일도 있고."

아나가 인상을 쓰고 할 말이 있는 것처럼 입을 벌렸다가 그냥 다물었다. 그사이 나는 그녀를 지나쳤다. 아나와 존스 부인이 눈길을 주고받는 것이 보였다.

둘이 한통속인 거야?

그 생각에 피가 끓어올라서 휭하니 내 서재 안으로 들어가 문을 쾅 닫았다.

젠장.

그 소리에 깜짝 놀라 정신이 번쩍 들었다.

나는 말 안 듣는 10대 아이처럼 굴고 있었다.

아나 말이 맞았다. 젠장.

배도 고팠다.

배고픈 거 싫은데.

크리스천 그레이가 되기 전의 두려움과 허기로 얼룩진 어둡고 뒤틀린 기억이 다시 고개를 들려 했지만 나는 그것을 제압했다.

거기로는 가지 마, 그레이.

테일러가 가져온 보고서가 책상 위에 놓여 있었다. 나는 책상 앞에 앉아 첫 번째 보고서를 집어 읽기 시작했다.

나는 가만히 문을 두드리는 소리에 시험 중인 윤작에서 끌려나왔다. 심장이 두근거렸다.

아나.

"들어와."

게일이 문을 열었다.

실망감이 컸다. 잠시나마 고개를 들었던 설렘이 헬륨 가스를 잃고 흐물흐물해진 풍선처럼 처량해졌다. 존스 부인이 쟁반에 받쳐 들고 가져온 김이 모락모락 나는 파스타 접시는 반가웠지만.

존스 부인은 아무 말 없이 그것을 책상 위에 놓았다.

"고마워요."

"아나의 생각이에요. 사장님이 볼로냐 스파게티를 좋아한다고 알려줬어요." 존스 부인의 말투가 딱딱했다. 내가 대답하기도 전에 존스 부인은 못마땅한 기색으로 돌아서서 나갔다. 나는 나가는 그녀를 향해 인상을 썼다. 당연히 아나의 생각이겠지. 다시금 그녀의 배려심이 감탄스러웠다. 그런데 왜 그건 안 된다는 거지? 나를 사랑한다면서. 나는 왜 그녀의 순종을 원하는 걸까? 왜 그것이 필요한 걸까?

나는 더욱 풀이 죽어서 지평선 아래로 가라앉는 태양이 서재 벽에 그려놓은 긴 그림자와 황금빛을 띤 분홍빛 석양을 바라보았다.

왜 내 말을 안 듣는 거야?

나는 포크를 집어 저녁밥을 뒤적거렸다. 파스타를 크고 알차게 돌돌 말아 입에 넣었다. 맛있다.

아나가 이번에도 나를 위해 전등을 켜두었다. 그녀는 곤히 잠들어 있었다. 내가 침대로 올라가 그녀 옆에 살그머니 눕자 그녀가 뒤척였다. 나는 그녀를 갈망했다.

섹스로 아나를 꼬셔볼까 생각해보았지만 그녀가 이미 마음을 굳혔다는 건 확실했다. 거절당하면 이번에는 감당할 자신이 없었다.

나는 그녀를 등지고 옆으로 돌아누워 전등 스위치를 껐다. 방 안이 어둠 속으로 뛰어들며 내 기분을 대변했다. 오늘 아침보다 더 비참했다.

제기랄. 어쩌다 이렇게 꼬여버렸을까?

나는 눈을 감았다.

엄마! 엄마! 엄마가 바닥에서 잠들었다. 오랫동안 잠을 잔다. 나는 엄마의 머리카락을 빗겨준다. 엄마가 이걸 좋아하니까. 엄마가 잠에서 깨지 않는다. 나는 엄마를 흔들어본다. 엄마! 배가 아프다. 배가 고프다. 그 아저씨는 여기 없다. 목이 마르다. 나는 부엌에서 의자를 개수대로 끌어다 놓고 물을 마신다. 물방울이 내 파란색 스웨터 여기저기에 튄다. 엄마는 계속 잠을 잔다. 엄마, 일어나 봐요! 엄마는 꼼짝하지 않고 누워만 있다. 몸이 차갑다. 나는 내 이불을 가져와 엄마를 덮어주고 나서 끈적거리는 초록색 러그 위 엄마 옆에 눕는다. 엄마는 계속 잠을 잔다. 내게는 장난감 자동차가 두 개 있다. 그것들이 바닥을 달려가며 잠이 든 엄마 옆을 지나간다. 엄마가 아픈 것 같다. 먹을 것을 찾아본다. 아이스박스에서 완두콩을 찾았다. 완두콩이 차갑다. 나는 그걸 천천히 먹는다. 그걸 먹으니 배가 아프다. 엄마 옆에서 잠을 청한다. 완두콩은 다 먹고 없다. 냉장고 안에 뭐가 있다. 냄새가 이상하다. 그걸 핥아본다. 그것이 끈적하게 혀에 붙는다. 그걸 천천히 먹는다. 맛이 고약하다. 물을 조금 마신다. 자동차를 가지고 놀다가 엄마 옆에서 잠을 청한다. 엄마는 너무 차갑고 깨지도 않는다. 문이 벌컥 열린다. 나는 담요로 엄마를 덮어준다. 그 아저씨가 여기 있다. 이런 망할. 이게 다 무슨 일이야? 아후, 빌어먹을 미친년. 젠장. 저리 비켜, 이 쥐방울 같은 놈. 그 남자가 나를 걷어차고 나는 바닥에 머리를 부딪힌다. 머리가 아프다. 그 아저씨가 누군가에게 전화를 걸고 나서 사라진다. 문을 잠근다. 나는 엄마 옆에 누워 있다. 머리가 아프다. 경찰 아줌마가 여기 있다. 싫어. 싫어. 싫어. 나 만지지 마요. 만지지 마요. 만지지 마요. 나는 엄마 옆을 떠나지 않는다. 싫다고. 저리 가란 말이야. 경찰 아줌마가 내 담요를 가지고 나를 붙잡는다. 나는 소리친다. 엄마! 엄마! 엄마랑 같이 있고 싶다. 말소리가 사라진다. 말이 안 나온다. 그러면 엄마가 내 말을 못 듣는데. 말이 안 나온다.

"크리스천! 크리스천!" 그녀의 다급한 목소리가 악몽과 절망의 수렁에서 나를 끌어냈다. "나 여기 있어요. 나 여기 있어요." 아나가 소리쳤다.

나는 잠에서 깼다. 아나가 나를 내려다보며 내 어깨를 붙잡고 나를 흔들었다. 그녀의 얼굴에 고통이 가득했고 커다래진 눈에는 눈물이 그렁그렁했다.

"아나." 나는 잠긴 목소리로 속삭였다. 두려움의 앙금이 내 입술의 핏기를 앗아갔다. "여기 있었네."

"당연하죠."

"꿈을 꿨어."

"알아요. 나 여기 있어요. 나 여기 있어요."

"아나." 그녀의 이름이 내 입술에 주문처럼 머물렀다. 그것은 내 몸을 휘젓는 검고 숨 막히는 공포를 쫓아내는 부적이었다.

"쉿, 나 여기 있어요." 아나가 웅크리며 나를 감쌌다. 그녀의 팔다리가 내 팔다리를 감았다. 그녀의 온기가 내 영혼에 스며들어 그림자들을 몰아내고 공포를 제압했다. 아나는 햇살이었다. 빛이었다. 내 것이었다.

"제발. 우리 싸우지 말자." 나는 두 팔로 그녀를 끌어안았다.

"그래요."

"서약 말이야. 순종하지 않는다는 거. 한번 해볼게. 방법을 찾을 수 있을 거야." 그 말이 감정과 혼란, 불안의 소용돌이처럼 내 입에서 쏟아져 나왔다.

"그럼요. 찾을 수 있죠. 우린 항상 방법을 찾아낼 거예요." 아나가 속삭였다. 그녀의 입술이 내 입술에 닿아 내 말을 막고 나를 현재로 데려왔다.

2011년 7월 8일 금요일

플린 박사가 자기 턱을 쓰다듬었다. 시간을 벌려고 그러는 건지 아니면 순전히 흥미를 느껴서인지 알 수 없었다. "아나가 떠나겠다고 했단 말이죠?"

"네."

"진심으로 말입니까?"

"네."

"그래서 당신은 굴복했고요."

"선택의 여지가 없었어요."

"크리스천, 당신에겐 항상 선택권이 있습니다. 아나스타샤의 행동이 비이성적이라고 생각하나요?"

나는 그의 시선을 마주했다. 그렇다고 소리치고 싶었지만 아나가 비이성적인 사람이 아니라는 건 잘 알고 있다.

그건 너잖아, 그레이.

'아예 비이성적을 중간 이름으로 쓰지 그래요.' 아나가 했던 말이 머릿속을 맴돌았다. 오래전 그녀가 한 말이었다.

정말이지 가끔 나의 자기 비하는 참으로 성가시다.

"지금은 기분이 어때요?" 플린이 물었다.

"조심스러워요." 나는 중얼거렸다. 그녀의 뜻을 받아들이고 나니 명치를 얻어맞은 것만 같았다. 숨도 제대로 안 쉬어질 만큼.

그녀가 나를 떠날 수 있다니.

"아하. 불안하고 버림받을지 모른다는 감정들이 다시 떠오르고 있는 거네요."

나는 입을 다물었다. 커피 탁자 위에 옹기종기 모인 작은 난초 화분들과 거기서 부서지는 오후 햇살에 순간 정신이 팔렸다. 무슨 말을 할 수 있을까? 그걸 굳이 말로 해서 인정하고 싶지도 않았다. 그러면 두려움이 실제가 될 테니까. 이렇게 약해지는 느낌은 정말 질색이다. 이토록 무방비 상태가 되는 것도. 아나는 내게 상처를 주고 치명상을 입힐 만한 힘을 가졌다.

"이 일을 계기로 결혼을 다시 생각하고 있나요?" 존이 물었다.

아니. 어쩌면.

그녀에게 상처 받을까봐 두려웠다.

예전에…… 그녀가 나를 떠났을 때 그랬던 것처럼.

"아뇨." 나는 대답했다. 아나를 잃고 싶지 않았다.

그는 듣고 싶은 말을 들은 것처럼 고개를 끄덕였다. "당신은 그녀를 위해 많은 걸 포기했어요."

"그랬죠." 나는 만족스런 미소를 억눌렀다. "그녀는 협상에 능해요."

플린이 다시 턱을 쓰다듬었다. "그래서 화가 납니까?"

"네. 조금은. 나는 그렇게 많이 양보했는데 그녀는 이걸 내주지 않는군요."

"그녀에게 화가 난 것처럼 들리네요."

"맞아요."

"그녀에게 솔직히 말해볼 생각은 없습니까?"

"내가 얼마나 화가 났는지 말입니까? 없어요."

"왜요?"

"후회할 말을 해서 그녀가 떠날까봐 두렵습니다. 그녀는 전에도 떠난 적이 있어요."

"그땐 당신이 그녀에게 상처를 줬죠."

"그랬죠."

눈물로 얼룩진 그녀의 얼굴과 쓰디쓴 비난은 내 마음에 박혀 한 번도 잊힌 적이 없었다.

'넌 엉망진창으로 망가진 개자식일 뿐이야.'

나는 진저리가 났지만 플린에게 그걸 숨겼다. 그때를 생각할 때마다 수치심에 잡아먹힐 것만 같았다. "아나에게 다시 상처를 주고 싶지 않습니다. 절대로."

"해볼 만한 좋은 목표로군요." 플린이 말했다. "하지만 분노를 표출하고 쏟아낼 건강한 방법을 찾으셔야 합니다. 오랫동안 분노를 속으로만 삭혀왔잖아요. 너무 오랫동안." 그가 잠시 말을 멈추었다. "하지만 이건 어디까지나 제 의견일 뿐입니다. 그걸 되풀이해 말할 생각은 없습니다, 크리스천. 당신은 대단히 강인하고 지략이 뛰어난 사람입니다. 이 오랜 교착 상태의 해결책을 가지고 백기를 든 겁니다. 문제는 해결됐습니다. 항상 뜻대로 흘러가지 않는 게 인생이잖습니까. 핵심은 그런 순간들을 깨닫는 것이죠. 전투는 내주고 전쟁을 이기는 편이 더 낫습니다. 소통하고 협상하세요. 그것이 결혼 생활의 전부입니다."

나는 한참 전에 받은 아나의 이메일이 기억나서 큭 하고 웃음을 터뜨렸다.

"뭐가 재밌죠?"

"아무것도." 나는 고개를 저었다.

"당신 자신에게, 그리고 아나에게 조금 믿음을 가져보세요."

"결혼은 믿음의 커다란 도약인가 봅니다." 나는 중얼거렸다.

"그렇죠. 누구에게나 그렇습니다. 그래도 당신은 잘 대처하고 있는 거예요. 어디로 가고 싶은지에 집중하세요. 어떻게 되고 싶은지. 지난 몇 주 동안 잘해왔어요. 더 행복해 보입니다."

나는 그의 시선을 마주했다.

"이건 작은 갈등에 불과합니다." 그가 말했다.

그랬으면 좋겠는데.

"다음 주에 봅시다."

땅거미가 질 무렵 엘리엇과 나는 새 집의 테라스에 서서 그곳의 경치를 감상했다. "이 집을 왜 샀는지 알겠다." 엘리엇이 잇새로 휘파람을 불며 감탄했다. 잠시 둘 다 조용히 푸젯 사운드 너머 장엄한 석양을 감상했다. 오팔 빛깔 하늘, 멀리 보이는 오렌지빛 연무, 짙은 보랏빛 물. 아름다움. 고요함.

"멋지지?" 내가 중얼거렸다.

"응. 아름다운 보금자리로 더할 나위 없겠어."

"형이 리모델링해준다면." 나는 씩 웃었고 엘리엇은 장난스럽게 내 팔을 주먹으로 때렸다.

"보탬이 된다니 나야 좋지. 일이 쉽진 않겠어. 여길 손보려면 비용도 만만치 않을 테고. 그래도 넌 그럴 만한 능력이 되니까. 다음 주에 지아에게 말해서 어떻게 할 건지 계획을 들어볼게. 필요하다면."

"7월 말 전에는 결정을 짓고 싶어. 결정이 끝나면 아나, 형, 지아, 나 다 같이 여기서 모이자고."

"결정 전에 만나야지. 측량 결과가 어떻든 이 집을 사겠다는 말처럼 들리네."

"맞아. 일정을 확인해야겠어. 형은 언제 시간이 돼?"

"무슨 시간?"

"공사 말이야, 형. 공사."

"아하. 그게, 지금은 스포카니 에덴 프로젝트를 진행 중이니까, 초가을쯤?" 형이 어깨를 으쓱거렸다.

"그 공사는 잘되어가?"

"응." 엘리엇은 만족하는 기색이었다.

그럴 수밖에. 일단 완공되면 형의 지속 가능한 시공 공법을 인정받는 계기가 될 야심찬 프로젝트였기 때문이다. 엘리엇은 시호크스 팀 캡 모자를 눌러쓰고 양손을 맞잡았다. "즐거운 금요일이잖아, 슈퍼스타. 너네 집으로 돌아가서 맥주나 마시자." 나는 눈을 위로 치켜뜨면서 형을 따라 집을 돌아 나가 진입로에 세워둔 내 차로 향했다.

"여자들이 뭘 하고 있을지 궁금한데?" 엘리엇이 에스칼라로 돌아가는 차 안에서 말했다.

"아나의 짐을 싸고 있을걸." 나는 엘리엇을 흘끔 보았다. 형은 망할 놈의 발을 대시보드에 올리고서 무사태평한 눈초리로 지나가는 풍경을 바라보았다.

아, 형이 부럽다.

"피자 시켜 먹고 와인 퍼마시고 우리 얘기나 하고 있겠지." 형이 재잘거렸다.

우리 얘기는 안 했으면 좋겠네!

"아니면 스포츠 경기를 보고 있을지도 몰라." 형이 킬킬 웃었다.

"케이트가 야구 좋아해?"

"응. 스포츠는 죄다 좋아해."

왜 아니겠나. 케이트와 아나가 왜 친구인지 새삼 의문이었다.

최근에 우리 둘이 마리너스 경기를 재밌게 봤지만. "형은 케이트를 형의 여자라고 생각해?" 내가 호기심에 물었다.

"응. 지금으로서는."

"진지한 건 아니지?"

엘리엇이 어깨를 으쓱거렸다. "멋진 여자야. 두고 보면 알겠지. 그 여자는 날 귀찮게 안 해. 알지?"

"난 모르겠는데. 몰라서 다행이지만." 나는 그렇게 중얼거리고는 고개를 저었다. 이번이 형에게는 가장 오랫동안 지속되는 '관계'인 것 같았다.

"한잔하고 들어가자." 형이 말했다.

"안 돼. 난 술 마시고 운전 안 해."

"야, 넌 어쩜 아빠랑 똑같이 운전하냐."

"시끄러, 등신아." 나는 액셀을 밟았다. R8이 5번 고속도로로 빠지는 램프웨이로 올라갔다. 우리는 도심을 향해 속도를 높였다.

"네 쌕쌕이를 망가뜨린 놈은 색출했냐?"

나는 한숨을 쉬었다. "헬리콥터야, 엘리엇. 아니, 아직. 속 터져 죽겠어."

"와, 대체 누가 그런 짓을 했을까?"

"모르겠어. 내 직원들은 아무것도 건지지 못했어. 국가 교통 안전국의 보고서를 기다리는 중인데, 그 사람들 아주 늑장이야. 보안 조치를 강화할 수밖에 없었어. 오늘 밤엔 남자 둘을 보내 아나와 케이트의 집을 경호하고 있어."

"그럼! 그렇게 해야지. 미치광이들이 활보하는 마당에."

나는 형을 슬쩍 쳐다보았다.

"왜? 사실이 그렇잖아. 두 여자가 무사할 거라니 안심이야." 엘리엇이 말했다. 형이 캐버너를 정말 좋아하는구나 하는 생각이 들기 시작했다. "총각 파티 때 뭐 하고 싶냐?" 5번 고속도로를 빠져나왔을 때 형이 물었다.

"엘리엇, 총각 파티는 하고 싶지도 않고 할 필요도 없어."

"야, 넌 다 큰 어른이고 진지하게 사귄 첫 여자랑 결혼하는 거야. 당연히 총각 파티가 필요하지 무슨 소리야."

나는 웃음이 터졌다. 형, 형은 아무것도 몰라.

"난 네가 아나를 임신시킨 줄 알았어."

나는 싸늘해졌다. "개소리 마, 형. 난 그렇게 부주의한 인간이 아니야. 아나는 아이를 갖기엔 너무 어려. 둘 다 아직 앞날이 창창한데 벌써 똥통에 빠질 순 없잖아."

엘리엇이 웃음을 터뜨렸다. "너한테 아이가 생긴다니. 그럼 너도 좀 느슨해질 텐데."

나는 그 말을 무시했다. "미아랑 연락해?"

"걔 지금 고추 사냥 중이야."

"뭐?"

"케이트의 오빠. 그 남자도 미아한테 관심이 있는지 모르겠네."

"고추랑 미아라는 말이 한 문장에서 섞이는 거 싫어."

"이제 걔도 어린애가 아니야, 슈퍼스타. 알겠지만 아나랑 케이트보다 조금 어릴 뿐이야."

나는 그 생각은 하지 않기로 했다.

"당구 칠까, 아니면 스포츠 경기 볼까?" 엘리엇이 슬기롭게 화제를 바꾸었다.

"좋을 대로 해, 형. 하고 싶은 거 해." 우리가 에스칼라의 지하주차장으로 들어갈 때까지도 나는 머릿속에서 미아와 이든 캐버너의 생각을 애써 몰아냈다.

엘리엇이 텔레비전 앞에서 코를 골았다. 형은 원래 독하게 일하고 독하게 놀았다. 하지만 오늘은 손님방에서 맥주를 들이켜다가 잠이 들 것이다. 우리는 심심한 저녁 시간을 보냈다. 하이라이트로 마리너스와 엔젤스의 경기를 보았는데 마리너스가 졌다. 형은 콜 오브 듀티(FPS 비디오 게임 – 옮긴이)에서 나를 완파했지만, 나는 기분 전환 겸 친 당구 게임을 이겼다. 내일 아침에는 아나의 짐을 여기로 옮기러 그녀의 아파트에 갈 것이다. 이렇게 되기까지 시간이 오래도 걸렸다. 손목시계를 보며 아나가 무얼 하고 있을까 생각했다. 휴대전화가 부르르 진동했다. 마치 그녀가 내 생각을 읽기라도 한 것처럼.

아나
짐 쌌어요. 보고 싶어요.
잘 자요. 악몽 꾸지 말고.
이건 부탁이 아니에요.
거기 없어서 당신을 안아
줄 수 없으니까요.
사랑해요. ♥

그녀의 문자에 가슴이 따뜻해졌다. 플린은 우리가 최근에 벌인 다툼이 작은 차질에 불과하다고 했다. 그의 말이 맞기를 바란다. 나는 문자로 답장을 보냈다.

내 꿈 꿔.
난 네 꿈 꾸고 싶어.
악몽 말고.

아나

약속?

약속은 못 해.

그냥 희망만.

그리고 꿈꿀 뿐.

사랑하고.

너를 위해.

아나

당신이 예전에 그랬었죠,

당신에게 로맨스는 없다고.

그 말이 틀려서 얼마나 다행인지 몰라요.

난 여기서 아주 신났어요!

사랑해요, 크리스천.

잘 자요. xxx

잘 자, 아나.

신난다니 잘됐네.

사랑해.

언제나. x

2011년 7월 11일 월요일

나는 직접 수정한 샘의 보도 기사를 읽어 보았다.

보도 기사 (즉시 배포)

그레이 엔터프라이즈 홀딩스 Inc.
시애틀 인디펜던트 퍼블리싱 인수

시애틀, 워싱턴, 2011년 7월 11일. 그레이 엔터프라이즈 홀딩스 Inc.(GEH)는 워싱턴에 위치한 시애틀 인디펜던트 퍼블리싱(SIP)을 1500만 달러에 인수했다고 밝혔다.

GEH의 홍보 책임자에 따르면 "GEH는 자회사 포트폴리오에 SIP를 편입했다." 대표이사 크리스천 그레이는 "출판업에 진출하는 기대가 크다"면서 "GEH의 첨단기술 역량을 활용해 SIP를 성장시키고 건실한 출판업 플랫폼을 구축해 북미 서부 연안 지역의 작가들이 기량을 펼치는 데 발판이 되겠다"라고 말했다.

시애틀 인디펜던트 퍼블리싱은 32년 전 제레미 로치에 의해 창립되었으며 대표이사직은 창립자가 계속 이어갈 예정이다. SIP는 〈USA 투데이〉에 세 차례 이름을 올린 베스트셀러 작가 비 에드먼스턴과 시인 겸 행위예술가 키온 킨저를 포함해 큰 성공을 거둔 대형 작가들을 보유해왔다. 키온 킨저는 근간 《바이 더 사운드》로

2010년 영예로운 아서 린즈상 최종 후보에 오르기도 했다.

SIP는 독자 경영 체제와 총 32명에 달하는 임직원의 고용 승계를 보장받았다. 로치는 "SIP의 전 직원과 작가들에게 큰 기회가 열렸다"라고 전망하고 "GEH와의 파트너십이 앞으로 십수 년 후 어떤 결과를 가져올지 기대된다"라고 말했다.

궁금한 사항은 그레이 엔터프라이즈 홀딩스 Inc.의 부사장 겸 홍보 책임자 샘 새스터에게 문의 바랍니다.

아나가 내게 했던 말이 떠올랐다. '당연히 화가 났죠. 대체 어떤 책임감 있는 경영자가 섹스하는 여자 때문에 사업상 결정을 내리냔 말이에요.'

내가 그래, 아나.

하지만 섹스하는 여자가 너니까 그런 거야.

기억들이 살아나 머릿속을 맴돌았다. 작고 하얀 침대에 묶인 그녀, 아이스크림이 묻어 미끈거리고 끈적끈적한 그녀, 피망을 썰던 나, 나를 바보라고 부르던 그녀. 나는 모형 글라이더를 쳐다보았다. 그래서 아나가 순종하지 않으려는 것일까. 나를 바보라고 생각해서.

그레이, 그만.

의구심은 쓸데없고 못난 감정이다.

이것은 내가 외우는 새 주문이었다. 플린은 우리의 다툼이 작은 갈등이라고 했다. 모든 관계는 갈등을 겪을 수밖에 없다. 아나는 나와 같이 살고 있고, 우리는 3주 뒤에 결혼할 것이다. 더 바랄 게 있나?

망할. 이미 결혼한 부부였으면 좋겠다. 기다리다 애간장이 탈

지경이다. 아나가 마음을 바꿀까봐. 그녀는 이번 주 내내 말이 없었다. 우리는 부지런히 그녀의 물건을 아파트로 옮겼고, 그녀는 줄곧 결혼식 준비에 여념이 없었다.

아나는 그저 피곤한 거야.

부정적인 생각은 그만해, 그레이.

당면한 문제에 집중하라고.

나는 전화기를 들어 샘에게 전화했다.

"크리스천."

샘이 내 이름을 부르는 것이 정말이지 신경에 거슬릴 때가 있다. 나는 냉정한 말투로 말했다. "수정본 보냈어. 보도 기사는 되도록 말을 아끼는 게 좋아. 간결한 게 최고라고. 그거 명심해."

"알겠습니다, 사장님."

됐어. 핵심을 찔렀어.

"그리고 샘, 가격은 삭제하고 '비공개 금액'이라고 해."

"그러죠."

나는 전화를 끊고 컴퓨터로 고개를 돌렸다. 내가 약혼녀와 이메일을 주고받는 것은 나도 그녀도 기분이 나아지기를 바라서였다.

보낸 사람: 크리스천 그레이

제목: 최종 소비자. 지금도 소비 중.

날짜: 2011년 7월 11일 08:43

받는 사람: 아나스타샤 스틸

사랑하는 나의 아나스타샤

내가 SIP를 샀다는 걸 네가 알았던 날을 회상해봤어. 그때 넌 나를 머저리 취급했지, 아마. 난 그저 이 멋진 나라의 시민으로서 원하는 걸 매수할 권리를 행사한 것뿐인데 말이야. 최종 소비자로서(네가 붙일 만한 별명) 나의 최근 인수 사실이 더 이상 보도 제한이 아니라는 걸 알려줄게. 오늘 기사가 날 거야. 네가 내 집으로 들어와서 정말 기뻐.

어젯밤엔 네가 옆에 있다는 걸 알고 푹 잘 수 있었어.

사랑해.

크리스천 그레이
CEO, 머저리가 아닌 기업가, 그레이 엔터프라이즈 홀딩스 Inc.

보낸 사람: 아나스타샤 스틸
제목: 상사인가 갑질 대장인가
날짜: 2011년 7월 11일 08:56
받는 사람: 크리스천 그레이

친애하는 미래의 남편님,
당신은 머저리였어요(난 이걸로 밀고 나갈래요). 내 상사의 상사의 상사였고요. 우리가 즐겼던 그 황홀하고 끈적끈적했던 저녁이 기억나네요. 오늘 저녁 아이스크림 어때요? 밖은 너무 더워요…….
나도 사랑해요. 아주 많이.
오늘 저녁 알론드라와 만나 최종적으로 상의해 준비할 것들을 챙길 거예요!
마지막으로 요청할 거 없어요?

결혼식 전날 만찬은 에스칼라에서 하는 거 찬성하죠?

아나스타샤 스틸

편집 대리, 소설 담당, SIP

보낸 사람: 크리스천 그레이

제목: 몇 번이나 말해!

날짜: 2011년 7월 11일 08:59

받는 사람: 아나스타샤 스틸

사랑하는 나의 아나스타샤

제발 간략하게 하자고.

한시라도 빨리 널 내 여자로 만들고 싶단 말이야.

그래, 에스칼라 좋아. 거긴 지켜보는 눈이 적으니까.

참 나, 제발 블랙베리를 쓰라고!!!

그리고 '벤 앤 제리'(아이스크림 브랜드-옮긴이)로 하자. 아나도 곁들여서.

내가 가장 좋아하는 디저트야.

크리스천 그레이

갑질 대장 CEO, 그레이 엔터프라이즈 홀딩스 Inc.

보낸 사람: 아나스타샤 스틸

제목: 갑질 대마왕

날짜: 2011년 7월 11일 09:02

받는 사람: 크리스천 그레이

오, 그레이 씨, 왜 이리 보채실까.

나도 좋아하는 디저트이긴 해요.

아나. x

피식 웃음이 났다. 아나는 〈바람과 함께 사라지다〉를 인용하고 있다. 행복해하는 것 같다. 나는 고개를 절레절레 젓고 나서 안드레아를 불렀다. 기분이 훨씬 나아졌다.

고마워, 스틸 양.

늦은 아침에 안드레아가 에프러타 항구의 다리우스에게서 걸려 온 전화를 연결했다.

"안녕하세요, 크리스천."

"다리우스, 목소리 들으니 좋군요. 물건은 도착했습니까?" 나는 별안간 열 살짜리 아이로 돌아가 크리스마스를 맞는 기분이었다. 설레는 마음을 숨길 수가 없었다.

"도착했습니다, 그레이 씨. 근사한 친구네요."

"조립했습니까?"

"지금 작업 중이에요. 완성되면 사진 보내드리죠."

"한시라도 빨리 보고 싶군요."

"등록증은 준비되었어요. 저에게 시험 비행을 맡기실 건지, 아니면 직접 하실 생각이신지 궁금합니다."

"아뇨. 대신 해주세요. 조종법도 알려주시고."

"얼마든지요. 언제쯤 방문하실 거죠?"

"봐서 이번 주 중으로 올라갈게요. 연락드리고."

"알겠습니다. 난 그만 그 친구한테 가볼게요. 친구를 기다리게 해선 안 되잖아요." 그가 킥킥 웃고 전화를 끊었다. 나도 웃음이 났다.

동감이에요, 다리우스, 너무 되바라진 친구만 아니라면…….

나는 한숨을 쉬었다. 이번 주 아나랑 같이 하늘을 날아볼까.

아나는 저녁을 먹는 동안 시무룩해서 리소토를 깨작거렸다.

결혼을 재고하는 걸까?

"뭐가 잘 안 돼?" 내가 물었다.

"아뇨. 그냥 좀 힘든 하루였어요."

걱정이 고개를 들었다. 그녀가 나한테 말하지 않으려는 게 있었다. "출판사 건물 밖에 파파라치가 있었다고 소여가 그러던데." 나는 슬쩍 떠보았다.

"모두 화물구 쪽으로 나왔어요. 간신히 따돌렸어요."

그렇다면 끈질기게 따라붙는 언론 때문에 괴로운 건 아니었다. 뭘까? 나는 다른 쪽으로 떠보았다. "오늘 뭐 했어?"

아나가 큭 웃었다. "작가들하고 통화하다가 하루가 다 갔어요. 뉴스의 후폭풍을 진화하느라고."

나는 입 안의 음식을 뱉을 뻔했다. 맙소사!

아나가 내 표정을 보고 웃음을 터뜨렸다. 그녀의 반응이 즉시 내 기분을 끌어올렸다.

"맞아요, 예술가들의 노고를 착취하는 대기업." 아나가 설명을 덧붙였다.

"아하."

"오늘 아침에 로치가 편집 회의를 소집해서 인수 소식을 모두에게 알렸어요. 나는 물론 알고 있었지만, 다른 사람들은 까맣게 몰랐죠. 기분이 이상했어요. 나만 동떨어진…… 느낌이랄까."

"그렇군." 그건 잘된 거잖아. 아는 게 힘이니까.

"크리스천." 그녀의 눈에 장난기가 가득했다. 그녀의 말이 줄줄 쏟아졌다 "내 약혼자가 내가 일하는 회사의 주인이 된 거잖아요. 로치가 회의 중에 몇 번이나 나를 빤히 쳐다보는데 무슨 생각을 하는 건지 통 알 수가 있어야 말이죠. 우리가 결혼한다는 걸 알고는 로치가 분통을 터뜨렸던 거 지금도 기억이 나요. 회의 내내 이상했어요. 마음도 불편하고 눈치도 보이고."

젠장!

"로치가 분통을 터뜨렸다는 말은 안 했잖아." 그 머저리.

"한참 지난 일이에요. 우리가 약혼한 걸 알았을 때."

"그 작자가 널 불편하게 한 거야?"

그랬다면 그 인간 모가지다.

아나가 나를 살폈다. 진지한 표정으로 보아 내 질문을 곰곰이 생각하는 듯했다. "조금요. 그런 것 같아요. 아닌 것 같기도 하고. 그냥 기분 탓일 수도 있고요. 모르겠어요. 어쨌든 로치가 내 편집자 직위는 인정했어요."

"오늘?"

"오늘 오후."

흠. 내가 새 직원 채용 정지 명령을 아직 거두지도 않았는데.

교활한 늙은이.

나는 손을 내밀어 그녀의 손을 잡았다. "축하해. 축배를 들어야겠다. 나한테 말하기 거북했겠어."

"난 당신이 알면서 아무 말 안 하는 줄 알았어요." 그녀가 말꼬리를 흐렸다.

나는 웃음을 터뜨렸다. "아니, 그건 아니야. 놀라운 소식이긴 하지만."

아나가 안심하는 듯했다. 그래서 그렇게 말수가 없었던 걸까?

"신경 쓸 거 없어, 아나. 동료들이 뭐라고 생각하든 로치가 뭐라고 생각하든 알게 뭐야. 출판사 사람들이 언론 발표를 보고 안심했기를 바랄 뿐이야. 당분간 어떤 변화도 주지 않을 생각이야. 작가들이 너랑 이야기해서 좋았을 거야."

"일부는요. 일부는 아니었어요. 그래도 몇 명은 잭을 그리워하던데요."

"그래? 놀라운 일이네."

"잭이 작가 둘에게 큰돈을 투자했어요. 그 작가들은 의리를 지킬 수밖에요. 잭이 다른 일자리를 찾는 대로 잭을 따라갈 거예요."

내가 마음만 먹으면 그 작자는 다른 일자리 못 찾아.

아나가 내 손을 꼭 쥐었다.

"어쨌든 고마워요." 그녀가 말했다.

"뭐가?"

"내 말 들어줘서." 그녀가 이맛살을 다시 찌푸렸다. 할 말이 더 있는 것 같았다.

뭐야, 아나? 말해.

"웨딩 플래너 만날 준비됐죠?" 아나가 물었다.

"물론. 마저 먹지 그래." 나는 그녀의 음식을 날카롭게 쳐다보았다. 다행히 그녀는 숟가락으로 리소토를 한가득 퍼서 입 안에 넣었다. 나는 서서히 긴장이 풀렸다. 아나는 그저 승진한 걸 내게 알리고 싶었던 것이다. 내가 그걸 알아주기를.

제발 좀, 그레이.

마음 편히 가져.

"이제 결혼식 피로연 후에 무얼 하실지만 결정하시면 됩니다."

알론드라 구티에레즈가 소탈한 미소를 지었다.

"우리 그거 아직 얘기 안 했어요." 아나가 내게 고개를 돌렸다.

"그건 이미 생각해두었어요." 나는 구티에레즈에게 말했다. 아나가 놀란 표정을 지었다.

오, 자기야. 이건 내가 알아서 할게.

"나중에 따로 알려드리죠, 알론드라."

"그러세요, 그레이 씨. 기대하겠습니다!"

"나한테도 말해줘요." 아나가 말했다.

"자기는 당일까지 기다려." 내가 미소를 지었다.

넌 내가 계획한 걸 즐기면 돼.

아나는 부루퉁히 아랫입술을 쭉 내밀었지만 표정에 웃음기와 뭔가가 어려 있었다……. 뭔가 더 어둡고 더 육감적인 것이 내 아랫도리에게 말을 걸었다.

망할.

알론드라는 물건을 챙기면서 원하면 마지막 변경이 가능하다고 말해주었다. 우리는 수고한 그녀에게 감사를 표했다.

다 같이 일어섰을 때 테일러가 거실 문간에 나타나 알론드라를 배웅했다. 우리는 알론드라가 떠나는 것을 지켜보았다. 알론드라가 우리 말이 들리지 않을 만큼 멀어졌을 때 나는 아나에게 돌아섰다.

"일솜씨가 깔끔하네."

"알론드라가 일 하나는 잘하네요." 아나가 말했다.

"그러게." 내가 동의했다. "이제 뭐 할까?" 나는 속삭이며 덧붙였다.

아나의 시선이 날아와 내 시선을 마주했다. 나를 바라보는 그녀의 입술이 살짝 벌어졌다. 우리는 바짝 붙어 서 있었다. 몸이 닿지는 않았지만 그녀를, 그녀의 모든 걸 느낄 수 있었다. 우리 사이의 침묵이 한층 커지며 우리를 둘러싼 공간을 채워나갔고 우리는 서로를 빨아들였다.

넓은 실내의 산소가 순식간에 사라졌다. 우리 사이에는 오직 우리만이, 보이지 않게 타오르는 욕망만이 존재했다. 나는 그녀의 달아오른 눈동자 안에서 그것을 보았다. 그녀의 동공이 더 커졌다. 더 끈적해졌다. 내 목마름을 대변했다. 내 사랑을. 우리의 사랑을.

"계속 당신이 너무 멀게 느껴졌어요." 그녀의 목소리가 들릴 듯 말듯 했다. "주말 내내."

"아니. 먼 게 아니야. 두려웠어."

"아뇨!" 아나가 빠르지만 조용하고 부드럽게 말했다. 그리고 움직임 없이 우리 사이의 간격을 좁혔다. 손을 올려 손끝으로 내 수염을 쓸었다. 그녀의 손길이 내 몸의 모든 뼈와 힘줄에 스며들어 진동했다.

내 몸이 반응해서 나는 눈을 감았다.

아나.

그녀의 손가락이 내 셔츠에 닿아 단추를 풀었다. "두려워 말아요." 아나가 소곤거리고는 쿵쿵 뛰는 내 심장 위의 흉터에 입을 맞추었다. 나는 더는 참을 수가 없어서 그녀의 얼굴을 감싸 쥐고 그녀의 입술을 내 입술에 포개고 열렬히 키스했다. 굶주린 사내에게 그녀는 성찬과 같았다. 그녀에게서 사랑과 욕정, 그리고 아나의 맛이 났다.

"가자. 당장. 라스베이거스로. 결혼하러." 나는 그녀의 열띤 입술에 대고 애원했다. "사람들한테는 도저히 기다릴 수 없었다고 말하면 돼." 그녀가 신음 소리를 냈다. 나는 다시 그녀에게 키스하며 그녀가 내주는 걸 모두 받아들였다. 그녀의 욕망 안으로, 그녀의 사랑 안으로 빠져들어 그녀를 애타게 갈구했다.

그녀가 몸을 뗐을 때 둘 다 폐 안으로 공기를 빨아들이느라 헐떡거렸다. 그녀의 혼탁한 눈이 내게 닿았다. "당신이 원한다면." 그녀가 연민에 가득 차 숨을 몰아쉬며 말했다.

나는 그녀를 꽉 끌어안았다.

아나는 나를 위해서 이걸 하려는 것이다.

순종하지는 않겠다면서…… 이걸 하겠다니.

젠장.

아나는 정식으로 결혼식을 올려야 한다. 라스베이거스 예식장에서 벼락치기로 때우게 해선 안 된다. 내 여자는 최고의 대접을 받을 자격이 있다.

"침대로 가자." 나는 그녀의 귀에 속삭였다. 그녀가 내 머리카락 안에 손가락을 넣을 때 나는 그녀를 들어 품에 안았다.

"당신도 부탁할 줄 아는군요." 그녀가 말했다. 나는 그녀를 침실로 데려갔다.

2011년 7월 16일 토요일

"그만 일어나, 잠꾸러기." 나는 이로 아나의 귓불을 살짝 물어 당겼다.

"아응……." 아나는 소리를 내면서도 눈은 뜨지 않았다. 내가 다시 당겼다. "아야!" 그녀가 나를 붙잡으며 눈을 끔뻑끔뻑 떴다.

"좋은 아침, 스틸 양."

"좋은 아침." 그녀가 손을 올려 내 얼굴을 어루만졌다. 나는 옷을 다 갖추어 입고 그녀 옆에 길게 누워 있었다.

"잘 잤어?" 나는 그녀의 손바닥에 키스했다.

아나가 나른하게 내게 고개를 끄덕였다.

"깜짝 놀랄 일이 있어."

"에?"

"일어나봐." 나는 침대를 벗어났다.

"놀랄 일?"

"뭐냐 하면……."

아나가 무심코 고개를 옆으로 돌렸다. 전혀 짐작을 못했다.

"태평양 북서 연안 상공 날기?"

아나가 헉 놀라 벌떡 일어나 앉았다. "비행?"

"정답."

"그럼 우리……." 아나가 창밖을 쳐다보았다. "비 오나?" 아나의 얼굴이 시무룩해졌다.

"우리가 가는 데는 더 화창해."

"그럼 한낮의 태양을 쫓을 수 있겠어요!"

"가능하지. 네가 일어난다면!"

아나는 좋아서 꺅 소리를 지르고는 긴 팔다리를 휘저으며 침대에서 허둥지둥 일어났다. 그리고 얼른 내게 가볍게 키스한 뒤 욕실로 달려 들어갔다.

"욕실 따뜻할 거야." 나는 활짝 웃으며 그녀의 뒤에 대고 소리쳤다. 그녀가 좋아할 것 같았다.

우리는 R8을 타고 90번 고속도로를 달려 궂은 날씨를 벗어났다. 나는 그 호사스런 순간을 마음껏 즐겼다. 내 여자가 옆에 있었고, 오디오에서는 더 킬러스의 노래가 흘러나왔다. 곧 우리는 새 세일플레인을 타고 하늘 높이 오를 것이다. 모든 것이 술술 풀리는 중이었다.

플린이 알면 자랑스러워하겠네.

물론 소여와 레이놀즈가 따라오고 있었지만 사람이 모든 걸 다 가질 순 없다.

"우리 어디로 가요?" 아나가 보슬비가 내리는 풍경을 바라보며 물었다.

"에프러타."

곁눈질로 보니 아나는 모르는 곳인 것 같았다. "여기서 두 시간 30분 거리야. 거기에 내 세일플레인들을 보관해두고 있어."

"한 대가 아니에요?"

"두 대. 지금은."

"블라닉?" 아나가 물었다. 내가 인상을 쓰자 그녀는 조금 확신이 없어진 말투로 말했다. "조지아에서 하늘에 올랐을 때 당신이 조종사에게 그렇게 말했었어요." 그녀는 자기 손가락을 내려다보며 약혼반지를 돌리기 시작했다. "그래서 당신한테 그 모델 모형을 사준 건데." 그녀의 목소리가 기어 들어가서 나는 그녀의 말을 들으려고 귀를 기울여야 했다.

"내가 가진 블라닉은 그 꼬맹이 글라이더뿐이야. 내 책상에서 가장 좋은 자리를 차지하고 열일하고 있지." 나는 손을 내밀어 그녀의 무릎을 꼭 쥐었다. 잠시 그녀가 그 작은 모형 비행기를 내게 선물했을 때가 기억났다.

그때는 생각하지 마, 그레이.

"블라닉을 타고 비행 훈련을 했었어. 지금은 다른 브랜드의 최신형 ASH 30을 한 대 가지고 있어. 최고급 기종 중 하나야. 이번에 그걸 처음 타려는 거야…… 너랑 같이." 나는 그녀에게 씩 웃어주었다.

아나의 얼굴에 미소가 피어났다. 그녀가 고개를 다정하게 절레절레 흔들어댔다.

"왜?" 내가 물었다.

"당신 때문에."

"나?"

"네. 당신하고 당신의 장난감들."

"남자가 놀 줄도 알아야지, 아나." 나는 그녀에게 윙크를 했고 그녀는 얼굴을 붉혔다.

"당신은 내게 그러지 못하게 하잖아요, 아니에요?"

"그건 나한테 '혹시 게이세요?' 하고 묻는 거나 같아."

아나가 웃음을 터뜨렸다. "비싼 취미를 가지셨네요."

"뭘 새삼스럽게."

아나는 나오는 웃음을 참으며 고개를 다시 저었다. 내가 웃겨서 웃는 건지, 나랑 있는 게 좋아서 웃는 건지 알 수가 없었다.

사람 쉽게 변하지 않아, 아나스타샤.

우리는 11시를 앞둔 시각에 에프러타 뮤니시플 공항의 주차장으로 들어갔다. 약속된 태양이 하늘에 떠서 비구름을 몰아내고 예쁘고 하얀 적운을 불러왔다. 비행하기에 딱 좋았다. 새 비행기를 빨리 보고 싶었고, 그걸 타고 하늘을 날고 싶었다. "준비됐지?" 내가 물었다.

"그럼요!" 아나의 눈빛이 반짝반짝했다. 설레는 기색이 역력했다. 나처럼.

"날이 너무 화창하네. 햇빛을 가려야겠어." 나는 글러브 박스에서 선글라스를 꺼냈다. 레이밴 웨이페어러스를 아나에게 건네고 나서 마리너스 선캡을 두 개 꺼냈다.

"고마워요. 선글라스를 깜빡했네요."

내가 차에서 내릴 때 소여가 Q7을 몰고 도착해 R8 옆에 주차했다. 나는 그에게 손을 흔들었고 그가 차창을 내렸다. "조종사 라운지가 있으니까 거기서 대기해도 좋아." 내가 말했다. "우리 따라오면 돼."

"사장님, 잠깐만요." 소여의 목소리가 나를 막아 세웠다. 아나와 내가 들어가기 전에 사무실 안을 확인하려는 게 분명했다. 나는 레이놀즈와 소여가 들어가게 길을 비켜주었다.

이러다가 시간 다 가겠네.

나는 숨을 크게 들이마셨다. 소여의 조심성에 장단을 맞추자고 흥을 깰 순 없다……. 그러라고 월급을 주긴 하지만. 나는 아나의 손을 잡고 경호원들을 따라 사무실 안으로 들어갔다. 다리우스 잭

슨이 안에서 기다리고 있었다.

"크리스천 그레이." 그가 소리치며 내 손을 잡고 다정하게 흔들어댔다. 그를 보니 반가웠다. 그는 원래 덩치도 키도 큰 사내지만 마지막에 보았을 때보다 살이 더 붙어 있었다. "좋아 보이네요."

"당신도요, 다리우스. 여긴 내 약혼녀, 아나스타샤 스틸입니다."

"스틸 양." 다리우스가 아나에게 환한 미소를 지었다.

"아나예요." 그녀가 자신의 호칭을 바로잡으면서 미소를 지으며 그의 손을 잡았다.

"다리우스는 내 비행 교관이었어." 나는 아나에게 설명했다.

"당신은 나의 애제자였고요, 크리스천." 그가 말했다. "천부적이었죠."

아나가 나를 쳐다보았다. 그녀의 아름다운 얼굴에 뿌듯한 기색이 어렸다.

"약혼 축하합니다."

"고맙습니다. 비행기는 준비됐나요?" 내가 물었다. 나에 대한 아나의 자긍심에 가슴이 벅차기도 했고 새 세일플레인에 대한 기대감도 컸다.

"그럼요. 준비를 마치고 대기 중입니다. 제 아들 말론이 앞장설 거예요."

"와! 말론." 나는 소리쳤다. 이제 10대 청소년이 된 말론은 머리를 바짝 깎았고 웃는 상에 악수가 아버지 못지않았다. "키가 부쩍 컸구나!"

"아이들이니까요. 쑥쑥 자라죠." 다리우스의 검은 눈에 부성애가 가득했다.

"안내 고맙다, 말론."

"별말씀을요, 그레이 씨."

밖의 포장도로 위에 N88765CG가 기다리고 있었다. 지구상에서 가장 우아한 세일플레인이 틀림없었다. 슐라이허 ASH 30은 눈부시게 하얀 데다 26미터 너비의 멋진 날개에 조종석 덮개가 컸다. 멀리서 봐도 현대 공학의 업적임이 분명했다.

빠르겠다.

다리우스가 녀석을 시험 운전한 일을 내게 간략히 설명해주었다. 즐거운 기억 때문에 생기를 띤 표정이었다. 우리 셋은 글라이더 주변을 거닐면서 그 아름답고 우아한 자태를 감상했다. "완벽한 놈입니다, 크리스천. 하늘을 걷는 것 같아요." 그의 목소리에 어린 감탄은 이처럼 잘빠진 최신형 비행기에 걸맞은 것이었다.

"참 근사하네요." 내가 동의했다.

내가 조종석 덮개를 열자, 다리우스는 내게 조종 장치들을 하나하나 말해주었다. "바닥짐은 더 실어두었습니다." 그가 아나를 슬쩍 보았다. "더 필요할 것 같아서요."

"그럴 거예요."

"제가 낙하산을 가져다드리죠."

"와." 아나가 조종석을 들여다보며 감탄했다. "다른 글라이더보다 다이얼과 기계 장치들이 더 많네요."

나는 소리 내어 웃었다. "원래 그런 친구야."

"친구?"

"친구. 하지만 더 고분고분하지." 나는 킥킥 웃으며 덧붙였다.

아나가 고개를 한쪽으로 기울이더니 실눈을 뜨고 나를 보았다. 숨기려 했지만 즐거운 기색을 숨기지 못했다. "고분고분이라고요?"

나는 콧대를 세우고 그녀를 내려다보았다. "조종하기 쉽거든. 지시대로 움직이니까……."

다리우스가 돌아와 내게 낙하산을 건네주고 사무실 안으로 다시 들어갔다. 나는 아나의 낙하산을 가지고 땅바닥에 쪼그려 앉아 아나가 낙하산을 착용하게 도와주고 그녀의 허벅지에 스트랩 끈을 조였다.

"알다시피, 스틸 양, 난 내 여자가 고분고분한 걸 좋아해."

"좀 솔직하시죠, 그레이 씨." 내가 일어섰을 때 아나가 말했다. "당신도 가끔은 상대가 거역하는 걸 좋아하잖아요."

나는 씩 웃었다. "그건 너한테만." 나는 어깨 버클을 단단히 채웠다.

"당신도 그거 좋아하잖아요, 안 그래요?" 그녀가 속삭였다.

"넌 상상도 못할 만큼."

"알 것 같아요. 우리 나중에 그렇게 해봐요."

나는 말을 멈추고 그녀의 향기를 맡으려고 그녀를 더 가까이 끌어당겼다. "그럴까." 나는 중얼거렸다. "아주 기대되는데."

아나가 속눈썹 사이로 나를 올려다보았다. "나도요." 그녀의 말이 여름철 산들바람처럼 보드랍게 다가왔다. 그녀가 고개를 들어 내게 키스했다. 그녀의 입술이 내 입술에 닿는 순간 숨이 목 안을 맴돌며 욕망이 들불처럼 일어나 몸을 휘저었다. 하지만 내가 반응하기 전에 그녀가 뒤로 물러나 내가 낙하산을 착용할 공간을 만들어주었다.

짓궂긴.

그녀는 내가 낙하산의 스트랩을 채우는 걸 뜨거운 눈으로 지켜보았다. 나는 정성 들여 내 스트랩을 단단히 조였다.

"방금 위험했어요." 그녀가 속삭였다.

나는 킥킥 웃으면서 나랑 그녀를 구경거리로 만들까 봐 새 비행기 주위를 한 바퀴 더 돌았다. 이번에는 어디 헐거운 데나 잘못된

곳은 없는지 살폈다. 비행 전에 반드시 거치는 과정이었다.

내게 비행 기술을 가르친 다리우스라면 빠뜨리지 않는 과정이었다.

몸매가 참 잘빠졌군.

내 약혼녀처럼.

내가 한 손으로 날개 끝을 쓰다듬을 때까지도 아나는 내게서 눈을 떼지 않았다.

"근사한 친구야."

나는 아나 옆으로 돌아와서 말했다. 그녀는 모자를 눌러쓰고 뒤로 묶은 머리채를 모자 뒤쪽에 난 구멍으로 빼냈다.

"너도 근사해, 스틸 양." 나는 그렇게 말하며 선글라스를 꼈다.

다리우스와 말론이 합세했고 우리는 다 같이 ASH 30을 활주로로 밀었다.

비행기가 자리를 잡았을 때 나는 아나가 조종석 앞자리에 오르는 것을 도와주고 나서 그녀가 묶이는 즐거움을 다시 누렸다. "이게 널 꽉 붙잡아줄 거야." 나는 짓궂은 미소를 지으며 속삭인 뒤 그녀 뒤에 올라타고는 덮개를 닫았다.

다리우스가 예인 케이블을 부착한 뒤 엄지손가락을 올려 신호한 다음 대기 중인 단발 엔진 세스나 스카이호크로 갔다.

"준비됐지?" 내가 아나에게 물었다.

"물론이죠!"

"아무것도 만지지 마."

"잠깐만요."

"왜?"

"이거 당신도 처음 타는 거잖아요."

나는 하하 웃었다. "맞아. 블라닉 L23도 처음 탔었는데 살아 돌아왔어."

아나가 아무 말 하지 않았다.

"아나, 다 똑같은 거야. 게다가 낙하산도 있잖아. 신경 쓰지 마."

"알았어요." 아나의 목소리에 확신이 부족했다.

"진짜야. 괜찮을 거야. 날 믿어."

나는 정신을 집중하기 위해 조종 장치들을 꼼꼼하게 확인했다. 승강타, 에일러론, 조종간 모두 잘 작동했다. 스트랩도 좋고. 브레이크 좋고 잠겨 있고. 덮게도 잠겨 있고. 비행 계기장비들 좋고. 유리에 금이 간 곳도 없었다. 새것이니 그럴 리가 없었다.

무전기에서 다리우스의 목소리가 잡음과 함께 들려왔고, 나는 그에게 준비가 됐다고 알렸다. 우현 쪽을 쳐다보니 말론이 날개 끝을 받치고 선 것이 보였다. 그 순간 다리우스가 스카이호크를 작동시켰다.

"자 출발! 상승 기류와 한낮의 태양을 쫓아가보자고." 나는 울부짖는 세스나의 엔진 소리보다 높게 소리쳤다.

다리우스가 천천히 나아갔다. 갑자기 우리는 포장도로 위를 달렸다. 내 발에 닿는 페달과 내 앞의 조종간을 이용해 우리는 공중으로 떠올랐고, 세스나는 활주로를 벗어났다.

순식간에 이륙하네!

우리는 높이높이 올라갔다. 에프러타의 관제실 건물이 아이들 장난감처럼 보이다가 저 멀리 사라졌다. 다리우스가 그의 비행기를 옆으로 기울였고, 우리는 비즐리 힐스를 향해 날았다. 그곳에 상승 기류가 있는 게 분명했다.

"아주 매끄러운 이륙이었어요." 아나가 말했다. 차분하고 감탄하는 목소리였다.

"블라닉보다 훨씬 더 매끄러워." 내가 동의했다. ASH는 근사했다. 정말 가볍고 민감했다.

우리는 1000미터 높이에 도달했다. 나는 무전기로 다리우스에게 케이블을 분리하겠다고 말했다. 그는 우리를 상승 기류로 흘려보냈다. 그가 멀어져갈 때 나는 크게 선회하며 계속 위로 오르고, 오르고, 올라갔다. 워싱턴이 조각난 아름다운 모습으로 우리 밑으로 뚝 떨어져 내렸다.

"와." 아나가 숨을 몰아쉬었다.

"항구 쪽으로 캐스캐이즈산이 보여."

"항구요?"

"왼쪽."

"아, 그렇구나."

7월인데도 산꼭대기는 점점이 흩뿌려진 눈으로 반짝거렸다.

"저기 아래 물은 뭐죠?"

"뱅크스 호수."

"크리스천, 여기 아름다워요."

우리는 2000미터 상공에 있었다. 더 높이 올라가볼까. 멀리 멀리 날아가서 머나먼 들판에 착륙해볼까. 흥미가 생겼지만(자연 속에 아나와 단둘이 있어볼까) 소여나 레이놀즈, 심지어 아나가 그걸 달가워할지 알 수 없었다.

"저기 봐요!" 아나가 외쳤다. 우리 아래로 거대한 먼지 회오리가 공중으로 솟구쳤다.

상승 기류다!

나는 그것을 향해 곧장 날아갔다. 우리는 더 높이 날아올랐다. 빠르게.

"와!" 아나가 황홀해 소리쳤다. "오늘은 공중 곡예 안 해요?" 그녀가 물었다.

"이 친구랑 친해지는 게 먼저야."

죽인다. 아나를 환호하게 만들고 싶었다. 나는 선체를 기울였고 아나가 신이 나서 꺅 소리를 질렀다. 우리는 지구 위에 떠 있었다. 그녀의 양손은 만세를 불렀고 묶은 머리채는 아래로 흘러내렸다. 우리 아래로 워싱턴 평원이 펼쳐졌다.

"으악!" 아나가 소리쳤다. 나는 우리를 다시 똑바로 세웠다. 아나는 깔깔 웃고 또 웃었다

그 소리가 내 영혼을 채웠다. 키가 30미터는 자란 기분이었다. ASH는 꿈의 비행기였다. 세상 꼭대기로, 구름 위 태양이 다스리는 곳으로 우리를 데려다주었다. 이곳은 평온했다. 기막히는 절경이 우리를 둘러쌌다. 삶에 대한 애정이 내 앞에 자리했다. 땅 위에 떠 있으니 행복하고 자유로웠다. 실로 오랜만에 내면에서 평온한 느낌이 퍼져 나왔다. 우리는 함께 하늘에 안겨 있었다. 내 가슴이 벅차올랐다.

이 느낌이 영원히 계속되었으면.

이런 높이. 홀린 것만 같았다.

'어디로 가고 싶은지에 집중하세요.'

'어떻게 되고 싶은지.'

'지난 몇 주 동안 잘해왔어요. 더 행복해 보입니다.'

플린의 말이 되살아났다.

아나는 내 행복이었다. 행복의 열쇠는 아나에게 있었다.

그 생각이 너무 거대하게 모든 걸 포괄했다. 그냥 두면 나를 통째로 삼켜버릴 것 같았다. 나는 생각을 딴 데로 돌리려고 아나에게 조종을 해보겠느냐고 물었다.

"아뇨. 이건 당신의 처녀비행이에요. 즐겨요, 크리스천. 나는 동

참하는 걸로 만족할게요."

나는 미소를 지었다. "이거 널 위해 산 거야."

"정말이요?"

"응. 같은 독일 회사가 만든 1인용 글라이더를 가지고 있지만, 그건 혼자 비행해야 하잖아. 이 세일플레인은 꿈에 그리던 거야. 환상적이야."

"그러네요." 아나는 앞에 펼쳐진 지평선을 쳐다보았다. "우리는 하늘 위를 흘러가고 있어요." 그녀가 꿈꾸듯 부드러운 목소리로 말했다.

"정말 흘러가고 있어, 자기야……. 정말 흘러가고 있어."

한 시간 뒤 우리는 착륙했다. 이륙만큼이나 매끄러운 착륙이었다. 새 비행기는 대만족이었다. 내 기대치를 훨씬 뛰어넘었다. 언젠가는 이걸 타고 날아올라 얼마나 멀리까지 갈 수 있는지 알아보고 싶었다. 올여름에 한번 시도해볼까.

내가 조종석 덮개를 열었을 때 다리우스가 우리에게 달려왔다.

"어땠습니까?" 그가 다가와서 숨 가쁘게 물었다.

"놀라워요. 기막힌 비행기예요." 아드레날린이 아직 내 몸을 질주하고 있었다.

"아나는요?" 다리우스가 아나에게 주의를 돌렸다.

"크리스천과 같아요. 놀라워요."

나는 스트랩을 풀고 밖으로 나와서 스트레칭을 했다. 그리고 비행기 안으로 몸을 기울여 아나의 스트랩을 풀어주었다.

"기분 전환 제대로 했어." 나는 중얼거린 뒤 그녀에게 가볍게 키스하며 안전벨트를 단번에 풀었다.

그녀의 입술이 놀라 벌어졌지만 나는 아직 우리 옆에 있는 다리우스에게 돌아섰다. "이제 이 친구를 격납고에 넣읍시다."

나는 아나를 따라갔다. 우리는 소여, 레이놀즈와 함께 걸어서 자동차로 돌아가는 중이었다. 그녀의 뒤로 말총머리가 발랄하게 흔들렸다. 그녀는 아직 모자를 쓰고 있었고, 짧은 남색 야구 점퍼 밑에는 딱 붙는 청바지에 감싸인 엉덩이가 있었다. 그녀가 걸을 때마다 골반이 메트로놈처럼 앞뒤로 흔들려 그 리듬에 홀릴 것만 같았다. 아나는 미치도록 섹시해 보였다. 나는 성큼성큼 자동차를 돌아 아나 쪽으로 가서 차 문을 열었다. "너 정말 근사해. 오늘 아침에 그 말 안 한 것 같아."

"했을걸요." 그녀가 달콤한 미소를 지으며 대답했다.

"그럼 다시 한번 말한 걸로 해."

"나도 하고 싶은 말이었어요, 크리스천 그레이." 아나가 손으로 내 하얀 티셔츠를 쓰다듬었다. 그 느낌이 내 가슴과 몸 속으로 울려 퍼졌다.

아나를 집으로 데려가야겠어.

하지만 점심부터 먹고. 늦은 점심. 나는 차 문을 닫아주고 운전석 쪽으로 갔다.

우리는 에프러타 안에서 피자를 먹으러 차를 멈추었다.

"포장해 가도 괜찮지?" 같이 작은 식당 안으로 들어갔을 때 내가 물었다.

"차 안에서 먹게요?"

"응."

"당신의 그 깔끔한 R8 안에서?"

"응."

"좋아요." 아나는 어리둥절해 보였다.

"나 빨리 집에 가고 싶어."

"왜요?"

나는 그녀를 빤히 보면서 한쪽 눈썹을 쓱 추켜올렸다. 내 머릿속에는 오직 한 가지 생각뿐이었다.

"아하." 아나가 말했다. 미소를 억누르려고 그녀의 치아가 아랫입술을 파고들었고, 뺨은 내가 사랑해 마지않는 분홍빛으로 물들었다. "그래요. 좋아요. 포장해 가요." 아나가 불쑥 말해서 나는 웃음을 터뜨릴 수밖에 없었다.

"이렇게 맛있는 피자 처음 먹어봐요." 아나가 입 안에 피자를 가득 넣고 말했다. 종이 냅킨을 두 배로 가져오기를 잘한 것 같았다.

"더 먹을래?" 내가 물었다. 아나가 나더러 먹으라고 피자 조각을 내게 들어 올렸다. 내가 입을 벌리자 그녀가 피자를 홱 가져가서 한 입 베어 물었다.

"헤이!"

아나가 깔깔거렸다. "내 피자거든요!"

나는 입술을 쭉 내밀었다. 운전하는 중이라 그것 말고는 어쩔 수가 없었다.

"여기요." 그녀가 말했다. 이번에는 한 입 먹게 해주었다.

"받은 만큼 돌려줄 거야."

"정말이요?" 그녀가 도발했다. "덤비시죠, 그레이."

"오, 알았어. 어디 보자……." 나는 다양한 시나리오를 따져보기 시작했고, 그것이 내 몸에 즉각적인 반응을 일으켰다. 나는 앉은 자세에서 꼼지락거렸다. "피자 더 주세요."

아나는 계속 내게 피자를 먹여주었다. 장난도 계속 쳤다. 그녀도 나도 즐거웠다.

이런 시간을 자주 가져야겠어.

"다 먹었다." 아나가 그렇게 말하고는 피자 상자를 발밑 공간에 넣었다.

나는 만족스러웠다. 내가 좋아하는 차 안에 내 여자랑 같이 있었다. 라디오헤드의 노래가 흐르는 가운데 우리는 밴티지 다리를 향해 콜롬비아 강변을 따라 장엄한 풍경 속을 내달렸다. 나는 소속감에 흠뻑 취했다.

아나를 만나기 전에는 주말을 어떻게 보냈더라?

비행, 항해, 섹스…….

나는 웃음이 터졌다. 언뜻 보면 달라진 게 없는 것 같았지만 절대 그렇지 않았다. 모든 게 바뀌었다. 순전히 내 옆에 앉아 있는 이 아가씨 때문에. 아나를 만나기 전에는 내가 외롭다는 것도 몰랐었다. 그녀가 필요하다는 것도 몰랐었다. 이제는 그녀가 내 옆에 있었다. 나는 아나를 흘끔 보았다. 그녀가 집게손가락 끝을 빨고 있었다. 그 모습이 자극적이라 나는 그녀가 아까 안전벨트에 대해 한 말을 떠올렸다.

'당신도 그거 좋아하잖아요, 안 그래요?'

넌 상상도 못할 만큼.

'알 것 같아요. 우리 나중에 그렇게 해봐요.'

그럴까…….

그 생각에 나는 몸이 달아서 발을 눌러 R8을 140까지 몰아붙였다. 어서 집에 가고 싶었다.

드디어 에스칼라 주차장에 도착했을 때 내 기대감은 준비 태세에 돌입했다. "다시 집이다." 내가 시동을 끄자 아나가 말했다. 허스키하고 조용한 그녀의 목소리가 내 주의를 끌었다. 그녀의 눈이 내 눈과 마주쳤다. 우리가 서로를 응시하는 동안 R8 안의 분위기가 서서히 달아올랐다.

우리 사이에. 우리의 욕망이. 있었다.

그것은 하나의 개체처럼 너무나 강력했다.

그것이 우리를 하나로 끌어당겼다.

나를…… 우리를 압도했다.

"고마워요." 그녀가 말했다.

"천만에."

아나가 속눈썹 사이로 나를 쳐다보았다. 그녀의 몽롱한 눈에 육감적인 약속이 가득했다. 나는 그것에 사로잡혀 시선을 돌릴 수 없었다. 그녀의 강력한 주문에 걸려버렸다. 우리 옆으로 소여와 레이놀즈가 차를 세우고 주차했다. 그들은 Q7에서 내려 차를 잠그고 엘리베이터로 향했다. 그들이 우리를 기다릴지 확실하지 않았다. 모르겠다. 알 게 뭐람. 아나와 나는 그들을 무시했다. 우리의 관심은 오롯이 서로를 향했다. 차 안에 감도는 침묵이 무언의 생각들로 격렬히 메아리쳤다.

"새 글라이더, 황홀했어요."

"널 황홀하게 만들고 싶어."

유혹하는 미소가 천천히 그녀의 입술을 끌어 올렸다. "나도요."

"좋은 생각이 있어."

"그래요?"

나는 고개를 끄덕였다. 오락실에서 줄에 묶인 아나가 내 머리를 움켜쥐는 이미지가 무수히 떠올라 숨을 참아야 했다.

"빨간 방?" 그녀가 쭈뼛거리며 물었다.

나는 고개를 끄덕였다.

그녀의 동공이 커지고 짙어졌다. 그녀가 숨을 들이켜자 가슴이 부풀었다. "해봐요."

나는 차에서 내렸다.

내가 조수석 쪽으로 돌아갔을 때 아나가 차에서 내렸다. "가자." 나는 그녀의 손을 잡고 엘리베이터로 재빨리 이끌었다. 다행히 엘리베이터가 대기 중이어서 우리는 안으로 뛰어들었다. 둘이 뒤쪽 벽에 기대어 섰을 때 나는 그녀의 손을 꼭 쥐었다. 아나가 옆걸음으로 내게 더 가까이 붙어 얼굴을 내 얼굴을 향해 들었다. 그녀의 의도는 분명했다.

"아니. 기다려." 내가 그녀의 손을 놓고 옆으로 걸음을 옮겼을 때 엘리베이터가 위로 올라갔다.

"크리스천." 그녀가 애타는 얼굴로 속삭였다.

나는 고개를 저었다.

널 기다리게 할 거야.

아나가 입을 꾹 다물었다. 불만스러운 기색이었지만 그녀의 눈에는 강철 같은 불꽃이 번뜩였다. 내 여자는 도전 앞에서 절대 물러서지 않는다.

게임 시작.

엘리베이터 문이 열렸고 나는 뒤로 물러서서 아나에게 정중히 손짓을 했다. "숙녀 먼저."

아나가 킥킥 웃더니 고개를 높이 치켜들고 우쭐해서는 엘리베이터에서 내려 현관으로 들어가 멈춰 섰다.

소여가 우리를 기다리고 있었다.

이런, 이건 곤란한데.

"사장님, 더 필요한 거 있으십니까?" 소여는 테일러가 딸을 보러 가고 없다는 걸 알고 테일러의 역할을 자처한 것이다. 그가 궁금한 얼굴로 나와 아나를 차례로 쳐다보았고, 아나는 웃음을 참으려고 별안간 바닥을 내려다보았다.

나는 즐거운 빛을 감추며 대답했다. "괜찮아, 고마워." 그러고는 장난기가 발동해 덧붙였다. "아나, 당신은?"

"괜찮아요." 그녀는 대체 무슨 수작이냐는 표정을 내게 던졌고, 나는 소여 앞에서 웃음이 터질까봐 자제력을 총동원해야 했다. 아나는 종종걸음으로 현관을 벗어나 안으로 들어갔다.

"자네도 레이놀즈도 쉬어. 오늘 저녁에는 나가지 않을 거야. 아나스타샤는 내일 외출할 거고. 시간은 오전 중에 문자로 알려줄게." 아나는 내일 오전에 웨딩드레스 가봉 일정이 있었다.

"알겠습니다." 그는 돌아섰고 나는 그를 따라 복도로 나갔다. 거실 쪽을 흘끔거리니 아나는 거기 없었다. 소여는 테일러의 사무실로 향했다. 나는 스틸 양을 찾아 나섰다. 그녀는 침실에서 부츠 끈을 풀고 있었다.

아나가 고개를 들었다. "그레이 씨, 당신 진짜 악마예요."

"최선을 다할게. 오락실로. 10분 뒤." 나는 휙 돌아서서 입이 딱 벌어진 그녀를 나의…… 우리의 침실에 남겨두고 나왔다.

오락실은 빨간 벽에 반사된 부드러운 불빛으로 은은히 빛났다. 역시나 이곳은 나의 안식처처럼 느껴졌다. 우리가 여기 온 것은 몇 주 전의 일이었다. 벌써 그렇게 됐다고? 언제 시간이 그렇게 지났을까? 큭큭 웃음이 났다. 꼭 아버지처럼 말하고 있잖아. 나는 재킷을 벗어버리고 신발과 양말을 벗고는 발바닥에 닿는 나무 마룻바닥의 따스한 온기를 즐겼다. 도구를 보관해둔 서랍장 아래쪽에서 매달기용 가죽 하니스를 꺼냈다. 이걸 아나에게 채우면 재미날 것이다. 조바심이 나 죽을 지경이었다. 아나를 완전히 묶지는 않을 것이다. 그래야 그녀가 한계 안에 있을 테니까. 나는 그것을 침대 위에 놓아두고 다른 물건을 몇 가지 더 꺼냈다. 그중 두 개는 청바지 뒷주머니에 꽂고 나서 나머지는 서랍장 위에 올려놓고 옆방인 서브미시브 방의 욕실로 건너갔다.

욕실에서 나가다가 걸음을 멈추었다. 그 방은 수재너가 떠났을 때의 상태 그대로 변한 것이 전혀 없었다. 아나는 한 번도 이 공간을 쓴 적이 없었다. 텅 비고 버려진 느낌이 들었다. 실내 장식은 중성적이었다. 하얗고 차가웠다. 수재너는 이곳을 꾸미려 하지 않았다.

그레이, 그만.

이제는 그 토끼 굴 안으로 내려가고 싶지 않았다. 내 여자가 나를 기다리고 있을 때는.

내가 방에 들어갔을 때 아나는 맨발로 침대 옆에서 하니스를 살펴보고 있었다. 그녀의 모습이 내 발걸음을 붙잡았다. 그녀는 레이스 속옷으로 갈아입은 상태였다. 길쭉한 팔다리와 검은 레이스, 속이 비치는 팬티뿐이었다.

오직 나를 위한 거야.

훤히 다 보였다.

모두.

레이스에 둘러싸인 그것이.

나는 입 안이 말랐다. 그녀가 내게 다가왔다. 그녀의 머리카락이 흘러내려 젖가슴 밑에서 굽이쳤다. "그레이 씨. 옷을 너무 많이 입었네요."

내가 택할 수 있는 이 게임의 진행 방식은 두 가지였다. 우리가 지금 있는 곳은 여기였다. 오늘은 도미넌트의 승리로 간다. "플레이할까?"

"네."

"네?"

아나의 입술이 놀라움에 벌어졌다. "네, 주인님."

"그렇다면 돌아서."

아나가 내 말투에 놀라 눈을 깜빡였다. 이마에 주름이 잡힌 것 같았다.

"인상 쓰지 마."

"매달기?"

"완전히 매달진 않을 거야. 발가락은 바닥에 닿을 거니까. 강렬하겠지."

어서, 아나. 용기를 잃지 마.

"꼭 하지 않아도 돼." 내가 속삭였다.

그녀의 입술이 휘어지며 내가 너무도 잘 아는 도발적인 웃음을 킥킥 흘렸다. 어떻게 할까 생각하는 것 같았다. 내가 고개를 한쪽으로 기울였을 때 그녀의 시선이 침대 위의 하니스로 흘러갔다. 그리고 한동안 거기에 머물렀다. 끌리는 게 분명했다. 나는 그녀의 턱을 들어 올려 입술로 그녀의 입술을 쓸었다. "이 하니스 차고 싶어? 싫어?"

"당신은 어떻게 할 건데요?" 그녀의 말이 가쁜 숨에 실려 간신히 들려왔다. 그녀는 달아올라 있었다. 보기만 했는데도.

"내가 무얼 원하느냐에 달렸지."

아나가 숨을 들이마시고 즉시 돌아섰다.

좋았어!

나는 서랍장 위에서 머리 끈을 집어 들고 그녀의 머리채를 잡아 땋기 시작했다.

아나의 아리따운 머리카락이 줄에 걸리게 할 순 없지.

나는 그녀의 머리를 재빨리 땋아 묶은 뒤 당겨보았다. 아나가 뒷걸음질로 내 품에 들어왔다. "참 근사하다, 스틸 양." 나는 그녀의 귀에 속삭였다. "속옷 예뻐. 하기 싫으면 안 해도 된다는 거 명심해. 내게 멈추라고 말만 해. 이제 문가로 가서 자세 잡아." 그녀는 내게 아주 도전적인 표정을 던졌다. 다른 시대에 태어났다면 볼기를 실컷 얻어맞고도 남을 표정이었지만. 그녀는 문가로 가서 무릎을 꿇고는 손바닥으로 허벅지를 짚고 두 다리를 벌렸다.

그래, 과연 내 여자다.

아나는 아름다워 보였다. 아무리 봐도 질리지 않을 만큼.

천천히, 그레이. 정신 차리고.

나는 발기한 몸을 무시하고 서랍장으로 돌아가서 아이팟을 꺼내 도크에 올려놓았다. 보스 오디오를 켜고 음악을 골라 반복 재생 했다.

"시너맨." 니나 시몬. 완벽해.

아나가 나를 보고 있었다.

"아래 봐."

내가 경고하자 그녀가 순순히 시선을 바닥으로 내렸다.

나는 눈을 감았다. 그녀가 시키는 대로 순순히 할 때마다 그것은 내 영혼의 음악이 된다. 이 방 밖에서는 그녀를 순종하게 만들 수 없지만 여기에서는 얼마든지 그것을 누릴 수 있다. 나는 그녀에게 천천히 돌아가 그녀 앞에 똑바로 섰다. "다리. 더 넓게."

아나가 꿈지럭거리며 허벅지를 움직였다. 나는 만족스러워 신음을 흘리고 티셔츠를 벗어 바닥에 던졌다. 천천히 바지 벨트를 풀어 벨트 고리에서 빼냈다. 아나의 손가락이 허벅지 위에서 꼼지락거렸다.

내가 이 벨트로 무얼 하려나 생각하겠지?

그런 날들은 지나갔어, 아나.

하지만 효과를 극대화하기 위해 나는 그것을 떨어뜨렸다. 그것이 바닥에 탁 부딪혔고, 그 소리에 아나가 움찔했다.

젠장.

나는 손을 밑으로 내려 그녀의 머리카락을 쓰다듬었다. "헤이, 아무것도 아니야, 아나."

아나가 나를 올려다보았다. 모든 부위가 도미넌트의 몽정감이었다. 내 아랫도리가 기대감에 잔뜩 부풀어 올랐다. 나는 천천히 즐기면서 바지 단추를 풀고 지퍼를 내렸다. 그녀의 머리카락을 움켜쥐고서. 내 의도는 명확했다. 그녀가 나를 머리부터 발끝까지 활활 태울 눈빛으로 나를 바라보았다. 좋은 징조였다. 그녀가 입을 벌리고 나를 받아들일 준비가 되었다는 뜻이었으니까.

"아니, 아직 아니야." 내가 속삭였다. 나는 그녀의 머리를 움켜쥔 채 단단해진 내 몸을 청바지에서 꺼내 손으로 기둥을 위아래로 훑었다. 그녀의 눈이 내 눈을 떠나지 않았다. 나는 분비된 이슬방울을 엄지손가락 끝에 바른 다음 다시 기둥을 문질렀다. 그녀의 입을 취하고 싶은 생각이 간절했지만 이 순간을 연장하고 싶었다. "내게 키스해." 내가 중얼거렸다.

아나의 가슴이 더 빠르게 오르내렸다. 그녀의 젖꼭지가 조약돌처럼 단단해졌다. 잔뜩 달아올라 있었다. 그녀는 오므린 입술을 내 아랫도리 놈에 댔다.

"입을 벌려야지."

그녀가 입술을 열었고, 나는 천천히 그녀의 따스하고 축축하고 열렬한 입 속에 나를 넣었다.

죽인다.

천천히 후퇴했다가 다시 전진했다. 이번에는 그녀가 치아를 내렸기 때문에 그녀가 나를 빨아들일 때 즉각적인 효과가 나타났다.

아, 그렇지.

나는 감탄하면서 그녀의 머리를 잡고 움직였다. 뒤로. 앞으로. 나는 그녀의 입에 섹스했고 그녀는 여신처럼…… 나를 취했다.

내 모든 걸 가졌다.

계속 반복했다. 더, 더. 더 깊이, 더 깊이.

끊임없이. 나는 신비로운 입 속에서 나를 잊었다.

젠장. 사정할 것 같았다. 될 대로 되라. 나는 그녀의 머리를 놓았다. 벽을 짚고 똑바로 서서 사정했다.

내가 소리칠 때 오르가슴이 몰려와 나를 소진했고, 아나는 내 허벅지를 움켜잡고 움직이며 내가 내주는 걸 모두 취했다.

"당신이 필요해." 오디오에서 니나가 노래를 불렀다. 나는 아나의 입에서 빠져나와 평정을 찾으려고 벽에 몸을 기댔다.

아나가 승리한 표정으로 나를 올려다보았다. 내가 매무새를 추스르고 바지 지퍼를 올릴 때 그녀가 손등으로 입을 닦고 나서 입술을 핥았다.

"A." 내가 속삭이자 그녀가 미소를 지었다. 나는 그녀에게 손을 내밀었다. "일어나." 그녀를 끌어 올려 품에 안고 키스했다. 그녀를 벽에 밀어붙이고 감사하는 마음을 우리의 키스에 쏟아냈다. 그녀에게서 나와 달콤한 아나의 맛이 났다. 자극적이고 강력한 조합이었다.

내가 몸을 뗐을 때 그녀는 숨이 가빴고 입술은 조금 부어 있었다.

"좀 낫네."

"흐음……." 그녀가 대답했다. 그녀의 목에서 깊고 섹시한 소리가 흘러나왔다.

나는 씩 웃었다. "진짜 재미는 이제부터야." 나는 그녀를 침대로 이끌었다. 침대에 하니스가 펼쳐져 있었다. 사정을 했기 때문에 더 차분했고, 2부를 치를 준비가 되어 있었다. 나는 아나를 내려다보았다. 그녀가 기대하는 눈으로 나를 올려다보았다. "입고 있는 거 예쁘긴 한데 다 벗어야 해."

그녀가 내 청바지의 허리춤에 손가락을 걸었다. "당신은요?"

"때가 되면, 스틸 양."

그녀는 아랫입술을 뾰로통하게 내밀었고, 나는 이로 그걸 살짝 물었다. "삐지기 없기." 나는 속삭이고 나서 그녀가 입은 바스크(겨드랑이 아래부터 엉덩이까지 가리는 속옷-옮긴이)의 고리를 풀어 그녀의 아름다운 젖가슴을 풀어주었다. 천천히 바스크를 벗겨내 하니스 옆에 놓았다.

"이제 이것도." 나는 무릎을 바닥에 대고 앉아 그녀의 팬티를 부드럽게 다리 밑으로 끌어내렸다. 손끝이 그녀의 피부를 스치도록 하면서. 발목에 도달했을 때 동작을 멈추고 그녀가 팬티에서 발을 뺄 시간을 주었다. 팬티를 바스크 위에 놓았다. "안녕, 자기야." 나는 그녀의 음부에게 말을 걸고 나서 클리토리스 바로 위에 키스했다.

아나가 킥킥 웃었다. 예전에 내가 여기 키스했을 때 그녀가 꼼지락거리며 얼굴을 붉혔던 것이 기억났다.

오, 아나. 아직 갈 길이 멀어.

나는 일어서서 하니스를 집었다. "이거 오늘 찼던 낙하산과 비슷해."

"거기서 아이디어를 얻은 거예요?"

"응. 네가 아이디어를 주었어. 이제 이 안에 발 넣어." 나는 허벅지 스트랩을 펼쳤고, 아나는 내 팔을 잡고 차례로 발을 넣었다. 나는 어깨 결박을 그녀의 어깨에 걸어주고 스트랩의 버클을 모두 채웠다. 그녀의 가슴과 등, 허리, 양쪽 팔뚝에도 스트랩이 채워졌다.

나는 물러서서 내 작품과 미래의 아내를 감상했다.

와, 섹시한데.

오, 시너맨. 니나가 노래를 불렀다.

"느낌 어때?" 내가 물었다.

그녀가 얼른 고개를 끄덕였다. 그녀의 짙어진 눈에 성적 호기심이 가득했다.

오, 아나. 더 근사해.

나는 서랍장 위에서 가죽 수갑을 집었다. 그것을 그녀의 양쪽 손목에 채운 다음 그것의 D자 고리를 팔뚝에 달린 수갑의 황동 고리에 연결했다. 이제 아나의 두 손은 어깨와 나란히 묶여 움직일 수 없었다.

"괜찮아?" 내가 물었다.

"네." 그녀가 헐떡였다.

나는 가슴 스트랩에 부착된 고리 하나를 살짝 당겨보고 나서 아나를 오락실 천장에 달린 결박 기구 끝으로 데려갔다. 위에서 공중 그네를 풀어 내려서 아나 위에 위치시켰다. 공중 그네 양쪽 끄트머리에 짧은 줄이 두 개씩 달려 있었고, 줄 끝에는 D자 고리가 달려 있었다. 나는 이것들을 그녀의 어깨 스트랩에 달린 고리에 연결했다. 내가 작업을 하는 동안 아나는 열렬한 눈으로 나를 지켜보았다.

이제 아나가 제 위치에 묶였다. 발바닥은 바닥에 완전히 닿아 있었다. 지금은.

"이 장치의 재미난 점은 이걸 할 수 있다는 거야." 나는 옆으로 가서 벽에 부착된 커다란 황동 막대로부터 줄을 풀었다. 그 줄은 조절 장치를 통해 공중 그네와 연결되었다. 내가 두 손으로 줄을 잡아당기자 아나가 쑥 들어 올려져 발끝으로 서게 되었다. 아나는 헐떡거리며 균형을 잡으려고 양옆과 앞뒤로 이리저리 비틀거렸다. 나는 줄을 막대에 다시 감아 아나를 까치발로 춤추게 했다.

그녀는 무방비 상태였다. 완전히 내 수중에 있었다.

그 생각도 그 광경도 모두 짜릿했다.

"무얼 하려는 거예요?" 그녀가 물었다.

"말했잖아, 이게 내가 원하는 거라고. 난 뱉은 말은 지키는 남자야."

"나를 이렇게 계속 둘 거예요?" 그녀는 겁에 질린 표정이었다.

나는 그녀의 턱을 쥐었다. "아니. 그럴 리가. 절대 원칙 하나. 결박된 사람을 절대 혼자 두지 않는다. 절대." 나는 그녀에게 가볍게 키스했다. "괜찮아?"

그녀는 흥분해서 거친 숨을 몰아쉬었다. 겁을 먹은 것 같았지만 그래도 고개를 끄덕였다. 나는 다시 그녀에게 키스했다. 이번에는 한없이 부드럽게 입술로 그녀의 입술을 쓸었다. "자. 너 볼 만큼 봤어." 나는 뒷주머니에서 안대를 꺼내 아나의 머리 위로 씌워 눈을 가렸다.

"너 미치게 섹시해, 아나." 나는 서랍장을 향해 몇 걸음 물러나 필요한 물건을 꺼내 뒷주머니 안에 꽂았다. 그리고 내 솜씨에 감탄하며 아나의 주위를 돌다가 다시 아나를 마주 보고 섰다. 엄지손가락으로 그녀의 입술을 쓰다듬은 뒤 턱 아래로, 흉골로 내려갔다.

"파워." 니나의 목소리가 오락실에 울려 퍼졌다.

"여기 안에서는 내게 순종할 거지?" 내가 속삭였다.

"내가 그러길 원해요?" 그녀가 물었다. 헐떡이는, 갈망하는 목소리였다.

나는 두 손으로 그녀의 젖가슴을 쓰다듬었다. 젖꼭지가 내 엄지손가락 밑에서 길어졌다. 나는 그것들을 당겼다. 세게.

"아!" 그녀가 소리쳤다.

"할게요. 할게요." 그녀가 빠르게 말했다.

"착하다." 나는 엄지손가락과 집게손가락으로 젖꼭지를 주물렀다. 그녀가 신음하며 고개를 뒤로 젖히고 까치발로 동동거렸다.

"오, 자기야, 느껴봐. 이렇게 사정하고 싶어?"

"네. 아뇨. 모르겠어요."

"아닐걸. 내게 다른 계획이 있거든."

그녀의 신음이 방을 채웠다. 나는 두 손을 그녀의 허리에 대고 고개를 숙여 한쪽 젖꼭지를 입 안에 넣고 빨면서 혀와 입술로 괴롭혔다. 아나가 울부짖었다. 쌍둥이에게로 건너가 아나가 결박된 몸을 비틀 때까지 똑같은 관심을 아낌없이 베풀었다.

아나가 더 이상 견딜 수 없을 것 같아 그녀의 발치에 엎드려 배 위에 키스를 퍼부었다. 내 혀는 그녀의 배꼽을 빙빙 돌다가 남쪽을 향한 여정을 떠났다. 그녀의 허벅지를 잡고 두 다리를 들어 내 어깨 위에 걸친 뒤 음부를 내 입으로 끌어당겼다. 그녀가 하니스에 묶인 채 고개를 뒤로 젖혔다. 내 입술과 혀가 부풀어 올라 내 관심을 기다린 클리토리스를 찾았을 때 그녀가 목구멍 안쪽에서 비명을 토해냈다. 나는 마을에 도착해 그녀의 허벅지 꼭대기에 위치한 작은 발전소를 공략했다.

입으로 그녀를 괴롭히고. 시험하고. 고문했다.

"크리스천." 그녀가 헐떡거렸다. 절정 직전이었다.

나는 멈추고 그녀가 발가락을 딛고 서게 내렸다. 그녀가 발가락으로 바닥을 딛고 깡충거리며 사정하는 걸 보고 싶었다. 강렬할 것이다. 나는 서서 그녀를 잡고 뒷주머니에서 요철 유리 딜도를 꺼내 그것으로 그녀의 배를 쓰다듬었다. "이거 느껴져?"

"네. 네. 차가워요." 그녀가 헐떡거렸다.

"차갑지. 그래. 이걸 네 안에 넣을 거야. 그리고 네가 사정한 다음에는, 내가 네 안으로 들어갈게."

그녀가 숨죽여 신음을 흘렸다.

"다리 벌려." 내가 명령했다.

아나가 말을 듣지 않았다. "아나!"

그녀가 주저하며 다리를 움직였다. 나는 딜도 끝을 그녀의 허벅지 위로 올려 아주 천천히 그녀 안으로 밀어 넣었다.

"아윽!" 그녀가 신음했다. "차가워!" 나는 부드럽게 손을 밀었다가 빼기 시작했다. 유리 막대가 몸속의 그 강력하고 다디단 부위를 때릴 것이다. 오래 걸리지 않을 것이다. 다른 손으로는 그녀의 허리를 둥글게 쓰다듬었다. 그녀를 바짝 끌어안고 그녀의 목에 키스하며 흥분한 그녀의 향기를 들이켰다.

아나, 내 품에서 사정해.

절정이 임박했다. 코앞이었다. 내 손이 계속 움직였다. 더 세게. 더 세게. 그녀를 더 높이 데려갔다. 그녀의 다리가 굳더니 갑자기 그녀가 뻣뻣해졌고, 절정이 꿰뚫는 순간 그녀가 비명을 내질렀다. 그녀가 결박된 채 전율할 때 나는 딜도를 그녀 안에 찔러 넣어 오르가슴을 연장시켰다. 그녀가 머리를 뒤로 젖히고 입을 벌릴 때 나는 딜도를 천천히 빼내 침대 위에 던져버렸다. 그리고 어깨 스트랩에 달린 D자 고리를 하나둘 풀고 나서 그녀를 침대로 데려갔다.

나는 그녀를 눕혔다. 그녀는 아직 하니스를 차고 있었다. 손도 묶여 있었다. 나는 안대를 제거했다. 그녀의 눈은 감겨 있었다. 나는 내 청바지의 지퍼를 내리고 청바지와 사각 팬티를 재빨리 벗어 버렸다. 그녀 위에 서서 그녀의 허벅지를 잡아 내 골반 높이로 들어 올린 다음 그녀 안으로 들어갔다. 그리고 움직이지 않았다.

그녀가 소리를 지르며 눈을 떴다.

그녀는 젖어 있었다. 완전히.

그녀는 내 것이었다.

우리의 눈은 서로에게 머물렀다. 그녀의 눈은 몽롱하고 열정이 가득했다. 욕망도. 허기도.

"제발." 그녀가 속삭였다. 나는 엉덩이에 힘을 넣고 움직이기 시작했다. 그녀를 찔렀다. 내 손가락이 그녀의 허벅지를 움켜쥐었다. 그녀가 두 다리로 나를 감았다. 나를 붙잡았다. 나는 그녀 안으로 돌진했다. 뒤로, 앞으로. 뒤로, 앞으로. 절정을 앞두고 내가 그녀의 다리를 놓자 그녀가 두 다리로 나를 꽉 조였다. 나는 그녀 위에 엎드려 두 손으로 그녀의 양 어깨 옆을 짚었다. 손가락이 빨간 새틴 시트를 쥐어짰다. "가자, 자기야. 다시." 내가 소리쳤다. 나도 내 목소리를 간신히 알아들을 수 있었다.

아나가 나를 데리고 절정에 도달했다. 나는 사정했다. 오랫동안 거세게, 그녀의 이름을 부르며.

아나.

나는 그녀 옆으로 무너졌다. 완전히. 녹초가 되었다.

나는 정신을 차리고 그녀 위로 몸을 기울여 손목의 결박을 풀어주고 나서 그녀를 품에 안았다. "어땠어?" 내가 중얼거렸다.

그녀가 "황홀했다"라고 말하는 것 같았다. 눈을 감고 내 품에서 늘어졌다. 나는 환히 웃으며 그녀를 꼭 끌어안았다.

니나가 사랑의 노래를 계속 불렀다. 나는 침대 위에서 리모컨을 찾아 노래를 끄고 침묵이 아나와 나, 오락실 위에 내리도록 했다. "잘했어, 아나 스틸. 네게 감탄했어." 나는 속삭였지만 그녀는 깊이 잠들었다…… 하니스를 차고. 나는 미소를 짓고 그녀의 정수리에 키스했다.

아나, 널 사랑해, 네 안의 야성까지도.

2011년 7월 18일 월요일

이른 시각 나는 바스티유와 함께 몸을 풀었다. 바스티유가 평소처럼 저돌적으로 나왔다. "크로스 좋아요. 다시." 그가 소리쳤다. 그의 말이 스타카토로 딱딱 끊어졌다.

나는 잽을 날려 그의 복싱 패드에 펀치를 꽂았다.

"다시. 잽. 크로스."

나는 그의 말을 따랐다.

"손 바꿔서. 다리는 뒤로."

내 오른 다리가 뒤로 물러났다. 나는 싸울 태세를 갖추었다.

"시작."

나는 체중이 실린 오른손 글러브를 날렸다. 가죽과 가죽이 충돌하는 소리가 그레이 하우스 지하실에 울려 퍼졌다.

"좋아요. 다시. 계속해요. 몸매를 유지해야죠, 그레이. 결혼식장에 멋지게 걸어 들어가려면." 그가 킥킥 웃었다.

나는 그의 말투를 무시하고 그의 복싱 패드에 주먹을 퍼부었다.

"멋진데요. 좋아요. 그만."

나는 멈추고 숨을 돌렸다. 신경이 곤두섰다. 준비. 발끝으로 종종 뛰었다. 아드레날린이 혈관을 질주했다. 칠 준비가 되었다. 기분이 끝내주게 좋았다.

"몸 풀기는 이만하면 됐어요. 이제 머릿속에서 사업과 관련된 개소리를 싹 몰아내보죠."

"덤벼요. 내가 눕혀줄 테니까."

그는 내게 함박웃음을 지으며 테이프를 감은 손에 글러브를 꼈다. "투지가 넘치는군요, 그레이. 약혼녀는 실력이 나날이 늘고 있어요. 당신쯤은 그냥 조져버릴 겁니다. 앞으로 호적수가 될 거예요."

이미 호적수가 됐어.

게다가 이미 나를 조져버렸다고.

나도 그녀를…….

그 생각은 하지 마!

그가 주먹을 올렸다. "준비됐나요, 영감님?"

뭐? 내가 열 살이나 어린데.

"영감이라니. 내가 늙은이로 만들어줄게요, 바스티유." 나는 그에게 덤벼들었다.

나는 활기차고 의욕적인 기분으로 하루를 시작했다. 책상 앞에 앉아 아이맥을 켜니 아나의 이메일이 받은 메일함 맨 위에서 기다리고 있었다.

보낸 사람: 아나스타샤 스틸

제목: 하늘을 날기. 빨간 방 드나들기.

날짜: 2011년 7월 18일 09:32

받는 사람: 크리스천 그레이

친애하는 그레이 씨,

어느 쪽이 더 좋은지 결정을 못하겠어요. 항해냐, 비행이냐, ~~고통의~~쾌락의 빨간 방이냐. 또 한 번의 잊지 못할 주말 고마워요.
다양한 방식으로 당신과 높이 날아오르는 거 참 좋아요.
늘 그렇지만 당신의 재능은…… 참 감탄스러워요, 여러모로. ;)

곧 아내가 될 연인 xxxx

아나의 이메일에 걷잡을 수 없이 함박웃음이 터져 나왔다. 그래도 상관없었다. 내가 고개를 들었을 때 안드레아가 커피 컵을 책상 위에 놓았다. 그녀는 조금 심란한 표정이었다.

"고마워, 안드레아."

"로스에게 올라오라고 할까요?" 안드레아가 침착함을 되찾고 물었다.

"응, 부탁해." 나는 헛기침을 했다. 내 비서가 무엇 때문에 심란한지 궁금했다. 나는 아나에게 재빨리 답장을 썼다.

보낸 사람: 크리스천 그레이
제목: 신체 활동
날짜: 2011년 7월 18일 09:58
받는 사람: 아나스타샤 스틸

사랑하는 나의 아나
난 너랑 같이 높이 오르는 게 좋아.
난 너랑 같이 노는 게 좋아.
난 너랑 하는 게 좋아.

사랑해.

언제나.

크리스천 그레이

CEO, 그레이 엔터프라이즈 홀딩스 Inc.

추신: 정확히 어떤 재능? 궁금한데.

로스가 노크를 하고 사무실로 들어왔다. "좋은 아침, 크리스천." 내가 전송 버튼을 눌렀을 때 그녀가 상냥하게 말했다. 웬일로 명랑했다. 나는 일어서서 그녀에게 탁자 쪽을 가리켰다.

"좋은 아침."

"인상은 왜 쓰세요?" 그녀가 앉으면서 물었다.

"자네가 이렇게 들뜬 거 처음 보니까."

그녀의 미소는 이집트 기자의 거대 스핑크스에 맞먹었다. "신은 선하시니까요."

나는 눈썹을 추켜올렸다. 이건 전혀 로스답지 않은 행동이었다. 나는 맞은편에 앉아 인내심을 가지고 설명을 기다렸다. 그녀가 서류를 뒤적여 회의의 안건을 내게 건넸다. 말해줄 기미가 없어서 더는 캐묻지 않기로 했다. 첫 번째 안건을 훑어보았다. "대만 조선소?"

"재무제표와 자산, 부채를 전부 공개하겠답니다. 그들이 원하는 건 미국 회사와의 제휴예요. 승부수를 던진 거예요."

"의욕적인데."

"그렇죠." 로스가 말했다.

"일단 그들의 제안을 수용하고 열심히 우리 할 일을 하는 수밖에. 그다음엔 우리가 주도하면 돼. 어때?"

"제 생각도 그래요. 이 단계에선 우리가 잃을 게 없어요."

"좋아. 그렇게 합시다."

"서류 작업 준비하겠습니다." 로스가 메모를 하고 나서 다음 안건으로 넘어갔다.

로스와 회의를 마치고 나니 아나의 이메일이 나를 기다리고 있었다.

보낸 사람: 아나스타샤 스틸

제목: 당신의 신체 활동

날짜: 2011년 7월 18일 10:01

받는 사람: 크리스천 그레이

참 나, 그레이 씨…… 참으로 무례하고 참으로 겸손하시네요! 다 알면서 그래요……. 당신의 섹스 능력엔 한계가 없어요. 오늘 저녁에 집에서 다시 만날 당신이 엄청 기대돼요.
나 지금 회의 중인데 회의는 오후 5시에 끝나요. 그때 만날까요?

Ax

나는 전화기를 들어 그녀의 직통 번호를 눌렀다.

"아나 스틸입니다." 그녀가 임원답게 업무적인 목소리로 전화를 받았다.

"아나 스틸, 크리스천 그레이예요."

"아, 나의 유능한 약혼자님. 잘하고 계시죠?"

"잘하고 있지. 고마워. 테일러랑 5시에 거기 도착할 거야."

"알았어요. 그럼 난 하던 딴생각 마저 할게요……. 일하겠다구요. 농땡이 치다가 상사의 상사의 상사에게 걸리기 싫어요."

"만약 걸리면 어떻게 될 것 같아?"

아나가 숨을 들이켰고 그 소리가 내 몸에 전율을 일으켰다. "말로는 못할 일이 벌어지겠죠." 그녀가 속삭였다.

"얼마든지."

"당신의 근질거리는 손바닥?"

"알다시피 근질거리지 않는 날이 없어. 게다가 최근에는 총력을 다하지 않았어."

"그만해요. 촉촉해질 것 같으니까."

뭐!

"촉촉이라." 나는 헛기침을 했다. "스틸 양. 그 말은 뒀다가 케이크에나 쓰도록 해. 난 네가 젖은 게 좋아."

"난 젖은 나를 좋아하는 당신이 좋아요." 그녀의 목소리가 간신히 알아들을 수 있게 들려왔다.

나는 의자 안에서 꼼지락거렸다. "오후. 다섯. 시." 내가 아나에게 속삭였다.

"어떻게 단 세 마디 말로 사람을 홀릴 수 있죠?"

"저주야."

"재능이에요." 그녀의 목소리는 허스키했다.

망할. 그녀는 모르는 게 없다. "그럼 5시에, 아나. 이따가 봐, 자기." 나는 세상을 정복한 기분이었다. 그녀는 깔깔거리며 특유의 명랑한 웃음소리를 냈다. 나는 전화를 끊기 위해 자제력을 총동원해야 했다.

활력에 넘쳐 의자에서 벌떡 일어났다. 아나와 시시덕거리면 언제나 즐거웠다. 이제 프레드, 바니하고 GEH의 태양광 태블릿 최근 시제품을 의논할 차례였다. 사무실을 나올 때 차라리 대학에서 공학을 전공할 걸 하는 생각이 들었다.

점심을 먹고 있는데 전화기 화면이 밝아지며 엘리엇의 얼빠진 얼굴이 떴다.

"형?"

"야, 이따가 만나는 거 맞지?"

"응. 아나랑 잔뜩 기대하고 있어."

"그렇구나."

형이 머뭇거렸다.

"왜 그래?" 내가 물었다. "지아 때문에? 그 여자도 올 거야."

엘리엇이 크 웃었다. "그게 뭐 어때서. 총각 파티 말하는 거야, 슈퍼스타. 토요일."

"엘리엇……."

"꽉 막힌 놈처럼 굴지 마." 형이 끼어들었다. "하고 말 거야. 널 납치해서라도."

"젠장……."

"요리조리 빼기만 해봐. 트럭이랑 접착테이프로 무장한 현장 인부들 출동 대기 시켜놨어. 그냥 받아들여."

나는 최대한 과장되게 한숨을 내쉬었다.

엘리엇이 하하 웃었다. "탈이 나봤자 얼마나 나겠냐?"

"모르지, 엘리엇. 형이 무얼 어떻게 하려느냐에 달린 거니까."

"고민 좀 내려놓으라고 그러는 거야."

고민? "빌어먹을, 무슨 고민?"

"나야 모르지. 널 죽이려는 사람?"

아하, 그렇지. 그거. "형은 정말 무사태평이야. 우리가 같은 부모 밑에서 자랐다는 게 믿기지 않아."

"나중에 보자, 자식아." 형이 웃으며 전화를 끊었다.

머저리.

하지만 엘리엇의 말에도 일리가 있었다. 웰치가 찰리 탱고의 고의 손상 사건을 조사하고 있지만 진척이 없었다. 찰리 탱고를 관리했던 팀은 전원 해고했고, 국가 교통 안전국의 보고서는 아직 기다리는 상황이다. 하지만 연방 항공국이 최초 분석에서 악의적인 개입을 의심한 것은 무리한 추측이 아닐까 하는 생각마저 슬슬 들고 있다. 손상된 부위는 부서지는 과정 중에 생겨난 게 아닐까. 얼마든지 가능한 결과라 희망이 고개를 들었지만 경계심을 늦추고 싶지는 않았다. 내가 걱정하는 건 오로지 아나의 안전이었다. GEH 걸프스트림은 내 지시로 경비 인력을 증강했고, 찰리 탱고 사고 이후 시험 비행을 두 차례 거쳤다. 우리는 그걸 타고 유럽으로 신혼여행을 떠날 것이다.

요트는 버지스의 연락을 기다리는 중이지만 마음에 쏙 드는 요트를 고대하고 있다. 비키니를 입고 갑판에 누운 아나의 모습이 그려졌다.

잠깐만. 아나에게 비키니가 있나?

니만 마커스의 퍼스널 쇼퍼가 아나에게 가져다준 옷들 중에 수영복이 있었는지 기억이 나지 않았다. 게다가 그건 아주 오래전의 일이다. 아나는 이제 내 아내가 되었으니 더 많은 옷이 필요할 것이다. 휴가도 가야 하고 행사에도 참석해야 하고 일도 해야 하니까……. 연락처를 뒤져보니 캐럴라인 액튼의 이름이 나와서 통화 버튼을 눌렀다.

보낸 사람: 크리스천 그레이

제목: 패션에 진심인 사람

날짜: 2011년 7월 18일 15:22

받는 사람: 아나스타샤 스틸

사랑하는 나의 아나

토요일 아침 10시 30분에 캐럴라인 액튼과 만날 약속을 잡았어. 그 사람이 신혼여행 때 입을 옷들을 마련해줄 거야.

말싸움 금지.

부탁해.

크리스천 그레이

CEO, 그레이 엔터프라이즈 홀딩스 Inc.

보낸 사람: 아나스타샤 스틸

제목: 옷

날짜: 2011년 7월 18일 15:27

받는 사람: 크리스천 그레이

나요? 말싸움이라고요?

새 옷이 필요할까요?

필요 없을 것 같은데요. 옷이라면 충분해요.

이따 5시에 봐요.

Ax

나는 인상을 썼다. 이거 쉽지 않겠는걸.

보낸 사람: 크리스천 그레이

제목: 새 옷

날짜: 2011년 7월 18일 15:29

받는 사람: 아나스타샤 스틸

응. 필요해.

크리스천 그레이

CEO, 그레이 엔터프라이즈 홀딩스 Inc.

보낸 사람: 아나스타샤 스틸

제목: 이성보다 돈이 더 많은 남자

날짜: 2011년 7월 18일 15:32

받는 사람: 크리스천 그레이

간결함은 지혜의 정수?

아나

보낸 사람: 크리스천 그레이

제목: 그게 나야

날짜: 2011년 7월 18일 15:33

받는 사람: 아나스타샤 스틸

맞아. ;)

크리스천 그레이

CEO, 그레이 엔터프라이즈 홀딩스 Inc.

보낸 사람: 아나스타샤 스틸

제목: 끄으응……

날짜: 2011년 7월 18일 15:34

받는 사람: 크리스천 그레이

나 회의에 늦었어요.

이상한 말 좀 그만해요.

나중에 봐요. 우리 자기.

Axx

전화기가 진동했다. "응, 샘."

"크리스천, 〈스타〉 잡지가 아나스타샤의 사진을 몇 장 확보하고 관련 기사를 내려고 합니다. 무일푼에서 갑부가 된 스토리로요."

"무슨 개수작이야?"

"그러니까요."

"무슨 사진?"

"노출 사진은 아닙니다."

천만다행이다.

잠깐만. 아나의 노출 사진이 있을 리가 없잖아. 아닌가?

"웃기지 말라고 해. 로스 불러와. 법적으로 대응한다고 놈들에게 으름장을 놓으라고."

샘이 숨을 크게 들이마셨다. "기사는 사장님이 신혼여행 중이실 때 나올 겁니다. 사진은 별거 아니에요. 저라면 그자들이 하는 대로 내버려두고 무시할 겁니다. 아니면 이야깃거리만 더 만드는 꼴이 될 거예요."

전화기 너머에서 '제가 뭐라고 했습니까' 하는 말이 들리는 것 같았다. 샘은 우리에게 사진 촬영을 하라고 권했었다. 그 말을 들을 걸 그랬나.

망할.

"입수한 거 보내줘." 내가 딱딱거렸다.

망할 놈의 파파라치.

잠시 후 샘의 이메일이 받은 메일함에 떴다. 나는 첨부 파일을 재빨리 확인했다. 내키지 않지만 샘의 말이 맞을지도 모른다는 생각이 들었다. 최악의 상황은 아니었다. 아나의 사진은 흐릿하긴 해도 괜찮은 편이었다. 하지만 그녀의 졸업 앨범 사진이 포함돼 있었다. 사진 속 아나는 귀여웠다. 그리고 앳되어 보였다. 나는 샘에게 전화했다. "생각 좀 해볼게."

우리는 새 집에서 지아 마테오를 따라 이 방에서 저 방으로 돌아다녔다. "이 계단 참 멋지죠." 지아가 열띤 어조로 말했다. "이걸

살리고 싶어 하시는 것도 당연해요." 지아는 그것이 자기 생각인 양 내게 활짝 웃었다.

귀엽군. 나는 이 집을 완전히 부수고 새 집을 짓고 싶었다. 이 오래된 집과 사랑에 빠진 것은 아니었다.

"난 이 고풍스러운 요소들이 마음에 쏙 들어요." 아나가 확신에 차 말했다.

지아가 아나에게 미소를 지었다. "물론이죠." 그녀가 말했다. 우리는 지아를 따라 큰 거실로 들어갔다. 엘리엇은 뒤에서 얼쩡거렸다. 형답지 않게 조용했는데, 마테오 씨와 잠자리를 한 과거 때문인 듯했다. 확실하진 않지만. 마테오는 자기주장이 확실했고 몇 가지 신선한 아이디어를 제시했다. 나는 그녀가 아스펜의 내 집을 개조했을 때 잠깐 만났던 기억을 떠올렸다. 그녀는 거기서 대단한 솜씨를 발휘했었다.

"이 방 참 좋아요." 우리가 큰 거실에 들어섰을 때 지아가 말했다. "이 널찍한 느낌은 살려야 한다고 봐요." 그녀가 손을 내밀어 내 팔을 톡톡 두드렸다.

젠장.

평생 타인의 손이 닿지 않는 곳을 찾아 요리조리 피해 다니며 살아온 나였다. 사람들을 내 공간 밖에 머물게 하다가 그냥 꺼지게 두는, 오랫동안 애써 계발한 자기방어 기제랄까. 나는 신체 접촉을 피하기 위해 이쪽으로 한 걸음, 저기 옆쪽으로 잰걸음, 어깨를 왼쪽 혹은 오른쪽으로 돌리는 것을 가히 예술의 경지로 발전시켰다. 누구랑 닿는 건 딱 질색이니까. 아니. 두려웠다. 물론 아나는 제외하고. 킥복싱은 도움이 되었다. 시합 중에 엉키고 간단히 악수를 나누는 것 정도는 참을 수 있었다……. 회초리나 채찍을 맞는 것도.

그 생각은 하지 마.

하지만 딱 거기까지였다.

그것 말고도 '저기 꺼져, 나 건드리지 말고' 하는 쏘아보기 기술도 개발했는데 이것도 효과적이었다.

하지만 그걸 지아 마테오에게 써먹을 순 없잖아.

이 여자는 징그럽게 감정 표현이 많았다.

짜증 나게.

나한테만 그러는 게 아니었다. 엘리엇이 거실로 들어오자 형에게 손을 내밀더니 음탕한 미소라고밖에 볼 수 없는 웃음을 흘리며 형의 팔을 잡았다. 엘리엇은 우리 모두에게 전시 중인 그녀의 가슴골을 보고 입이 헤 벌어졌다. 아나가 그것을 보았다. 그녀의 얼굴에 찡그린 표정이 스쳤다. 나는 형이 마테오 씨에 대해 한 말이 진짜일까 궁금했다. 형에 따르면 그녀는 거절을 할 줄 모르는 여자, 육감적이고 스킨십을 좋아하며 모든 경계선을 뛰어넘는 여자였다.

엘레나와 조금 비슷한데.

불쾌한 생각이 머릿속에 떠오르는 바람에 나는 잠시 멈칫했다. 2년 전 만났을 때는 지아를 그런 식으로 느낀 기억이 없었다.

너무 심각하게 생각하지 마, 그레이.

하지만 집 안을 돌아다니는 동안 나도 모르게 그녀와 되도록 거리를 두었다.

"이 방 끝에 유리 벽을 만들면 멋질 거예요." 지아가 말했다. "여기 전경이 쭉 펼쳐질 테니까요."

아나는 미소를 지었지만 의견을 내지 않고 내 손을 잡았다.

테일러가 퇴근 시간 교통 흐름 속으로 차를 이리저리 몰아 에스칼라로 향했다.

"어떻게 생각해?" 나는 아나에게 물었다.

"지아 말이에요?"

내가 고개를 끄덕였다.

"자기 자랑이 많던데요."

"맞아. 개성이 강해. 그래도 아이디어는 좋더라. 포트폴리오에서 봤듯이. 인상적이었어."

아나가 웃음을 터뜨렸다. "그러게요. 그 인상적인 포트폴리오를 모조리 전시해놨더라고요."

나도 웃었다. "난 무슨 말인지 모르겠는데."

아나가 한쪽 눈썹을 추켜올렸다. 그래서 나는 다시 웃고 그녀의 손을 잡았다. "농담 고마워." 나는 속삭이고 나서 그녀의 손가락 관절에 키스했다. "어떻게 할까? 다른 사람을 찾아볼까?"

"그래도 좋은 아이디어를 갖고 있었어요." 아나는 여전히 못마땅한 목소리였지만 미소를 지었다. "무얼 내놓을지 두고 보죠."

"내 생각도 그래. 식사는 밖에서 할까? 계속 에스칼라에 틀어박혀 지냈잖아."

"안전할까요?"

"괜찮을 거야." 나는 고개를 돌렸고 백미러에서 테일러와 눈이 마주쳤다. "콜롬비아 타워로 가지, 테일러."

"알겠습니다."

"마일 하이 클럽 어때?" 내가 아나에게 제안했다.

"대찬성."

나는 그녀와 손뼉을 부딪쳤다.

"풍경이 보이게 집 뒤편에 창을 내겠다는 아이디어가 좋았어요." 아나가 말했다.

"응. 나도. 하지만 서두를 건 없어."

아나가 다시 미소를 지었다. "난 당신의 상아탑이 좋아요."

"나는 네가 거기 있는 게 좋아."

그녀의 눈이 내 눈을 마주했다. 갑자기 그녀의 표정이 진지해졌다. "당신이 평생 날 거기 두겠다고 언약한다니 기뻐요."

우와. 나는 침을 삼켰다.

이건 엄청난 일이다.

평생을 아나스타샤와 함께한다……. 그것으로 충분할까?

"명중이야, 스틸 양."

너무나 익숙한 감정이 걷잡을 수 없이 일어났다. 익숙하면서도 새롭고 반짝반짝하고 두려운 감정. 태어나 지금처럼 행복한 적이 없었지만 동시에 두렵기도 했다.

이러다 모든 게 끝나버린다면.

모든 것이 무너질 수도 있었다.

인생은 덧없다.

그건 내가 안다. 내가 그렇게 살아왔으니까.

꼼짝하지 않는 창백한 젊은 여자의 모습이 눈앞에 떠올랐다. 여자는 추레한 깔개 위에, 더 추레한 방 안에 누워 있었고 작은 아이는 부질없이 여자를 깨우려고 흔들어댔다.

젠장.

약쟁이 창녀.

안 돼. 그 여자 생각은 하지 마!

나는 두 손을 올려 아나의 얼굴을 감싸 쥐고 하나하나 기억에 담았다. 코의 생김새, 도톰한 아랫입술, 수려한 눈. 아나가 평생 나와 함께해주기를 바랐다. 나는 눈을 감고 그녀에게 키스했다. 모든 두려움을 그녀에게 쏟아냈다.

제발 나를 떠나지 마.

죽지 마.

2011년 7월 23일 토요일

"엘리엇이 뭘 어떻게 할까요?" 아나는 내 위에 쭉 뻗고 누워 집게손가락으로 내 가슴 털 사이에 작은 원들을 그렸다. 아직은 그다지 편하지 않은 이상한 촉감이었다.

그만.

나는 그녀의 손을 잡아 손깍지를 끼고 범죄를 범한 손끝에 키스했다.

"너무 나갔죠?" 그녀가 속삭였다.

나는 그녀의 손가락을 내 입 안에 넣고 이로 손가락 관절을 살짝 물어 혀로 손끝을 간지럽혔다.

"아!" 그녀는 관능의 불꽃이 번뜩이는 눈으로 신음하며 골반을 기울여 내 허벅지를 건드렸다.

자기야.

아나가 손가락을 당겨서 나는 턱의 힘을 뺐지만, 그녀가 손을 뺄 때 입술을 다물었다.

정말 맛있는 여자야.

아나가 손가락으로 쓸었던 내 가슴의 부위에 부드럽게 키스했다. 나는 그녀의 머리카락을 어루만지며 이 평온한 순간을 만끽했다. 이른 시각이었고, 오늘 일정은 나의 '총각 파티'와 아나의 '처녀 파티' 그리고 캐럴라인 액튼과의 쇼핑뿐이었다.

아나가 고개를 들었다. "형님이 당신을 그…… 그…… 스트립 바에 데려갈까요?"

내 가슴 안에서 킥킥 웃음소리가 울려 퍼졌다. "스트립 바?"

아나가 깔깔 웃었다. "그걸 뭐라고 불러야 할지 모르겠어요."

나는 한숨을 쉬고는 눈을 감고 엘리엇이 계획한 지옥을 떠올려 보았다. "내가 아는 엘리엇이라면 그러고도 남지."

"그걸 어떻게 생각해야 하는 건지 모르겠어요." 그녀가 신랄하게 말했다.

나는 씩 웃으며 몸을 굴려 그녀를 매트리스에 찍어 눌렀다. "이런, 스틸 양, 지금 반대하는 거야?" 나는 코를 그녀의 코에 대고 쓱 문질렀다. 그녀가 내 밑에서 꿈틀거렸다.

"강력히."

"질투 나?"

그녀가 얼굴을 찌푸렸다.

"난 너랑 여기 있고 싶지." 나는 그녀를 달랬다.

"당신 파티 별로 안 좋아하잖아요. 아니에요?"

"맞아. 혼자 있는 편이지."

"그럴 줄 알았어요." 그녀가 이로 내 턱을 물었다.

"그건 너도 마찬가지잖아." 내가 중얼거렸다.

"난 인기 없는 책벌레고요."

나는 입술을 그녀의 입술에서 목으로 스치듯이 움직였다. "인기가 없기엔 넌 너무 아름다워."

그녀가 신음하며 손톱을 세워 내 어깨뼈 위를 긁었고, 몸을 밀어 올려 내 몸을 맞이했다. 방금 전 나눈 사랑으로 아직 미끌미끌하게 젖어 있었다. 나는 천천히 그녀 안으로 들어갔다. 우리는 함께 움직였다. 이번에는 더 천천히, 더 달콤하게. 그녀가 손톱을 내 등에 박으며 두 다리를 내 다리에 감고 골반을 올려 나를 맞이했다. 다시, 다시. 천천히, 달콤하게. 그녀가 점점 흥분했다.

나는 멈추었다.

"크리스천, 멈추지 말아요. 제발." 그녀가 애원했다.

네가 애원하는 거 좋아.

나는 천천히 움직이며 그녀가 고개를 돌리지 못하게 두 손으로 뒷덜미 머리채를 움켜쥐었다. 그녀를 내려다보며 홍채의 오묘한 색채에 감탄했다. 다시 움직였다. 천천히. 안으로. 밖으로. 그러다가 다시 멈추었다.

"크리스천, 제발." 그녀가 숨을 몰아쉬었다.

"오로지 너뿐일 거야, 아나. 언제까지나."

질투하지 마.

"사랑해." 나는 다시 움직이기 시작했다. 그녀는 눈을 감고 고개를 뒤로 젖히며 나를 감싼 채 사정했고 그것이 내 오르가슴의 방아쇠를 당겼다. 나는 소리를 지르며 그녀의 옆에 쓰러져 숨을 몰아쉬었다. 정신을 차리고 돌아누워 그녀를 내게 끌어당겨 그녀의 머리에 키스했다.

눈을 뜨면 네가 옆에 있어서 좋아.

나는 눈을 감고 토요일마다 이렇게 사는 삶을 상상했다. 아나스타샤 스틸은 내게 의미 있는 미래를 선사했다. 예전에는 진지하게 여기지 않았던 삶을. 다음 주 토요일에는 그것을 증명하는 서류를 받게 된다.

그녀가 내 것이 된다.

죽음이 우리를 갈라놓을 때까지.

차갑고 딱딱한 바닥에 누운 아나가 내 눈앞에 떠올랐다.

안 돼!

나는 얼굴을 문질렀다.

그만. 그레이. 그만.

나는 그녀의 머리에 키스하며 살맛 나게 하는 향기를 들이마셨다. 마음이 좀 가라앉았다.

아침 9시쯤 됐을 것 같았다. 나는 침대 옆 탁자 위에서 휴대전화를 집어 시간을 확인했다. 엘리엇의 문자가 와 있었다.

엘리엇

좋은 아침이다, 등신아.

지금 네 집 널찍한 거실에 앉아

네가 게을러터진 궁둥이를 일으켜

나오기만 기다리는 중.

하던 거 멈춰. 당장.

이 더러운 개놈아.

뭐야 이거?

"무슨 일이에요?" 아나가 물었다. 그녀의 헝클어진 매무새가 내 성감을 자극했다.

"엘리엇이 와 있어."

"밖에요?" 아나가 어리둥절한 목소리로 물었다.

나는 포옹을 풀고 그녀를 놓아주었다. "아니. 집 안에."

그녀가 인상을 썼다.

"응, 나도 이해가 안 돼." 나는 일어서서 옷방으로 들어가 청바지를 꺼냈다.

엘리엇은 소파에 쭉 뻗고 누워 휴대전화를 보고 있었다. "좋은 아침, 슈퍼스타. 굼뜨기는!" 형이 빽 소리쳤다. "그거 하기에 딱 좋은 차림새네." 형이 한심하다는 듯 벌거벗은 내 가슴팍과 맨발을 쳐다보았다.

"여기서 왜 이러고 있어, 형? 지금 아침 9시야."

"알아. 놀랐지! 엉덩이에 기어 넣어라. 오늘 하루 일정 짜놨어."

뭐? "나 아나 데리고 쇼핑 갈 거야."

엘리엇이 어림없다는 듯 코웃음을 쳤다. "아나는 다 큰 여자야. 쇼핑쯤은 혼자 할 수 있어."

"하지만……."

"야. 내가 구세주인 줄이나 알아. 여자랑 쇼핑하는 거 지옥이라고. 가자. 옷 좀 입어, 이 변태야. 그리고 제발 샤워 좀 해. 여기까지 섹스 냄새가 아주 진동을 하네."

"꺼져주시지." 내가 덤덤하게 대꾸했다.

가끔 엘리엇은 이렇게 진상을 떨었다.

"등산화랑 운동화 필요할 거야."

엘리엇이 내 뒤에 대고 소리쳤다.

둘 다?

"어떻게 들어온 거야?" 함께 지하 주차장으로 내려가는 엘리베이터 안에서 내가 물었다.

"테일러."

"아하. 그래서 경비원들이 아무도 우릴 쫓아오지 않는구나."

"응. 나랑 나가면 안전할 테니까. 네 부하 테일러가 망설였지만 내가 설득했어."

나는 좋아서 고개를 끄덕였다. 경호팀이 늘 가까이 따라붙는다는 건 피곤한 일이다. 아나랑 같이 에스칼라에 평생 틀어박혀 지낸 것만 같았다. 오늘은 소여와 레이놀즈가 아나를 밀착 경호할 것이다. 그것은 타협의 여지가 없었다.

"아주 쓸모가 많은 사람이더라." 엘리엇이 말했다.

"누구?"

"테일러." 엘리엇이 의뭉한 미소를 슬쩍 감추고 더는 말하지 않았다.

대체 무슨 꿍꿍이지?

엘리엇은 잔뜩 들떠 있었다. 나까지 덩달아 그 기분에 취할 만큼. 우리는 형의 픽업트럭을 타고 5번 고속도로를 달렸다. "정확히 어디로 가는 거야?" 나는 차 안에 쩌렁쩌렁 울려 퍼지는 요트록 음악 소리 때문에 목소리를 높여 물었다.

"깜짝 놀랄걸." 형이 소리쳤다. "긴장 풀어. 재미있을 테니까."

놀라는 건 사양이라고 말해봤자 허사였다. 그래서 등을 기대고 도시의 풍경을 즐기며 시애틀을 빠져나갔다. 형과 같이 시간을 보내는 건 포틀랜드 인근에서 함께 산악자전거를 탔을 때 이후 처음이었다. 그날 밤 아주 흥미로운 일이 있었지……. 아나와 처음으로 같이 잠을 잤으니까. 누구와 같이 잠을 잔 것 자체가 처음이었다! 엘리엇은 아나의 절친과 섹스했고……. 하지만 엘리엇은 만난 여자와 섹스할 때가 많은 사람이라 그리 놀랄 일은 아니었다. 형은 사교성이 좋았다. 사람들과 잘 어울렸다. 잘생기기도 했고. 여자들이 형을 좀 따르긴 하지. 그건 인정. 여자들이 마음을 놓도록 만든다.

엘리엇은 항상 어머니의 기분을 잘 맞췄다. 그레이스를 다루는 법을 알았다. 나는 형이 부엌에서 어머니 곁을 맴돌거나 어머니를 껴안고 뺨에 쪽 하고 입을 맞추며 자연스럽게 어울리는 걸 부러워했었다.

형은 분위기를 자연스럽게 끌고 갔다.
아직 형이 가정을 꾸릴 조짐은 없다.
만약 형이 가정을 꾸린다면 부디 캐버너만은 아니기를.
나는 아나에게 재빨리 문자를 보냈다.

엘리엇이 무얼 하려는지 통 모르겠어.
오늘을 이렇게 보낼 생각이 아니었는데.
캐럴라인 액튼과 쇼핑 재밌게 해.
보고 싶어. X

아나
나도 보고 싶어요. 사랑해요. Ax

엘리엇이 5번 고속도로를 벗어나 532번 도로로 향했다.

"카마노섬?" 내가 물었다.

형이 꼴사납게 내게 윙크를 해댔다. 나는 손목시계와 휴대전화를 차례로 확인했다.

"야! 넌 왜 그러냐? 아나는 너 없이도 잘 있을 거라니까 그러네. 위엄을 갖추란 말이다. 내가 간식을 좀 싸 왔어. 네가 음식이 없으면 얼마나 고약해지는지 잘 아니까."

"간식? 어디?"

형이 차 박스를 열고 서브(길고 큰 빵에 속을 채운 샌드위치-옮긴이), 감자튀김, 콜라를 꺼냈다. 아, 인생의 쾌락이 총출동했군……. 역시 엘리엇이다.

"영양 만점이네." 내가 건조하게 중얼거렸다.

"다 맛있는 거야. 불평 그만해. 오늘은 네 총각 파티니까."

나는 웃음을 터뜨렸다. 감자튀김과 콜라는 내 취향이 아니었기 때문이다. 그래도 서브는……. 나는 속으로 떠오른 농담에 킥킥 웃음이 나서 콜라 캔으로 손을 뻗었다.

카마노섬 안으로 8킬로미터쯤 들어갔을 때 엘리엇이 오른쪽으로 방향을 틀었다. 우리는 어느 농장의 게이트를 통과해 찻길을 따라 탁 트인 목초지로 들어가서 어느 헛간 쪽으로 올라갔다. 형이 주차장 안에 차를 세웠다.

"다 왔어."

"여기가 어딘데?"

"친구 집. 일반인들에게 아직 공개가 안 된 곳이야. 곧 공개될 거지만. 우리가 실험 쥐야."

"뭐?"

"결혼은 위험한 줄타기니까. 너도 미리 연습을 좀 하라는 뜻이다."

"대체 무슨 소리야?"

"짚라인 탈 거야." 형이 씩 웃으며 차에서 내렸다.

이게! 이게 내 총각 파티라고? 전혀 예상하지 못한 일이었다. 그래도 뭐, 짚라인 타면 재미는 있겠는데.

엘리엇이 여기 주인장과 인사를 나누었다. 우리는 헛간 안으로 안내되었다. 안전장치들이 달린 고리들이 연이어 있었다. 안전모, 하니스, 스트랩, D자 고리. 내 눈에는 모두 익숙한 것들이었다.

"어이, 슈퍼스타, 이 하니스 아주 요상하다. 온갖 변태 짓에 그만이겠어." 엘리엇이 자기 하니스를 차면서 불쑥 말했다. 나는 이번에도 말문이 막혔다.

혹시 형이 아는 거 아닐까?

나 귀 빨개졌나?

젠장! 아나가 케이트에게 말했나?

엘리엇은 원래 속내를 못 숨기는데 평소와 다를 바 없어 보였다. 만약 안다면 진작에 나를 죽도록 놀렸을 것이다. "바보냐. 이건 낙하산과 비슷한 거야." 내가 대꾸했다. 주의를 딴 데로 돌리는 것이 상책이었다. "지난주에 새 세일플레인이 도착했어. 하루 날잡아 에프러타에 나가서 같이 날아보자."

"2인용?"

"응."

"완전 신나겠다."

우리는 소나무들에 둘러싸인 1단계 플랫폼에 올라섰다. "영원과 그 너머를 향해 가자!" 엘리엇이 소리치며 뛰어내렸다. '내가 알 게 뭐냐'는 평소 태도에 걸맞게 일말의 두려움도 없어 보였다. 형은 고릴라처럼 고래고래 소리를 지르면서 줄을 타고 내려갔다. 그 기쁨이 내게도 전해졌다. 엘리엇은 30미터 떨어진 다음 플랫폼에 놀라울 정도로 우아하게 착지했다. 가이드인 다니엘이 무전기로 내가 짚라인 트롤리에 안전줄을 걸고 준비가 되었음을 알렸다.

"준비됐나요, 크리스천?" 그녀가 과하게 웃음을 흘리며 물었다.

"진작에요."

"그럼 출발."

나는 숨을 크게 들이마신 뒤 한 손으로 트롤리 밑의 D자 고리를 움켜쥐고 다른 손으로는 안전줄을 쥐고 뛰어내려 싱그럽고 무성한 숲속을 날아갔다. 위에서는 도르래가 휘파람을 불었고 여름철의 산들바람이 얼굴에 와 닿았다. 나는 좌석이 없는 롤러코스터를 타고 눈부시게 파란 하늘 아래 미송들 사이를 흘러갔다. 짜릿하면서도 속박에서 벗어나는 기분이었다. 나는 플랫폼 위 엘리엇과 다른 가이드 옆에 무사히 착지했다.

"어떠냐?" 엘리엇이 내 등을 탁 쳤다.

나는 활짝 웃었다. "끝내주는데."

다니엘이 마지막으로 플랫폼에 착지했다. "이건 1단계였어요. 앞으로 더 높고 더 빨라질 겁니다."

"가보죠!" 내가 소리쳤다.

두 시간 뒤 우리는 줄타기의 전율이 아직 가시지 않은 몸을 이끌고 찻길로 돌아왔다. 엘리엇이 운전대를 잡았다. "놀이 체험으론 아주 최고다." 내가 인정했다.

"섹스보다 낫니?" 엘리엇이 킥킥거렸다. "이건 맛보기 단계야……. 아직 멀었어."

"난 형보다 입맛이 조금 더 까다로워, 형."

"난 사랑을 온 세상에 전파하고 싶어. '엘리엇 형님'은 '엘리엇 형님'이 하고 싶은 걸 할 거야."

나는 크 웃으며 고개를 절레절레 흔들었다. 엘리엇 형님 생각은 그만하고 싶었다. "이제 진짜 음식 좀 먹어도 되지?"

엘리엇이 씩 웃었다. "안 돼, 미안하지만. 다음 일정을 고려하면 배 속이 가득 차면 안 되거든. 샌드위치 먹어."

"다음? 엘리엇, 짚라인도 좋았어. 뭐가 더 있다는 거야?"

"아, 있고말고. 즐겨, 꽃돌이."

나는 조심스럽게 샌드위치를 집었다.

"그거 이 몸이 직접 만든 거야."

"갑자기 입맛이 뚝 떨어지네."

"로키산맥 이쪽에선 최상급인 볼로냐, 토마토, 프로볼로네 치즈를 넣어 만든 샌드위치 되시겠다."

"한번 믿어볼게."

"네 식생활의 지평이 넓어질 거다."

"볼로냐로?"

"얼마든지. 나도 하나 까서 줘봐."

나는 포장지를 벗겨내고 수상쩍게 생긴 창작물을 형에게 건넸다. 형은 그걸 입에 넣고 우적우적 씹었다. 비위가 약한 사람이 먹을 만한 것이 아니었지만, 나로서는 선택의 여지가 없었다. 볼로냐냐, 굶느냐.

나는 먹으면서 아나에게 문자 메시지를 보냈다.

짚라인 탔어. 엘리엇이
준비한 게 이거였어.
볼로냐 샌드위치도. 나 지금
꿈꾸는 것 같아.

아나
하하! 지금 난 당신 돈을 왕창 쓰는
중이에요. 의견이 잘 맞진 않아요.
캐럴라린 액튼은 상당한 강적이네요.
당신을 생각나게 해요. 엘리엇이 무얼
당신 앞에 내놓든 무사하기만 해요!
사랑해요. 그리고 보고 싶어요.
Xxx

난 네가 내 돈을 쓰는 거 찬성.

조만간 그거 다 네 돈이 돼.

엘리엇의 다음 "깜짝" 일정은

다시 알려줄게.

xxx

엘리엇이 부드럽게 차를 몰아서 90번 고속도로를 빠져나갔다가 2번으로 들어갔다. 대체 어디 가는 거야? 시애틀로 돌아갈 줄 알았더니.

"놀랐지?" 형이 어리둥절한 내 표정을 보고 말했다.

이 말이 오늘의 화두인가보네.

15분 뒤 엘리엇은 하비 에어필드의 주차장으로 차를 몰았다.

"형, 여기 스테이크 식당 있네. 여기서 진짜 음식 좀 먹자." 내가 투덜거렸다.

"나중에. 지금은 수업 들으러 가야 해."

"수업?"

"헤이, 슈퍼스타, 아직도 감이 딱 안 오냐?" 엘리엇이 스테이크 식당을 지나갔다.

"아니."

"우리 뛰어내릴 거야. 왜냐하면 넌 이제부터 뛰어내릴 거니까."

무슨 소리야?

엘리엇이 내 궁금증을 풀어주었다. "스카이다이빙."

"아하. 그렇군." 젠장!

"재밌을 거야. 2인 점프를 한 적 있어. 짜릿했지."

왜 아니겠어.

"아무 일 없을 거야."

"응. 그렇겠지."

"잘 들어. 결혼하고 나면 여자들이 이런 짓은 못하게 한다. 가자." 우리는 주차장을 통과해 스카이다이빙 학교를 향해 걸어갔다. 내 심장이 질주했다. 나는 통제하는 걸 좋아하는데 2인용 다이빙이라면 누군가가 통제권을 쥔다는 뜻이다……. 나는 그 사람에게 묶여 있고.

또한 그 사람이 나를 만질 것이다. 까마득한 창공에서.

망했다.

세일플레인을 타고 공중 4500미터까지, 찰리 탱고로는 6000미터까지 올라갔었다. 하지만 그때는 자리에 앉아 비행기를 조종해 하늘을 날 수 있었다. 그런데 비행기에서 뛰어내린다고? 하늘 속으로? 그 높이에서?

말도 안 돼.

제기랄.

하지만 엘리엇 앞에서 못 하겠다고 징징거릴 수는 없다. 절대 못 하지. 함께 건물 안으로 들어갈 때 나는 두려움을 삼켰다.

형이 우리를 위해 예약한 것은 단독 점프였다. 우리는 자리에 앉아 짧은 안내 비디오를 시청한 후 강사 벤으로부터 브리핑을 받았다. 그나마 수업을 받는 사람이 엘리엇과 나뿐이라 다행이었다. 나는 글라이더 조종을 배울 때 낙하산 사용법을 익혔지만 실제로 뛰어내린 적은 한 번도 없었다. 벤이 무엇을 해야 하고 어떤 일이 벌어지는지 설명할 때 아나에게 이 훈련을 시키지 않았다는 생각이 들었다. ASH 30을 타고 다시 하늘을 오르기 전에 아나가 이 훈련을 받게 해야겠다.

벤은 나보다 어려 보였다. 그가 강습을 마치고 나서 우리에게 서약서를 하나씩 나눠주었다. 엘리엇은 즉시 서명했고 나는 그것을 찬찬히 읽어보았다. 불안감이 점차 부풀어 올라 가슴에 자리를 잡았다. 이제 곧 비행기에서 높은 창공으로 뛰어내리게 될 것이다.

심호흡해, 그레이.

내게 무슨 일이 생기면 아나에게는 아무것도 남지 않을 것이다.

에라, 모르겠다.

나는 일단 서명하고 나서 뒷면에 이렇게 썼다.

이것은 나의 유언장이다. 내가 죽을 경우 모든 재산은
사랑하는 약혼녀 아나스타샤 스틸에게 상속되며
그녀의 뜻대로 처분될 것이다.
서명: 크리스천 그레이　　날짜: 2011년 7월 23일

나는 재빨리 휴대전화로 그것의 사진을 찍어 로스에게 전송한 다음 서명한 서약서를 벤에게 넘겼다. 벤이 하하 웃었다.

"아무 일 없을 겁니다, 크리스천."

"만일의 사태에 대비하는 겁니다." 나는 그에게 살짝 억지웃음을 웃었다.

그가 다시 하하 웃었다. "자, 이제 장비를 착용합시다."

우리는 건물을 나와서 포장도로를 가로질러 야외 격납고로 갔다. 거기 온갖 장비들이 구비돼 있었다. 낙하산, 헬멧, 하니스.

또 테마를 찾고 있군.

엘리엇은 근심 하나 없는 사람처럼 태평하게 슬렁슬렁 격납고 안으로 들어갔다. 나는 그 모습이 꼴 보기 싫으면서도 어느 때보다 형이 부럽기도 했다. 벤이 우리에게 점프슈트를 나눠주었다.

말 그대로. 점프. 슈트.

후아!

"어이, 슈퍼스타. 이건 더 변태스럽다!" 엘리엇이 안전 하니스를

옷 위에 걸치면서 소리쳤다.

나는 눈을 위로 치켜뜬 다음 시선을 벤에게 돌렸다. "엘리엇 대신 사과드리죠. 원래 헛소리를 잘해요."

"친척이신가 봐요?" 벤이 물었다.

엘리엇과 나는 시선을 주고받았다. 맞지. 아닌가. 맞지 뭐.

"형제지간입니다." 엘리엇이 나를 쳐다보며 대답했다. 우리 둘 다 형제자매끼리 통하는 은밀한 미소를 지었다. 벤은 뭔가 석연치 않은 표정으로 아무런 말 없이 엘리엇과 내가 하니스를 착용하도록 차례로 도와주었다.

벤이 나랑 같이 뛰기로 했고, 엘리엇과 같이 뛸 매트가 우리와 합류했다. 고프로 카메라로 점프 전 과정을 촬영하기 위해 다른 강사 샌드라가 동행하기로 했다.

"안녕하세요." 매트가 우리와 악수를 나누며 말했다. "특별한 일이 있으신가요?"

"내 동생의 총각 파티 중입니다. 동생이 마지막 한 줌의 자유를 만끽하고 있죠." 엘리엇이 말했다.

"축하합니다." 매트가 말했다.

"고맙습니다." 나는 덤덤하게 중얼거렸다. "난 예상 못한 일이에요."

"그래도 좋지?"

"그건 두고 봐야지."

매트가 하하 웃었다. "재밌을 겁니다. 가시죠. 조종사가 준비되었습니다."

우리 다섯 명은 활주로를 가로질러 대기 중인 단발 엔진 세스나로 향했다.

마음을 바꿀 마지막 기회야, 그레이.

비행기 앞쪽에 조종사석과 앉을 자리가 두 개 있었다. 매트와 벤은 바닥에 앉더니 우리더러 자리에 앉으라고 손짓했다. 우리는 시키는 대로 앉았고, 그들은 자신의 하니스에 우리를 연결했다. 벤의 손이 내 스트랩 위를 움직였지만 그와 몸이 닿아도 별로 불안하지 않았다. 내 목숨은 그의 수중에 달려 있었다.

"하늘을 난 적 있습니까?" 그가 엔진 소리 위로 물었다.

"상업용 비행기 자격증이 있습니다." 나는 대답했다. "로터크래프트(회전 날개로 비행에 필요한 양력을 발생시키는 비행기. 헬리콥터를 가리킨다. – 옮긴이) 세일플레인을 두 대 가지고 있어요."

"그럼 쉬울 겁니다."

나는 헛웃음이 났다.

내가 숨을 크게 들이켰을 때 비행기가 활주로를 떠나 이륙하기 시작했다. 스노호미시 밸리가 밑으로 뚝 떨어지면서 우리는 구름 한 점 없는 하늘을 향해 높이높이 날아올랐다.

매트와 엘리엇이 잡담을 나누었다. 벤이 대화에 끼었다. 나는 그들을 무시하고 아나를 생각했다.

아나는 지금 무얼 하고 있을까? 쇼핑을 마쳤을까? 나는 오늘 아침 내 품에 안겨 내 몸을 감고 있던 그녀의 모습을 떠올렸다. 그녀의 손가락이 내 가슴에 작은 원을 그렸던 곳에 손을 올렸다.

진정해, 그레이. 진정해.

3600미터 상공에 도달했을 때 벤이 내게 턱 끈이 달린 가죽 모자와 고글을 건넸다. 내가 그것들을 썼을 때 그는 주의해야 할 것들을 재빨리 일깨워주었다. 다른 강사가 뒷문을 열었다. 바람 소리에 귀가 먹먹했다.

젠장. 이게 현실이라니.

"알아들었죠?" 벤이 소리쳤다. 방금 당부한 말을 알아들었냐는 뜻이었다.

"네."

벤이 오른 손목에 찬 고도계를 확인했다. "시간 됐어요. 흥분되시죠? 갑시다."

우리는 열린 문 쪽으로 나아갔다. 단발 엔진 소리와 질주하는 바람 소리가 천둥처럼 더 거세졌다. 엘리엇 쪽을 쳐다보니 형이 내게 엄지손가락을 들어 보이며 '엿 먹어라' 하는 미소를 지었다.

"저 등신!" 내가 소리치자 형이 웃었다. 나는 두 팔로 팔짱을 끼고 하니스를 목숨 줄인 양 움켜잡았다……. 실제로 내 목숨이 그것에 달려 있었으므로. 어느새 나는 모르는 남자에게 달라붙어 빌어먹을 워싱턴과 스노호미시 밸리 상공에 붕 떠 있었다. 눈을 질끈 감고 실로 오랜만에 처음으로, 오래전 연을 끊은 신에게 기도를 올렸다. 다시 눈을 떴다.

우와. 캐스케이즈산, 퍼제션 사운드(푸젯 사운드에 속하는 해협 지역 – 옮긴이), 산후안섬들이 보였다……. 내 밑에 공기 말고는 아무것도 없었다.

"으아아아아아아아아아악!" 나는 비명을 질렀다.

그리고 하늘을 날았다.

정말 땅 위에 떠서 하늘을 날았다. 두려워 할 틈도 없었다. 두려움은 몸속을 흐르는 아드레날린에 의해 휩쓸려 나가고 없었다. 지극히 짜릿한 희열. 수킬로미터 밖까지 내다보였다. 유리나 플라스틱 뒤가 아니었다. 너무나 생생했다. 나는 하늘에 떠 있었다. 그 안에 안겨 있었다. 하늘이 나를 안고 있었다. 우리가 땅으로 곤두박질치는 동안 공기가 흐르는 소리가 옛 친구처럼 익숙하게 들려왔다. 나는 양손을 내밀고 손을 벌려 손가락 사이로 흐르는 바람을 느껴보았다. 벤이 내 얼굴 앞에 엄지손가락을 들어 올렸고, 나는 같은 동작으로 칭찬을 돌려주었다.

경이롭다는 말로는 부족해.

위쪽을 둘러보니 엘리엇과 매트가 얼핏 보였다. 샌드라가 휙 하고 우리를 지나간 뒤 카메라가 벤과 나를 향해 돌아섰다. 나는 헤벌쭉 웃었다.

"끝내주네요!" 나는 같이 하늘을 누비는 벤에게 소리쳤다.

벤이 손목을 올리는 것이 보였다. 우리는 1500미터 상공에 있었다. 그가 낙하산 줄을 당기자마자 우리 위에 알록달록한 캐노피가 펼쳐지며 속도가 느려졌다. 다이빙은 종단 속도(저항력을 발생시키는 유체 속을 낙하물이 다다를 수 있는 최고 속도-옮긴이)에서 느린 동작으로 변했고, 사방이 조용해지면서 우리는 공중에 매달려 있었다. 신기하게도 두려움이 증발하고 평온감이 그 자리를 대신했다. 나는 세상의 정상에서 말 그대로 공기 위를 걷고 있었다. 벤이 해냈다. 그는 이쪽을 훤히 꿰고 있었다. 한 가지 생각이 마음 깊은 곳에서 피어나 머릿속에서 구체화되었다. 그것은 아나와의 결혼도 이렇게 짜릿하고 수월했으면 하는 희망이었다.

기막힌 풍경이 펼쳐졌다.

아나도 여기 있으면 좋았을 텐데.

아나가 비행기에서 떨어지는 걸 보고 심장 발작을 일으킬지도 모르지만.

"조종해볼래요?" 벤이 물었다.

"해볼게요."

그가 라이저(낙하산의 하니스와 매달림 줄을 연결하는 스트랩 끈-옮긴이)를 내게 건넸다. 내가 왼쪽을 당기자 우리는 천천히 우아하게 큰 원을 그리며 돌았다.

"해내셨어요." 벤이 내 팔뚝을 툭툭 치며 외쳤다.

한 번 더 빙그르 돌았을 때 벤이 라이저를 다시 가져가서 우리를 착륙 지점으로 유도했다. 땅바닥이 빠르게 다가왔다. 내가 지시받은 대로 무릎을 올리자 벤이 우리를 땅에 떨어뜨렸다. 우리 둘 다 엉덩이로 착지했고, 지상 지원 팀이 우리를 맞이했다.

벤이 자기 하니스와 내 하니스를 분리했다. 나는 일어섰다. 질주하는 아드레날린 때문에 조금 어지러운 느낌이었다. 우리 다음으로 엘리엇과 매트가 착지했는데, 엘리엇은 다시 고릴라처럼 환호성을 올렸다. 신이 날 때마다 애용하는 표현법이었다.

나는 잠시 멈추고 숨을 돌렸다.

"어땠습니까?" 벤이 물었다.

"와, 근사했어요. 고맙습니다."

"좋아요!" 그가 주먹을 부딪치자고 내밀었고 나는 그것을 받아주었다.

엘리엇이 우리 쪽으로 달려왔다.

"죽이는데!" 내가 소리쳤다.

"기가 막히지, 응?"

"나 지릴 뻔했어."

"그럴 줄 알았지! 네가 질겁하는 걸 봤으니 난 그걸로 됐어. 언제 또 이런 걸 해보겠냐, 동생아." 엘리엇이 웃어댔지만 형의 웃음이 내게서 웃음을 끌어냈다. "섹스보다 낫지?" 형이 물었다.

"아니…… 비슷하긴 하더라."

15분 뒤 우리는 형의 픽업트럭을 타고 돌아갔다.

"와, 술 생각이 다 나네." 내가 말했다. 헤벌쭉한 웃음이 그치질 않았다.

"나도. 이제 네 총각 파티의 3부로 넘어가자고."

"세상에, 뭐가 또 있어?"

엘리엇이 입을 꾹 다물었다. 재수 없는 인간. 말해줄 기미가 없었다. 나는 휴대전화를 확인했다.

아나

나 집에 왔어요.

쓰러질 때까지 쇼핑했지 뭐예요.

목욕하고 나서 케이트 만나러

나갈 준비하려고요.

당신 연락이 없네요.

나 걱정돼요.

Axxx

우리 스카이다이빙 했어!! 3600미터 상공에서.

걱정했구나. 그래도 근사했어!!

잊지 마. 너도 낙하산 훈련 꼭 받아.

날 못 보더라도 밤에 외출해.

너무 재밌게 놀지는 말고.

아나

스카이다이빙. 와우!

무사해서 기뻐요.

낙하산 훈련요?

그건 지난주에 빨간 방에서

한 거 아니었어요? ;)

나는 너털웃음을 터뜨렸다.

"왜?" 엘리엇이 물었다.

나는 고개를 절레절레 흔들었다. "아무것도 아냐."

엘리엇은 에스칼라를 향해 차를 몰았다. 이번에는 자기 휴대전화 안의 좋은 음악 몇 곡을 틀게 해주었다. 엘리베이터를 타고 펜트하우스로 올라가는데 엘리엇이 말했다. "너 옷 갈아입어야겠다. 더 말쑥하게."

"계획이 뭔데?"

엘리엇이 찡긋 윙크를 했다.

"등신."

"뭘 새삼스럽게." 형이 씩 웃었다.

엘리베이터 문이 열렸다. 나는 아나가 집에 있기를 바랐다.

"내 물건은 빈방에 둘게. 30분 뒤에 여기서 만나. 같이 나가게."

"알았어." 나는 아나가 욕조 안에 있기를 바랐다.

아나는 거실에 없었다. 벌써 나갔나 걱정됐지만 그녀는 침실에 있었다. 나는 문간에서 걸음을 멈추고 그녀가 화장을 마무리하는 모습을 조용히 지켜보았다.

와! 아나는 근사했다. 하이힐을 신고 있었고, 어깨를 드러낸 검은색 드레스가 은은히 빛났다. 아나가 고개를 돌렸다가 나를 보고 깜짝 놀랐다. 숨 막히게 아름다운 모습이었다. 그녀의 귓불에서 귀걸이가 달랑거렸다. 내게 두 번째 기회가 되었던 그 귀걸이. "놀라게 할 생각은 없었는데." 내가 속삭였다. "예쁘네."

아나가 따스하게 미소를 지었다. 사랑이 담뿍 담긴, 환영하는 미소였다. 나는 가슴이 벅차올랐다. 그녀가 나를 향해 사뿐사뿐 다가왔다. "크리스천. 놀랐지만 기분은 좋은데요. 당신을 보게 될 줄 몰랐어요." 그녀가 내 입술을 향해 입술을 들었고 나는 그녀에게 짧게 키스한 뒤 몸을 뗐다. 그녀에게서 천상의 냄새, 집의 냄새가 났다.

"키스를 제대로 하면 네 화장을 망칠 거야. 그 우아한 드레스도 벗겨낼 테고."

"오, 그건 안 되죠." 아나가 깔깔거리고는 한 바퀴 휙 돌았다. 치맛자락이 살짝 퍼지고 올라가면서 다리가 조금 더 드러났다. "마음에 들어요?"

나는 문설주에 몸을 기대고 가슴에 팔짱을 꼈다. "너무 짧지 않아서 좋네. 예쁘다, 아나. 거기 누구누구 와?" 나는 실눈을 떴다. 그녀가 내 것이라는 사실이 말도 못하게 뿌듯하면서도 텃세를 부리고 싶었다. 아나는 내 것이라고.

"케이트, 미아, 워싱턴 주립 대학을 같이 다닌 여자 친구들 몇 명. 재밌을 거예요. 칵테일부터 시작하려고요."

"미아?"

아나가 고개를 끄덕였다.

"미아를 한동안 못 만났어. 내 안부 좀 전해줘. 식사는 하면서 놀면 좋겠는데." 나는 경고의 의미로 눈썹을 추켜올렸다.

"그 근질거리는 손바닥 고이 접어주세요, 크리스천. 우리 저녁 먹을 거니까."

"그럼 됐어." 나는 아나가 술에 취하는 건 원하지 않았다.

아나가 손목시계를 쳐다보았다. "그만 나가야겠어요. 늦고 싶지 않아요. 당신이 멀쩡한 몸으로 무사히 돌아왔으니 난 됐어요. 만약 당신에게 무슨 일이 생겼으면 엘리엇을 가만두지 않았을 거예요."

아나는 다시 내게 입술을 올렸고 나는 다시 짧게 키스했다.

"참 근사하다, 아나스타샤."

아나가 침대에서 가방을 집어 들었다. "나중에 봐요, 자기."

그녀가 요염한 미소를 지었다. 뽐내는 걸음걸이로 나를 지나 방을 나가는 모습이 대단히 매혹적으로 보였다. 나는 그녀를 따라 나가서 그녀가 현관에서 소여, 레이놀즈와 합류하는 것을 보았다. 나는 그들에게 인사를 건넸고 그들은 다 같이 엘리베이터에 올라탔다.

나는 얼른 샤워를 하려고 내 방의 욕실로 향했다.

20분 뒤 나는 짙은 남색 정장에 보송한 흰 셔츠를 갖추어 입고 부엌에서 엘리엇을 기다리다가 냉장고 안에서 프레첼을 꺼냈다.

젠장, 배가 고프네.

엘리엇이 문간에 나타났다. 짙은 색 정장에 회색 셔츠, 넥타이 차림이었다.

망할.

"넥타이도 매야 해?"

대체 어디를 가길래?

"아니."

"정말이지?"

"응."

"그럼 형은 왜 맸는데?"

"넌 항상 그런 차림인 거고. 나는 아닌 거고. 나답게 옷을 갈아입은 것뿐이야. 게다가 정장과 넥타이는 여자들이 사족을 못 쓰니까."

캐버너도 그래?

엘리엇은 궁금해하는 내 표정을 보고 큭큭 웃었다. 테일러가 다가왔다.

"준비되셨습니까?" 그가 엘리엇에게 물었다.

테일러는 우리를 태우고 5번 고속도로를 따라 남쪽으로 달렸다.

"대체 어디를 가는 거야, 엘리엇?"

"긴장 풀어, 크리스천. 좋은 데 가니까." 엘리엇은 태평하게 차창 밖을 내다보았고, 나는 손가락으로 무릎을 톡톡 두드렸다. 무슨 상황인지 모르고 있는 거라면 질색이었다.

테일러가 방향을 틀어 보잉 필드로 향했다. 이 근처에 야한 스트립 클럽이라도 있나. 손목시계를 확인하니 오후 6시 20분이었다. 테일러가 시그니처 플라이트 서포트로 들어갔다. 터미널 뒤 포장도로 위에 GEH 걸프스트림이 있었다.

"뭐야?" 나는 엘리엇에게 소리쳤다.

엘리엇이 재킷 안주머니에서 여권을 꺼냈다. "이거 필요할 거야."

외국에 나간다고?

테일러는 우리를 터미널 입구에 내려주었다. 나는 어리둥절해서 엘리엇을 따라 건물 안으로 들어갔다.

"엘리엇!" 캐버너의 오빠, 금발 머리 서퍼가 형에게 성큼성큼 다가와 형과 악수를 했다. 연회색 정장을 빼입은 말쑥한 차림새였고 넥타이는 매지 않았다.

"이든, 반갑구만." 엘리엇이 이든의 등을 탁 때렸다.

"크리스천." 이든이 내 손을 흔들었다 .

"안녕." 내가 대꾸했다.

"맥!" 엘리엇이 소리쳤다. GEH 조선소 직원이자 내 요트 그레이스호의 관리인인 리암 맥코넬이 우리 쪽으로 다가왔다.

맥! 우리는 악수를 나누었다. "반가워요." 내가 그에게 인사했다. "뭐가 어떻게 돌아가고 있는 건지 나는 전혀 모르고 있다는 것만 알아둬요."

그가 하하 웃었다. "저도 그렇습니다."

우리가 같이 웃으면서 엘리엇에게 고개를 돌렸을 때 테일러가 다가왔다.

"어찌 된 영문인지 알아?" 내가 테일러에게 물었다.

"알죠." 그가 진지하면서도 즐거운 표정을 지었다.

나는 웃으면서 고개를 흔들었다.

"이제 가볼까?" 엘리엇이 말했다.

"캐나다?" 내가 슬쩍 떠보았다.

"정답." 엘리엇이 대답했다.

우리는 G550의 앞쪽 네 자리를 차지하고 앉아 승무원 새러가 나눠준 크리스털 샴페인을 마시고 카나페를 먹었다. 비행기가 활주로 위를 천천히 움직였다. 테일러는 뒤쪽 자리에서 리 차일드의 소설을 읽고 있었다. 스테판과 부기장 베일리가 비행기를 조종했다.

"아무래도 밴쿠버인가 본데." 내가 엘리엇에게 말했다.

"빙고! 브리티시 콜롬비아(캐나다 태평양 연안 지방 – 옮긴이)에선 막 나가도 네 행실이 알려질 가능성이 더 낮으니까."

"대체 무얼 하려는 건데?"

"진정하렴, 호랑이." 엘리엇이 대꾸하고 잔을 들었다.

하늘로 올라갔을 때 새러가 맥주와 조지타운의 어느 피자 가게에서 만든 따끈하고 신선한 페퍼로니 피자를 내왔다. 내 전용기에서 피자를 먹기는 처음이지만, 엘리엇에겐 피자가 그저 최고였다. 솔직히 나도 배가 너무 고파서 피자가 최고였다. 맞은편에 앉은 맥과 나는 피자를 게걸스럽게 먹어치웠다.

"순식간에 없어졌네요." 맥이 아일랜드 말씨로 말했다.

"나 오늘 엘리엇 등쌀에 짚라인하고 스카이다이빙을 하고 왔어요."

"맙소사! 배가 고플 만도 하네요."

비행시간은 50분이 채 되지 않았다. 비행기가 밴쿠버 시그니처 플라이트 서포트 터미널에 멈췄을 때 테일러가 우리 여권을 가지고 가장 먼저 내려 비행기를 마중 나온 입국 심사원에게 갔다.

"준비됐지?" 엘리엇이 안전벨트를 풀고 일어서서 다리를 스트레칭했다. 테일러는 포장도로 위 서버밴 바퀴 옆에 있었다. 모두 우르르 차에 올라탔다. 테일러가 밴쿠버 시내의 환한 불빛들을 향해 출발했다. 아이스박스에 맥주가 가득했다. 나와 동행한 세 남자는 너도나도 맥주를 집었지만 나는 사양했다.

"야, 오늘 밤엔 맨 정신이면 안 된단 말이다." 엘리엇이 투덜거리면서 내게 맥주를 하나 건넸다.

젠장. 술에 취하기 싫은데. 나는 눈을 위로 치켜뜨면서 마지못해 병을 받아 들었다. 아직 이른 시각이었다. 술을 더 마시게 될 테니 속도를 조절해야만 했다. 나는 엘리엇, 그리고 뒤에 앉은 맥과 이든하고 병을 부딪쳤다. "건배, 신사님들." 한 모금 마시고 나서 병을 손에 계속 들고 있었다.

첫 번째 경유지는 로즈우드 조지아 호텔에 딸린 술집이었다. 예전에 일 때문에 와본 곳으로 저녁에 온 것은 처음이었다. 나무 패널을 댄 벽과 가죽 의자들이 예스러운 분위기를 자아냈는데, 오늘 저녁에는 밴쿠버의 중요 인사들로 떠들썩했다. 남자들은 정장, 여자들은 우아한 차림새였다. 활기가 넘쳤다. 엘리엇이 술을 한 잔씩 주문해 돌렸다. 우리는 예약석에 앉았고, 대화는 이든의 이야기로 흘러갔다. 그는 시애틀 대학에 들어가 심리학 석사 과정을 밟을 준비를 하는 중이었고, 아나가 아파트를 나갔기 때문에 지금은 아나가 쓰던 방에서 지내며 케이트와 같이 살고 있었다. 여동생과 같이 사는 게 힘든지 술을 벌컥벌컥 들이켰다. 그가 맥주잔을 가장 먼저 비우더니 자청해서 다음 잔을 샀다.

맥이 그레이스호 이야기를 꺼냈다. 그는 그 배를 직접 건조한 기술자들 중 하나였지만 지금은 보트 디자인 쪽으로 전념하는 듯했고, 공기 역학에 중점을 둔 쌍동선을 주문 제작할 생각을 가지고 있었다.

이상하게 보이겠지만 전에는 이렇게 놀아본 적이 없었다. 내가 또래 남자들과 어울려 시간을 보낼 때는 엘리엇이 형의 친구들과 같이(형은 친구가 많았다) 나를 억지로 끌고 나올 때뿐이었다. 엘리엇은 우리 모두를 끈끈하게 이어주는 접착제와 같았고 대화가 끊어지게 두지도 않았다. 사교성이 아주 좋았다. 대화가 이어진 끝에 역시나 마리너스 이야기가 나왔고, 그다음엔 시호크스로 넘어갔다. 모두 두 팀의 팬이었다. 그런 것 같았다. 두 번째 잔이 비워질 무렵 모두 긴장을 풀고 두루두루 어울렸고 나 역시 즐겼다.

"자. 잔들 비워. 다음 경유지로 갈 거니까." 엘리엇이 알렸다.

테일러가 밖의 SUV 안에서 대기하고 있었다.

이든은 이미 얼큰하게 취해 있었다. 이거 점점 재밌어지는데. 나는 그에게 미아에 대해 물어보고 싶었지만 차라리 모르는 게 낫을 것 같기도 했다.

다음 장소는 예일타운에 있었는데, 오래된 창고를 개조해 힙한 술집과 식당을 조성한 것으로 유명한 지역이었다. 테일러가 나이트클럽 앞에 우리를 내려주었다. 비교적 이른 시각인데도 댄스 음악이 쾅쾅 거리에 울려 퍼졌다. 바는 어두컴컴한 공장 안에 자리

잡고 성업 중이었다. 우리는 VIP 구역에 테이블을 잡았다. 나는 계속 맥주를 마셨고 이든과 맥은 실내를 훑어보았는데, 예쁜 여자들이 없는지 찾는 것 같았다.

"관심 없어?" 내가 엘리엇에게 물었다.

엘리엇이 하하 웃었다. "오늘 밤은 좀 그래, 슈퍼스타." 형이 이든을 곁눈질했다. 케이트의 오빠가 있어서 '엘리엇 형님'이 몸을 사리는 건가.

나는 손목시계를 보았다. 아나가 무얼 하고 있을까 궁금해서 소여에게 전화하고 싶은 충동이 들었다. 솔직히 사람들과 너무 많이 어울려서 한계치에 도달해 있었다. 하지만 우리의 새 집이 화제에 올랐다.

두 잔씩 더 비운 뒤에 엘리엇은 우리를 데리고 다시 이동했다.

테일러가 SUV 안에서 기다리다가 다음 장소로 데려갔다.

스트립 클럽.

젠장.

"야, 긴장할 거 없어. 이 경유지는 총각 파티 매뉴얼에 엄연히 등장하니까." 이든이 손뼉을 쳤지만 입은 웃는데 눈은 웃고 있지 않았다. 나처럼 불편한 것 같았다.

"절대 나한테 랩 댄스 추게 하지 마." 나는 엘리엇에게 경고했다. 그리 오래되지 않은 과거에 시애틀의 어느 비공개 클럽 안 어둑한 내실에서 있었던 일이 기억났다.

상상을 초월하는 곳이었지.

다 지난 일이긴 하지만.

엘리엇이 하하 웃었다. "밴쿠버에서 일어난 일은 밴쿠버에서 끝날 거야." 함께 다른 VIP 테이블로 안내되어 갈 때 형이 내게 윙크했다. 이번에 엘리엇은 보드카를 한 병 주문했고, 보드카가 축하

공연과 함께 보드카가 나왔다. 폭죽이 펑펑 터지고 짧은 빨간색 치마에 비키니 탑으로 젖꼭지만 겨우 가린 여자 합창단이 환호성을 올리며 열렬히 박수를 쳤다. 나는 여자들이 우리 옆에 앉으면 어쩌나 순간 걱정했지만, 작은 유리잔들이 줄줄이 놓인 뒤에 여자들은 가버렸다.

아름다운 여자들은 어디에나 있다. 몸이 유연하고 눈이 검은 금발 머리 여자가 눈길을 끌었다. 그녀는 기둥에서 다양한 체조 동작과 포즈를 취하며 탄력 있고 우아한 동작으로 옷을 벗기 시작했다. 옷을 벗지 않는다면 올림픽 경기라고 해도 손색이 없었다.

맥은 거기에 홀린 것 같았다. 나는 맥에게 배우자나 연인이 있는지 궁금했다.

"아뇨, 혼자입니다. 찾고 있죠." 내 물음에 그가 대답했다. 그의 시선은 그 활력이 넘치는 금발 머리에게로 다시 돌아갔다. 나는 고개를 끄덕였지만 무슨 말을 해야 할지 알 수 없었다. 누구에게 관계에 대해 조언할 입장이 아니었기 때문이다. 아나가 내 것이 되기로 동의했다는 것이 아직도 놀라울 뿐이었다. 사실 아나는 많은 것들에 동의했다.

지난주 빨간 방에서 있었던 일들이 기억나 킥킥 웃음이 났다.

그랬지.

그 기억에 내 몸이 고개를 들었다. 나는 휴대전화를 들었다.

"안 돼." 엘리엇이 말했다. "치워라."

"휴대전화 말이지?"

둘 다 웃음이 터졌다. 나는 보드카 잔을 비웠다.

"다른 데로 가자." 내가 말했다.

"여기 마음에 안 들어?"

"응."

"아, 이 재수 없는 새끼."

형, 여긴 내가 노는 곳이 아니야.

"그래. 경유지가 하나 더 남았어. 총각 파티의 전통적이고 의례적인 부분. 알겠지만 이건 불문율이야."

"아나가 알면 싫어할 거야."

이든이 내 등을 탁 때려서 나는 얼어붙었다. "그러니까 아나에겐 말하지 말아요."

나는 그의 어조가 왠지 거슬렸다. "혹시 내 여동생이랑 자는 사이예요?"

이든은 내게 얻어맞기라도 한 것처럼 고개를 홱 뒤로 젖혀 충격을 먹은 표정으로 양손을 치켜들었다. "아뇨. 아니에요. 기분 나쁘게 듣진 말아요. 미아가 매력이 있긴 하지만 우린 그냥 친구 사이일 뿐이에요."

"됐네요. 계속 그렇게 지내요."

그가 초조한 듯 웃더니 보드카를 두 잔 연거푸 들이켰다.

난 분명히 말했어.

"미아랑 잘해보고 싶은 남자들을 모두 겁주어 쫓아낼 셈이냐?" 엘리엇이 물었다.

"그래볼까."

형이 눈을 위로 치켜떴다. "나가자. 여긴 네 기분을 띄우는 데 전혀 도움이 안 돼."

"그래."

우리는 보드카를 비웠다. 나는 테이블 위에 팁으로 현금을 두둑이 남겼다.

SUV로 돌아오니 내 유머 감각이 돌아왔다. 테일러가 운전대를 잡았고, 우리는 밴쿠버 시내를 빠져나와 공항 방향으로 달렸다.

하지만 우리는 비행기로 돌아가지 않았다. 테일러는 별다른 특징이 없고 길게 뻗은 카지노 호텔 단지 앞에 차를 세웠다. 건물 양옆으로 프레이저 강이 흘렀다.

"결혼은 도박이야." 엘리엇이 웃는 얼굴로 말했다

"인생은 원래 도박이야, 형. 여기는 좀 놀 만하다."

"그럴 줄 알았어. 카드놀이로는 널 못 당하지." 형이 대꾸했다. "넌 어떻게 아직 정신이 맨숭맨숭하냐?"

"그냥 수학이야, 엘리엇. 술은 많이 마시지 않았어. 이제야 좀 고맙다는 생각이 드네."

엘리엇과 이든은 룰렛 테이블로 갔고 맥은 블랙잭으로, 나는 포커 테이블로 갔다.

예상한 대로 실내에는 숨죽인 정적이 감돌았다. 나는 11만8000달러를 베팅 했다. 오늘 게임은 이것까지만 하기로 했다. 밤이 깊어갔다. 엘리엇은 내 뒤에서 구경하고 있었고, 이든과 맥은 어디 있는지 알 수 없었다. 마지막 베팅이 끝나고 내 양옆의 사람들은 카드를 접었다. 나는 잭을 두 장 가지고 있었다. 마지막 판인 데다 계속 따고 있었기 때문에 베팅을 올려 1만6000달러 상당의 칩을 던졌다. 내 왼쪽에 있는 50대 숙녀가 얼른 카드를 접었다. "다 털렸군." 그녀가 투덜거렸다.

마지막 남은 적수(아버지를 닮은 남자)는 나를 흘끔 보더니 자기 카드를 내려다보고 나서 조심스럽게 내가 베팅한 금액만큼 칩을 세서 칩 무더기에 던졌다.

게임은 이제부터야, 그레이.

딜러가 접힌 카드를 수거해 쭉 펼쳤다.

할렐루야.

잭 한 장과 9 두 장. 난 풀하우스다.

나는 상대를 냉철하게 응시했다. 그는 가만히 있지를 못하고 다시 자기 카드를 확인했다. 그의 검은 눈동자가 나와 자기 카드 사이를 활발하게 왔다 갔다 움직였다. 그가 침을 삼켰다.

잭 나부랭이나 가지고 있겠지.

"확인합시다." 상대가 말했다.

공연 시작해, 그레이.

나는 효과를 증폭시키기 위해 초록빛 베이즈 위를 손가락으로 천천히 톡톡 두드리다가 칩을 한데 모아 5만 달러를 칩 무더기 위에 던졌다. "올리죠."

딜러가 대답했다. "5만 달러 올립니다."

상대는 씩씩거리며 자기 카드를 집더니 역겹다는 듯 테이블 중앙에 내던졌다. 나는 속으로 춤을 추었다. 13만4000달러 벌었다. 45분 게임한 것치고 나쁘지 않았다.

"그만할래요." 내 옆의 숙녀가 그렇게 말하고 나서 내게 고개를 끄덕였다.

"덕분에 게임 잘했어요. 나도 그만 가볼게요." 나는 딜러에게 팁을 두둑이 던져주고 딴 칩을 모아 일어섰다.

"안녕히 가세요."

엘리엇이 앞으로 나와서 내 칩을 나누어 들었다.

"이 개새끼는 운도 좋아요." 형이 말했다.

자정 직전에 우리는 비행기에 올랐다.

"아르마냐크 브랜디로 할게요, 새러. 고마워요."

"이제야 술을 마시기 시작하는군." 엘리엇이 소리쳤다.

"다들 땄어요." 맥이 말했다. "당신 행운이 우리한테까지 미쳤나

봅니다, 크리스천."

"그러게 말이야." 이든이 말했다.

나는 웃는 얼굴로 보들보들한 가죽 의자에 앉았다. 좋았어. 오늘 딴 걸 보면 조짐이 좋았다. 그렇게 흥겨운 저녁은 멋지게 마무리되었다.

2011년 7월 24일 일요일

우리 비행기가 보잉 필드로 하강을 시작할 때 나는 안전벨트로 손을 내리다가 큭큭 웃었다. 오늘은 벨트를 조이고 풀면서 하루의 대부분을 보냈다.

맞은편에 앉은 엘리엇이 고개를 들었다. "뭐가 그렇게 재밌어?"

"아무것도 아냐. 고맙다는 말은 해야겠네. 오늘 하루 고마웠어. 재밌었어."

엘리엇이 손목시계를 흘끔거렸다. "정확히는 어제였어."

"즐거웠어. 형이 신랑 들러리의 역할을 잘해주었어. 이제 피로연 연설만 잘해주면 돼. 길게 할 필요 없어."

엘리엇이 창백해졌다. "야. 생각하기도 싫다."

"알아." 나는 인상을 썼다. "나도 결혼 서약 써야 해."

"젠장. 부담돼 죽겠네." 엘리엇이 진저리를 쳤다. "그래도 다음 주면 모두 끝난다. 너 결혼하는 거야."

"응. 그리고 이 비행기에 오르겠지."

"그래. 아나를 어디로 데려갈 거야?"

"유럽. 근데 그거 비밀이야. 아나는 미국을 떠난 적이 없어."

"와우."

"알아. 나도 내가 이렇게 될 줄 몰랐어……. 못 할 줄 알았는데……." 별안간 감정이 소용돌이쳐서 목소리가 흐려졌다. 두려운 걸까? 들떠서 그러나? 불안해서? 아님 행복해서? 알 수 없었지만 감당할 수 없을 만큼 가슴이 뭉클했다.

젠장. 나 정말 결혼하는구나.

엘리엇이 인상을 썼다. "야, 왜 그래? 잘생겨 가지고. 좀 재수 없긴 한데, 그건 네가 큰 거시기를 마음껏 휘둘러 우주를 지배하는 놈이니까 그런 거고." 형이 고개를 절레절레 저였다. "왜 네가 미아의 친구들에게 아무런 관심이 없는지 의아했었어. 여자들은 늘 너한테 홀딱 반하곤 했으니까. 아, 나는 네가 게이인 줄 알았다." 형이 어깨를 으쓱거렸다.

나는 가족들이 전부 나를 게이라고 생각했구나 싶어서 웃음이 나왔다. "그저 나한테 맞는 여자를 기다린 것뿐이야."

"찾은 것 같구나." 형의 표정은 부드러워졌지만 그 새파란 눈에 아쉬운 눈빛이 어렸다.

"그런 것 같아."

"넌 사랑이 어울려." 엘리엇이 말했다. 나는 눈을 치켜떴다. 형이 나한테 이렇게 닭살 돋는 말을 한 것은 처음이었다.

"둘이 따로 방을 잡지 그래." 맥이 소리쳤을 때 우리는 도로에 착륙했다.

"태평양 연안 북서 지역에서 맨 정신으로 총각 파티를 치른 놈은 너뿐이라는 걸 내가 두고두고 잊지 않게 해줄게."

나는 웃음을 터뜨렸다. "벌거벗은 몸으로 수갑을 차고 라스베이거스 어딘가 가로등 기둥에 묶여 있지 않은 게 천만다행이네."

"야, 만일 내가 결혼하게 된다면 내 총각 파티는 그렇게 마무리하게 해주라!" 엘리엇이 말했다.

"기억해둘게."

엘리엇이 웃었다. "이든 깨워야겠다."

테일러가 Q7를 운전해 엘리엇과 나를 에스칼라로 다시 데려갔다. 맥과 이든은 등을 두드리며 인사를 나눈 뒤 대기하던 택시를 타고 떠났다. "오늘 수고했어, 테일러." 나는 뒷자리에서 몸을 쭉 펴면서 말했다. 엘리엇은 잠이 든 것 같았다.

"천만에요, 사장님." 그의 눈과 내 눈이 백미러 안에서 만났다. 주위가 컴컴했지만 그의 눈에서 즐거운 빛이 반짝거리는 것이 보였다. 나는 재킷 주머니에서 휴대전화를 꺼냈다.

메시지가 없네.

"소여나 레이놀즈에게 연락이 있었나?"

"네, 사장님." 테일러가 대답했다. "스틸 양과 캐버너 양이 아직 귀가 전이십니다."

뭐라고? 나는 손목시계를 확인했다. 새벽 1시가 지났다.

"지금 어디 있는데?" 나는 놀라운 기색을 삼키며 곯아떨어진 엘리엇을 흘끔거렸다.

"나이트클럽에 계십니다."

"어디?"

"트리니티."

"파이오니어 스퀘어?"

"그렇습니다."

"거기로 가자고."

테일러의 눈이 의구심을 싣고 날아와 내 눈과 마주쳤다.

"좋은 생각이 아니라고 생각해?" 내가 물었다.

"네, 사장님."

젠장.

10까지 세, 그레이.

딱 한 번 아나와 함께 나이트클럽에 갔던 일이 기억났다. 당시 아나는 포틀랜드의 클럽에서 기말 고사를 축하하는 중이었다.

그때 아나가 너무 취해 기절했었지.

내 품에서.

젠장.

"사장님, 소여와 레이놀즈가 옆에 있습니다."

그것은 사실이었다.

아나 입장에서 생각하세요. 플린의 말이 기억났다.

오늘 밤은 그녀의 것이었다. 친구들과 함께하는.

그레이, 그냥 놔둬.

"알았어. 그냥 에스칼라로 가지."

"알겠습니다, 사장님."

나는 이것이 올바른 결정이기를 바랐다.

차가 에스칼라의 주차장으로 들어갈 때 나는 엘리엇을 깨웠다.

"일어나, 다 왔어."

"나 집에 가고 싶어. 네가 자기 전에 한잔하고 싶다면, 같이 마셔주긴 할게."

엘리엇은 눈을 간신히 떴다.

"테일러가 집에 데려다줄 거야, 엘리엇."

"사장님이 아파트 안으로 들어가시는 걸 확인하고 나서요." 테일러가 말했다.

"알았어." 나는 한숨을 쉬었다. 테일러는 아직 어미 닭의 경계심을 풀지 않고 내 안전을 걱정하는 중이었다. 그가 차를 엘리베이터 옆에 세운 뒤 차에서 내렸다.

엘리엇이 눈을 떴다. "난 차 안에 있을게." 형이 중얼거렸다. 나는 악수하려고 손을 내밀었지만 형은 내 손을 힘주어 잡았다. "등신처럼 악수는 무슨. 그런 건 개나 줘." 형이 투덜거리더니 나를 어색하게 끌어안았다. 서투르고 남자다우면서도…… 호의적인 포옹이었다.

"양복에 주름 생겨." 내가 주의를 주었다. 형의 제스처가 이상하게 뭉클하게 다가왔다. 형이 나를 놓아주었다.

"잘 가라, 동생."

나는 형의 무릎을 탁 쳤다. "다시 말하지만 고마워. 여기 놔둔 형 물건 필요한 거지?"

"피로연 리허설 때문에 금요일 밤에 다시 올 거야."

"알았어. 잘 가, 렐리엇."

형이 씩 웃고 나서 눈을 감았다.

테일러가 나를 따라 펜트하우스까지 올라왔다.

"굳이 안 올라와도 되는데, 테일러."

"제 일입니다, 사장님." 그가 앞을 똑바로 응시했다.

"무장했나?"

테일러의 눈이 내 쪽을 흘끔거렸다. "네, 사장님."

나는 총기를 혐오한다. 그가 총을 소지하고 캐나다에도 왔었는지 궁금했다. 만약 그랬다면 어떻게 보안 검색대를 통과했는지 의문이었지만 피와 관련된 일은 자세히 알고 싶지 않았다.

알아도 모르는 거지.

"엘리엇을 집에 데려다주는 건 라이언에게 맡기지 그래? 많이 피곤할 텐데."

"괜찮습니다, 사장님."

"이미 말했지만 오늘 여러모로 애써준 거 고마워."

테일러가 따뜻하게 웃는 얼굴로 나를 돌아보았다. "천만에요."

펜트하우스로 통하는 문이 열리고 나는 안으로 들어갔다. 라이언이 서서 나를 기다리고 있었다.

"안녕하십니까, 사장님."

"라이언, 안녕. 오늘 밤은 조용한데?"

"네. 보고 드릴 건 없습니다. 뭐 필요하신 거 있으십니까?"

"아니. 괜찮아. 가봐요." 나는 현관에 그를 세워 두고 천천히 주방으로 들어갔다. 냉장고에서 탄산수 병을 꺼내 뚜껑을 비틀어 따서 마시기 시작했다.

아파트 안이 고요했다. 냉장고가 돌아가는 희미한 웅웅 소리, 멀리서 오가는 자동차 소리만이 들려왔다. 집 안이 텅 빈 것 같았다.

아나가 없어서 그렇구나.

실내에 울려 퍼지는 발소리를 들으며 창가로 슬슬 걸어갔다. 달이 높이 떠올라 맑은 하늘에서 환히 빛나며 또다시 오늘처럼 평온한 날이 올 것을 예고했다. 아나는 근처 어딘가 똑같은 달님 아래 있었다. 곧 집에 올 것이다. 오겠지. 나는 이마를 유리에 댔다. 시원했고 차갑지는 않았다. 긴 한숨을 내쉬자 내 숨결에 유리판이 부옇게 흐려졌다.

젠장.

불과 몇 시간 전에 그녀를 봤는데도 벌써 보고 싶었다.

제발 좀, 그레이. 홀딱 빠져서는. 정신 바짝 차려.

오늘은 아주 만족스런 하루였다. 아무런 근심 없이 보냈다. 흥미진진하고 사교적인 시간이었다.

플린이 알면 자랑스러워 할 것이다. 아나와 처음 그레이스호를 타고 항해할 때 친구가 있냐고 그녀가 물었던 것이 기억났다. 이제는 있다고 말할 수 있을 것 같았다. 아마도.

갑자기 왜 이렇게 기운이 빠지는지 알 수 없었다. 익숙한 외로움이 가슴을 파고들었다. 그것의 정체는 주로 공허함, 갈망이었다. 뭔가가 아쉬운 듯한 느낌. 청소년기 이후 줄곧 느끼지 못했던 감정이었다.

젠장.

외로움은 오랫동안 느낀 적이 없었는데. 나 스스로 가족들과 거리를 두긴 했어도 내겐 가족이 있었다. 물론 엘레나도 있었고. 게다가 내 회사를 운영하고 가끔씩 서브미시브와 어울리는 것으로 만족해왔다.

하지만 이제 아나가 없으면 나는 길을 잃었다.

그녀의 부재는 아픔이었다. 내 영혼에 생채기를 냈다.

침묵이 점점 견딜 수 없이 압박을 가했다.

오늘 밤 그리 떠들썩한 시간을 보냈으니(술집, 나이트클럽, 카지노장) 침묵이 반가울 만도 하건만.

아니었다.

침묵은 버거웠고 나를 감상적으로 이끌었다.

망할.

나는 피아노 쪽으로 건너가 뚜껑을 열고 의자에 앉았다. 잠시 생각을 고르면서 두 손을 건반에 올리고 손끝에 닿은 상아색 건반의 촉감을 즐겼다. 그리고 머릿속에 떠오른 첫 곡을 연주하기 시작했다. 바흐 마르첼로. 내 마음을 완벽하게 대변하는 그 구슬픈 멜로디에 금세 취했다. 그 곡을 두 번째로 연주하고 있는데 어떤 소리가 주의를 끌었다.

"쉬이……."

나는 고개를 들었다. 아나가 주방 카운터 옆에 서 있었는데 몸이 살짝 휘청거렸다. 한 손에는 끈 달린 하이힐을 들고 있었고, 원래는 정수리에 썼을 플라스틱 왕관은 비딱했다. 은은히 빛나는 검은색 드레스 위에는 산세리프체로 'bride(신부)'라고 쓰인 띠를 두르고 있었다. 그녀가 집게손가락을 자기 입술에 댔다.

아나보다 더 아름다운 여자는 세상에 없을 것이다.

그녀가 집에 와서 정말 좋았다.

그녀 뒤에 소여와 레이놀즈가 무표정한 얼굴로 있었다. 나는 피아노 의자에서 일어나 그들에게 끄덕여 고마움을 표시했다. 그들이 동시에 미소를 짓더니 나갔다.

아나가 돌아서더니 약간 휘청거리며 그들이 나가는 것을 쳐다보았다. "잘 가요!" 그녀가 소리치다시피 말하고는 팔을 크게 휘둘러 그들에게 손을 흔들었다.

누가 봐도 취한 게 분명했다.

그녀가 나를 향해 다시 돌아서서 세상에서 가장 큼직하고 따스하며 가장 주정뱅이다운 미소를 선사하고는 비틀비틀 다가왔다.

"크리스천 그레이 씨!"

나는 아나가 넘어지기 전에 그녀를 붙잡아 품에 안았다. 그녀가 풀린 눈에 기쁨을 담고 나를 올려다보았다. 그녀의 표정은 내 영혼의 양식이다. "아나스타샤 스틸 양. 만나서 반갑구만. 재밌게 놀았어?"

"최고였어요!"

"뭘 좀 먹긴 먹었겠지."

"그럼요! 먹기야 먹었죠." 그녀가 신발을 떨어뜨렸다. 신발이 바닥에 툭 나동그라지고 그녀가 두 팔을 내 목에 감았다.

"내가 왕관 똑바로 씌워줄까?" 나는 그녀의 왕관을 똑바로 세워주었다.

"내 왕관은 당신이 오래전에 세워줬잖아요." 그녀가 웅얼거렸다.

뭐라고?

"세상에서 가장 아름다운 이 입으로." 그녀가 흔들리는 집게손가락으로 내 입술을 쓸었다.

"그래?"

"흐음…… 네. 이 입으로 내게 많은 걸 해주죠."

"난 입으로 너한테 해주는 거 좋아해."

"지금 그거 할까요?" 그녀의 초점 없는 시선이 내 입술에서 내 눈으로 움직였다.

"끌리기는 한데, 지금은 그게 좋은 생각인지 잘 모르겠어."

그녀의 몸이 약간 휘청거려서 나는 그녀를 꽉 붙잡았다. "나랑 같이 춤춰요." 그녀가 웅얼웅얼하면서 활짝 웃는 얼굴로 나를 올려다보았다. 그리고 두 손으로 내 재킷의 옷깃을 쓸어내리고는 나를 더 바짝 끌어당겼다. 내 하체에 그녀의 느낌이 전해졌다.

"널 침대에 데려다 눕혀야겠어."

"나 춤추고 싶은데…… 당신이랑." 그녀가 속삭이고는 내게 입술을 내밀었다.

"아나." 나는 경고했다. 그녀를 침대로 데려가고 싶었지만, 내 팔에 닿는 그녀의 느낌과 그녀가 크고 파란 눈으로 내게 간청하는 것이 좋았다. "그러자. 어떻게 춤추고 싶어?" 나는 점점 더 너그러워졌다.

"으으음아악."

나는 조금 어이가 없어서 웃음이 터졌다. 그녀를 데리고 주방 카운터로 가서 거기 놓아둔 리모컨을 집어 재생 버튼을 눌렀다. 오디오에서 모비의 〈바디록〉이 흐르기 시작했다. 어릴 때 좋아하던 곡이었지만 지금 듣기에는 조금 산만했다. 다음 곡으로 건너뛰자 니나 시몬의 〈내 애인은 나를 좋아해〉가 방 안에 울려 퍼졌다.

"이거 어때?" 내가 아나의 취한 미소에 응답했다.

"네." 그녀가 고개와 두 팔을 뒤로 홱 젖히는 바람에 나는 하마터면 그녀를 놓칠 뻔했다.

"젠장. 아나!" 팔로 아나의 허리를 잡았기에 망정이지 안 그랬으면 그녀는 바닥에 나동그라졌을 것이다. 아나가 비틀거리기 시작했다. 뻗으려나 싶었는데 춤을 추려는 것 같았다.

어이구.

나는 두 팔로 그녀를 꽉 붙잡았다. 지금 아나처럼 취한 사람과 춤추는 것은 처음이었다. 아나는 어색하게 팔다리를 움직이고 느닷없이 빙빙 돌았다.

별일이 다 있네.

내가 그녀의 두 손을 잡고 방을 돌면서 지그 춤에 가깝게 춤을 추는 시늉을 했기 때문에 동작이 제대로 되지 않았다. 불안정했다.

갑자기 아나가 동작을 멈추고 머리를 부여잡았다 "아으. 방이 빙빙 도네."

오, 안 되겠다. "그만 침대로 가자."

아나가 손가락 사이로 나를 올려다보았다. "왜요? 뭘 하려고요?"

날 유혹하려는 걸까? 아니면 진지하게 묻는 건가?

"내가 재워줄게." 내가 진지하게 대답했다.

아나가 얼굴을 찌푸렸다. 나는 그녀가 실망했구나 생각하고 그녀의 손을 잡아 주방 카운터로 다시 데려갔다. 찬장에서 유리잔을 꺼내 물을 채웠다. "마셔." 그녀는 시키는 대로 물을 마셨다. "다 마셔."

아나가 눈을 게슴츠레하게 떴다. 나를 똑바로 보려는 것 같았다. "당신 전에도 이런 거 해봤죠."

"응. 너랑. 지난번 네가 취했을 때."

아나는 물을 들이켜고 나서 손등으로 입가를 닦았다. "나랑 섹스할 거예요?"

"아니. 오늘 밤에는 아니야."

그녀가 인상을 썼다.

"가자." 나는 아나를 우리 침실로 데려가서 침대 옆 벽의 전등을 켠 다음 그녀를 침대 옆에서 놓아주었다. "속이 울렁거리진 않아?"

"아뇨!" 그녀가 강조했다.

다행이었다. "화장실 쓰고 싶어?"

"아뇨!"

"돌아서." 내가 명령했다.

아나가 내게 비딱한 미소를 지었고, 나는 왕관을 벗겼다.

"돌아서. 드레스 지퍼 내려줄게." 나는 그 우스꽝스러운 띠를 그녀의 머리 위로 벗겨냈다.

"아주 친절하시네요." 그녀가 머리를 내 가슴에 기대며 손가락을 벌렸다.

"그만. 돌아서. 두 번 부탁 안 해."

그녀가 빙그레 웃었다. "그럼 그렇지……."

오, 자기야.

나는 그녀의 어깨를 붙잡고 드레스를 벗기려고 살살 돌려 세웠다. 드레스는 즉시 항복하고 밑으로 떨어져 그녀의 발치에 고였다. 그녀는 검은색 레이스 브라와 거기에 맞는 팬티, 하얀 가터벨트를 착용하고 있었다. 나는 브라의 걸쇠를 풀고 나서 앞으로 나아가서 그녀의 몸이 내 몸에 쏙 안기도록 했다. 그리고 브라 끈을 그녀의 팔 아래로 내렸다. 그녀가 자기 엉덩이를 내 골반에 문지르면서 손을 뒤로 내밀어 몹시 흥분한 내 몸을 만지작거렸다.

아나!

그녀의 손이 단단해진 내 몸을 더듬는 동안 나는 잠시 그 짜릿한 순간을 즐기며 골반을 앞으로 밀었다.

좋아!

나는 브라를 바닥에 떨구고 그녀의 머리채를 옆으로 치운 다음 그녀의 목을 따라 입술을 아래로 움직였다.

"그만." 내가 속삭였다.

그녀는 계속 손으로 내 몸을 더듬었다. 나는 신음하며 뒤로 물러섰다. 무릎을 바닥에 대고 앉아 가터벨트(띠하고 왕관과 맞춘 듯했다)하고 팬티를 다리 아래로 내리고 나서 그녀의 엉덩이에 키스했다. "발 빼." 그녀가 시키는 대로 했다. 나는 그녀의 속옷을 벗겨내 옷가지를 한데 모은 다음 이불을 젖혔다. "침대로 들어가."

아나가 돌아섰다. "같이 누워요." 그녀가 도발적인 미소를 지었다. 그녀는 알몸이었고, 사랑스럽고, 노골적이고, 유혹적이었다.

그리고 완전히 취해 있었다.

"침대로 들어가. 나 금방 올게."

아나는 휘청거리며 침대에 걸터앉은 뒤 침대에 풀썩 쓰러졌고, 나는 그녀의 발을 들어 매트리스 위에 놓고 이불을 덮어주었다.

"나 벌줄 거예요?" 그녀가 웅얼거렸다.

"벌을 주다니?"

"이렇게 취한 벌. 처벌 섹스. 당신은 하고 싶은 건 뭐든 나한테 할 수 있으니까." 그녀가 속삭이더니 두 팔을 활짝 내밀었다.

오, 하느님.

수백 만 가지 에로틱한 상상이 내 머릿속에 빗발쳤다. 나는 자제력을 총동원해 몸을 숙여 그녀의 이마에 가볍게 키스하고 나서 자리를 떴다.

옷방에는 아나가 쇼핑을 하고 가져온 쇼핑백들이 가득했다. 나는 그녀의 옷을 빨래 바구니에 넣고 나서 내 겉옷과 셔츠를 벗었다.

파자마 바지와 티셔츠를 입고 욕실로 들어갔다.

이를 닦으면서 술에 취한 아나를 어떻게 해야 하나 생각했다. 그녀는 내가 벌하기를 바라나? 어떤 생각을 해도 일어선 몸을 잠재우지 못했다.

"변태." 나는 거울 속의 나에게 입 모양으로 말했다.

나는 불을 끄고 침실로 돌아갔다. 예상한 대로 아나는 머리카락이 베개 위에 사방으로 흩어진 모습으로 완전히 곯아떨어져 있었다. 사랑스러운 모습이었다. 나는 침대로 올라가서 그녀 옆에 누워 잠이 든 그녀를 바라보았다.

아침에 일어나면 지독한 숙취에 시달릴 것이다.

나는 고개를 숙여 그녀의 머리카락에 키스했다. "사랑해, 아나스타샤." 속삭이고 나서 등을 대고 누워 천장을 바라보았다. 그녀에게 화가 안 나는 것이 놀라웠다. 화가 나기는커녕 그녀가 매력적이고 재밌게 느껴졌다.

나도 어른이 되어가는 것 같았다. 드디어.

부디 그러기를 바랐다. 다음 주면 나는 결혼한 남자가 될 것이다.

2011년 7월 26일 화요일

나는 은행 담당자 트로이 웰란과 통화한 후 전화를 끊었다. 아나가 아나스타샤 그레이가 된 이후 아나와 내가 쓸 공동 계좌를 하나 열었다. 아나에게 필요할지 알 수 없었지만 만약 내게 무슨 일이 생긴다면……. 맙소사. 만약 그녀에게 무슨 일이 생긴다면…….

전화벨 소리가 어두운 생각들의 소용돌이에서 나를 끌어냈다. "사장님, 어머님께서 전화하셨습니다." 안드레아가 말했다.

나는 나오는 끙 소리를 삼켰다. "연결해."

"네. 연결하겠습니다."

"그레이스."

"우리 아들. 잘 지냈니?"

"잘 지내요. 무슨 일이세요?"

"무뚝뚝하기는. 그냥 안부 전화한 거야. 요즘은 너보다 아나랑 더 자주 통화하는구나."

"전 잘 있어요. 똑같아요. 결혼할 거고. 여러모로 애써주신 거 고마워요. 무슨 용건이세요?"

그레이스가 한숨을 쉬었다. "용건은 없어, 아들. 결혼식 전날 만찬을 기대하고 있어. 아나가 전날 우리 집에서 자는 것도. 아나의 어머니와 계부도 오시잖니. 결혼식 전에 그분들을 만나는 것도 반갑고. 그분들, 아나 아버지와 사이는 좋니?"

"레이랑요? 그럴 걸요. 저야 잘 모르죠. 그건 아나한테 물어보세요."

"그래. 아나 아버님이 네 집에 묵으신다니 잘됐다."

내 생각은 아니에요. "우리가 친하게 지내기를 아나가 원해서요." 솔직히 나는 레이먼드 스틸이 겁난다.

그레이스가 말을 멈추었다. "그렇게 될 거야. 결혼 허가증은 발급받았니?"

나는 코웃음을 웃었다. "당연하죠. 지난주에 받았어요."

"신혼여행은?"

"다 준비됐어요."

"네 예복은?"

나는 전화기에 대고 눈을 치켜떴다. "오늘 배달됐어요. 잘 맞아요."

"반지는?"

반지?

젠장.

반지!

어떻게 반지를 깜빡했지? "고르는 중이에요." 나는 말하고 나서 웃었다. 아나도 나도 반지를 깜빡 잊고 있었기 때문이다.

"뭐가 그렇게 웃기니?"

"아니에요, 엄마. 다른 건요?"

"너 반지 깜빡했지?"

나는 한숨을 쉬었다. 딱 걸렸네. "어떻게 아셨어요?"

"난 네 어머니야……. 네가 엄마라고 불렀던 사람. 지금은 그렇게 잘 부르지 않지만." 그레이스의 목소리에 어린 웃음기와 따스함이 내 마음을 달래주었다.

"예리하시네요, 그레이 박사님."

그레이스가 큭큭 웃었다. "아, 크리스천, 엄마는 널 너무너무 사랑한다. 반지를 안 샀으면 사면 돼. 여기는 모든 게 착착 진행 중이야. 내일은 파빌리온(행사를 위해 임시로 세운 정자나 천막 형태의 가건물 – 옮긴이)을 세울 거야. 장식 전문가들도 올 거고."

"고마워요, 어머니. 모두 다 고마워요."

"금요일에 보자꾸나." 그레이스가 전화를 끊었다. 나는 시애틀의 마천루들을 바라보며 이 축복 같은 일에 감사했다. 그레이스 트레벨리언 그레이 박사를 주신 것도.

엄마.

나는 아나에게 전화했다.

"아나스타샤 스틸입니다." 그녀의 목소리가 심란하게 들렸다.

"반지를 깜빡했어."

"반지? 어머! 반지!"

나는 웃음을 터뜨렸다. 그녀의 반응이 나랑 똑같았기 때문이다. 그녀의 눈이 충격을 받아 커다래지는 것이 보이는 듯했다. "그러게! 어떻게 그걸 깜빡했을까?"

"엄마가 악마는 꼼꼼하다고 늘 말하곤 했었어요." 아나가 맞장구를 쳤다.

"그 말이 맞아. 어떤 반지가 좋을까?"

"오…… 음……."

"난 네 약혼반지에 걸맞은 플래티넘 반지를 생각했었어."

"크리스천, 그건…… 그…… 음…… 마음에 쏙 들어요." 그녀가 속삭였다.

나는 미소를 지었다. "나는 그거랑 비슷한 걸로 할게."

그녀가 숨을 들이켰다. "당신도 반지 낄 거예요?"

"안 할 이유가 없잖아?" 나야말로 그녀가 그걸 물어서 놀랐다.

"모르겠어요. 당신이 반지를 낀다니까 설레서."

"아나, 난 네 남자야. 세상에 그걸 알리고 싶어."

"그 말 들으니까 기분 좋네요."

"이제는 알고도 남았을 텐데."

"알아요." 그녀가 속삭였다. "그래도 당신이 그걸 말할 때마다 그런 기분이 든다고요."

"그런 기분?"

그녀가 깔깔 웃었다. "네. 그런 기분."

"힘들다는 소리로 들려."

"아뇨. 힘들기는커녕 그 반대예요."

나는 사기가 솟았다. 가끔씩 그녀는 이렇게 감동을 줘서 말문이 막히게 만든다. 나는 침을 삼키며 우쭐한 마음을 자제했다. "이거 당장 해결하는 게 좋겠어."

"그래야죠!"

"나중에 봐, 자기."

"나중에 봐요, 크리스천. 사랑해요."

나는 그녀의 말을 가슴 깊이 새겼다.

그녀가 나를 사랑한다.

"전화 안 끊어요?" 그녀가 물었다.

"응."

그녀가 웃었다. "가야 해요. 회의가 있어서. 그런데 내 상사의 상사의 상사가……."

"그러게. 그 작자 등신인가 보네."

"그럴지도 모르죠……. 하지만 최고의 남자일지도 몰라요."

나는 사무실 벽에 걸린 아나의 사진을 쳐다보았다. 그녀의 수줍으면서도 짓궂은 미소가 나를 향해 있었다. 내 몸과 영혼이 전율했다. 아나에게 들은 말 중에 가장 달콤한 말이었다.

"이따가 밤에 봐요." 그녀가 말했다. 내가 뭐라 대꾸할 틈도 없이 전화가 끊겼다.

아나스타샤 스틸, 넌 세상에서 가장 매혹적인 여자야. 나는 아나의 사진을 바라보며 그녀의 말을 곱씹었다. 내 미소가 어둡고 쓸쓸한 밤을 밝혀줄 것이다.

들뜬 마음으로 아스토리아 파인 주얼리의 번호를 찾아 전화를 걸었다. 반지만 필요한 게 아니었다. 미래의 아내에게 줄 결혼 선물도 필요했다.

웰치를 면담했지만 이렇다 할 성과는 없었다. 범인에 대한 단서는 아직 나오지 않았다. 나는 고의 손상이 내 과도한 상상력이 만들어낸 망상이 아닌가 하는 의심마저 들기 시작했다. 웰치의 팀은 뭐라도 나올까 해서 GEH가 인수한 회사들의 예전 직원들의 기록을 샅샅이 뒤지고 있었지만 딱히 진전이 없어서 웰치는 지푸라기라도 잡고 싶은 심정인 듯했다.

"얼마나 답답하실지 잘 압니다." 웰치가 유달리 걸걸한 목소리로 말했다. "걸프스트림은 특별히 경계를 강화해 감시하고 있어요."

"우리가 연방 항공국의 보고서를 너무 예민하게 받아들인 게 아닐까."

"아뇨. 그렇지는 않습니다. 사장님의 안전이 달린 문제니까요. 교통 안전국의 보고서를 참고 기다리는 수밖에 없습니다. 곧 나올 거라고 봅니다."

"손에 넣으면 곧장……." 나는 문장을 마치지 않았다.

"알겠습니다."

"당분간 테일러를 통해 연락해. 신혼여행 기간에 테일러가 우리를 경호하러 같이 갈 거니까."

"알겠습니다. 다시 한번 축하드립니다."

나는 고개를 끄덕여 고마움을 표시했다. "자. 그럼. 와줘서 고마워."

웰치가 일어섰고, 우리는 악수를 나누었다.

나는 책상으로 돌아와 이메일을 확인했다.

보낸 사람: 존 플린

제목: FW: 크리스천 그레이에게

날짜: 2011년 7월 26일 14:53

받는 사람: 크리스천 그레이

크리스천

레일라 윌리엄스에게서 첨부한 이메일을 받았습니다. 목요일 상담 때 같이 의논해봅시다.

JF

> **보낸 사람:** 레일라 윌리엄스
>
> **제목:** 크리스천 그레이에게
>
> **날짜:** 2011년 7월 26일 06:32 EST
>
> **받는 사람:** 존 플린 박사

> 친애하는 존
>
> 지속적인 후원 고맙습니다. 제게 얼마나 큰 의미가 되었는지 말로는 설명할 수가 없네요. 부모님이 나를 가족의 일원으로 다시 받아 주셨어요. 내가 부모님에게 끼친 고통을 생각하면 그토록 자상하신 것이 그저 놀라울 뿐이에요. 내달이면 남편과의 이혼이 마무리됩니다. 드디어 새로운 삶을 시작할 수 있게 되었어요.
>
> 한 가지 아쉬운 게 있다면, 그레이 씨에게 직접 고마움을 표현할 수가 없다는 거예요. 제 뜻을 그분께 전달해주세요. 직접 만나 감사의 마음을 전하고 싶다고. 그분과 당신의 개입이 없었다면 내 삶은 완전히 망가졌을지 모릅니다.
>
> 정말 고맙습니다.
>
> 레일라.

어림도 없지. 레일라는 두 번 다시 만나고 싶지 않았다. 그래도 그녀가 더 나은 곳에서 치료를 받고 있으며 그 바퀴벌레 같은 남편과 이혼한다는 건 좋은 소식이었다. 나는 그 이메일을 지워버리고 그녀를 머릿속에서 몰아냈다.

안드레아를 호출했다. 커피가 필요했다. 당장.

늦은 시각이었다. 태양은 지평선 아래로 떨어지고 없었다. 나는 내 서재에서 검은 화면을 응시하고 있었다.

결혼 서약이라.

생각보다 쓰기가 까다로웠다. 지금 내가 쓰는 내용을 모두 가장 가깝고 가장 사랑하는 사람들 앞에서 소리 내어 읽게 될 것이다.

어떤 말로 아나에게 내 마음을 전해야 할까 고심하는 중이다. 인생을 함께하게 되어 얼마나 설레는지, 그녀에게 선택을 받아 얼마나 영광스러운지.

망할. 어렵네.

생각이 오늘 저녁 아나와 같이 지아 마테오를 만난 일로 흘러갔다. 지아는 새 집에 대한 몇 가지 아이디어를 제시하고 우리의 의견을 구했다. 그녀의 시각은 대담했다. 나는 그 접근 방식이 마음에 들었지만 아나도 나랑 뜻이 같은지는 알 수 없었다. 지아의 도면을 봐야 결정할 수 있을 것이다.

다행히 미팅은 금세 끝났다. 지아가 나를 한 번 건드린 것 말고는 다른 건 없었다.

이후 나는 결혼 서약 작성에 몰입했고 아나는 알론드라 구티에레즈와 통화를 했다. 두 사람은 결혼식을 준비하느라 쉴 새 없이 바빴다.

나는 모든 것이 아나의 뜻대로 되기를 바랐다. 솔직히 아나가 행복하면 나도 행복했다.

하지만 무엇보다 내가 바라는 건 그녀의 안전이었다.

아나가 없는 삶은 견딜 수 없을 것이다.

불쾌한 이미지들이 어지럽게 머릿속을 휘저었다. 예전 아파트에서 총에 위협을 당하는 아나, 로스가 아니라 아나를 옆자리에 태우고 땅을 향해 곤두박질치는 찰리 탱고, 한때 초록색이었던 지저분한 깔개 위에 창백한 얼굴로 꼼짝 없이 누운 아나…….

그레이, 그만. 그만해.

병적인 생각들을 통제해야 했다.

집중해, 그레이. 있고 싶은 곳에 초점을 맞춰.

아나와 함께.

그녀에게 세상을 주고 싶었다.

나는 화면 쪽으로 고개를 돌리고 서약서를 쓰기 시작했다.

내가 도서실 안으로 들어갔을 때 아나가 고개를 들고 내게 미소를 지었다. 다정하게 웃었지만 피곤해 보였다. 그녀는 원고를 읽고 있었다.

"안녕."

"안녕." 그녀가 대답했다. 나는 팔걸이의자 위 그녀 옆에 앉아 두 팔을 활짝 벌렸다. 그녀는 망설이지 않고 접었던 긴 다리를 펴고 내 쪽으로 폴짝폴짝 다가와서 원고를 내려놓고 내 무릎 위로 기어올랐다. 나는 두 팔로 그녀를 감싸고 그녀의 정수리에 키스하며 그녀의 향기를 들이마셨다. 그녀는 지상의 천국이었다. 아나가 보드랍고 만족스런 한숨을 푹 내쉬었다.

그녀는 안기에 딱 좋아.

내 마음의 치유제.

나의 아나.

우리는 친구처럼 편안한 침묵 속에 앉아 있었다. 불과 3개월 전만 해도 이렇게 될 줄 상상이나 했을까. 아니, 2개월 전만 해도 몰랐지. 나는 몰라보게 달라졌다. 앙금처럼 남아 있던 의구심과 두려움이 사라졌다. 아나는 내 품 안에서 안전했다.

나 또한 안전했다……. 그녀와 함께라면.

2011년 7월 28일 목요일

임원 회의는 순조롭게 진행되었다. 모두 각 부서의 임무와 다음 조처들을 훤히 꿰고 있었다. 내가 회사를 떠나 있어도 회사는 안전할 것이다. 어차피 그건 한순간도 의심한 적이 없지만. 그래도 솔직히 불안한 것이 사실이었다. 며칠이 아니라 오랫동안 휴가를 떠나는 것은 이번이 처음이었다. 모두 이사회 회의실을 떠나면서 나와 악수를 나누며 덕담을 해주었다. "나 내일 나올 거야." 나는 마커스에게 다시 일깨워주었다.

"크리스천, 좀 쉬셔도 돼요." 그가 말했다. "신혼여행 잘 다녀오세요."

"고마워."

나는 숨을 훅 내쉬면서 한 손으로 머리카락을 쓸어 넘겼다. 왜 이렇게 불안한 걸까? 모두 나갔을 때 로스가 게걸음으로 내게 다가왔다. "그 집 말이에요. 이제 사장님 거예요."

"마무리됐어?"

"서명날인 끝났어요."

"됐군. 중간에서 애썼어. 고마워. 열쇠는?"

"퀵 서비스로 올 거예요."

"열쇠는 형한테 넘겨줘야겠어. 형이 개조 공사를 책임질 거라서 말이야."

그녀의 눈이 커다래졌다. "개조도요? 아직도 할 일이 태산이시네요, 크리스천. 진작에 휴가를 떠나셨어야죠."

"떠날 준비 다 했고 잔뜩 기대하고 있어."

"어디로 가세요?"

"자네 조언을 감안했어. 유럽."

그녀의 얼굴이 환해졌다. "그웬이랑 이번 토요일을 엄청 기대하고 있어요."

"얼른 끝나야 홀가분할 텐데." 나는 로스에게 딱딱하게 웃었다.

"크리스천!" 로스가 깜짝 놀라는 표정을 지었다. "그날을 즐기셔야죠!"

"난 아나가 그날을 즐겼으면 좋겠어."

로스의 태도가 즉시 차분해졌다. "아주 홀딱 빠지셨군요."

나는 하하 웃었다. 로스가 이렇게 사적인 발언을 한 것은 이번이 처음이었다. "딱 걸렸네."

로스가 따뜻한 눈으로 활짝 웃었다. 보기에 좋았다.

"자네가 여기를 진두지휘하고 GEH가 잘 굴러가도록 챙길 걸 아니까 신혼여행도 마음 편히 즐길 수 있을 거야."

로스의 미소가 함박웃음이 되었다. "너무 걱정 마세요. 가시는 데가 유럽이지 화성은 아니잖아요. 필요하면 연락드릴게요."

"고마워, 로스."

"그럼, 전 이만 오늘 일정을 시작하러 가볼게요." 나는 옆으로 비켜섰고, 로스는 종종걸음으로 나를 지나갔다. 그 순간 그녀가 내 팀원이라는 것이 참 감사하게 느껴졌다.

"크리스천, 꼭 우리에 갇힌 사자 같군요. 무슨 일 있습니까?" 플린이 물었다. 그는 자기 의자에 앉아 평소처럼 의사로서 마음의

거리를 두고 나를 지켜보았다. 나는 북슬북슬한 깔개 위에 길이 생기도록 그의 사무실 안을 왔다 갔다 서성였다. 그의 질문을 받고 멈춰 서서 창밖을 슬쩍 내다보니 차 옆에서 대기 중인 테일러가 보였다. 테일러는 미러 선글라스를 쓰고 거리 쪽을 감시하고 있었다.

"긴장해서?" 나는 한 마디 내뱉고는 소파로 돌아가 털썩 주저앉았다.

"이틀 뒤에 결혼한다는 사실을 생각하면 당연히 나타나는 반응입니다."

"그래요?"

"당연하죠. 긴장하는 건 지극히 자연스러운 일입니다. 아나스타샤가 당신에게 얼마나 큰 의미가 있는지 공개적으로 선언하는 거니까요. 모든 것이 현실이 될 거예요."

그래. 그렇지.

"오랜 시간이 걸려 여기까지 와놓고 마지막 순간에 둘 다 반지를 깜빡했지 뭡니까." 나는 기가 막혀서 두 손을 휙 치켜들었다. "사람들이 알면 우리를 보고 뭐라고 하겠어요?"

"두 분 다 바쁜 사람들이라고 하지 않을까요?" 그가 달래는 어조로 말했다.

그의 말도 위로가 되지 않았다. "모두 내게 즐기라는 말만 하는군요." 내 미간에 주름이 잡혔다.

플린은 걱정이 되는 표정이었지만 입을 다물고 내가 설명하기를 기다렸다.

"그냥 어서 끝났으면 좋겠어요!"

"그래요? 정말 하고 싶은 거 맞습니까?"

뭐라고! 나는 그를 머리가 두 개 달린 괴물인 양 노려보았다.

"결혼식 말입니까? 당연히 하고 싶죠!"

"그럴 줄 알았습니다."

"그럼 왜 망설이는 거냐고 묻는 거죠?" 내가 딱딱거렸다.

"크리스천, 나는 불안감의 정체를 드러내려는 겁니다."

"나는 그저 이걸 끝내고 싶을 뿐입니다." 나는 발끈해서 그에게 쏘아붙였다. 그의 통찰력 있는 발언을 기대했지만 플린은 아무 말도 하지 않고 차분하고 신중한 표정으로 나를 계속 지켜보았다. 그는 나를 시험하는 중이었다.

젠장.

"너무 오래 걸렸어요. 나는 참을성이 많은 남자가 아니에요." 내가 중얼거렸다.

"몇 주 정도 걸렸으니 그리 오래 걸린 건 아니죠."

나는 숨을 훅 뱉으며 지금의 내 심정을 헤아렸다. "아나가 마음이 바뀌지 않기를 바라고 있어요."

"이 단계에서 아나의 마음이 바뀔 가능성은 희박할 텐데요. 아나가 왜 마음을 바꾸겠어요? 당신을 사랑하는데." 그가 내 시선을 붙잡았다.

나는 말없이 그를 바라보았다. 무슨 말을 하고 싶은 건지 나도 내 마음을 가늠할 수 없었다. 답답했다.

"그냥 결혼이 하고 싶은 거로군요?" 플린이 힌트를 주었다.

"맞아요! 그럼 아나는 내 것이 되니까요. 그래야 그녀를 보호할 수 있어요. 제대로."

"아하." 플린이 고개를 끄덕이더니 살짝 한숨을 내쉬었다. "그럼 그냥 긴장한 게 아니네요, 크리스천. 말해봐요."

시작해, 그레이.

나는 마른침을 삼키고 영혼 깊숙한 곳에서 가장 어두운 두려움을 끌어내 토로했다. "아나 없는 삶은 견딜 수 없을 거예요." 말이 들릴 듯 말 듯 하게 나왔다. "자꾸 끔찍하고 병적인 생각이 듭니다."

그가 고개를 끄덕이고 나서 입술을 톡톡 두드렸다. 내가 말하기를 기다리는 신호였다. "그 얘기를 하고 싶습니까?"

"아뇨." 얘기한다면 그것은 현실이 될 것이다.

"왜요?"

나는 내가 너무 드러나는(취약해지는) 느낌이 들어서 고개를 저었다. 나무가 하나도 없고 바람이 윙윙 몰아치는 언덕 위에 벌거벗고 서 있는 것 같았다.

존이 턱을 문질렀다. "크리스천, 당신의 두려움은 아주 자연스러운 거예요. 하지만 어머니의 죽음으로 방치된, 학대당하고 버림받은 아이라는 지점에서 발원한 겁니다."

눈을 감자 바닥에 죽어 있는 약쟁이 창녀의 모습이 보였다.

하지만 그 여자는 아나가 아니었다.

망할.

"이제 당신은 어른입니다. 그것도 아주 성공한 어른이죠." 존이 계속했다. "누구의 인생도 보장된 것은 없습니다. 하지만 당신이 취한 모든 조치들을 고려하면 아나에게 무슨 일이 생길 가능성은 지극히 낮아요."

나는 눈을 뜨고 플린의 눈을 마주했다. 그는 여전히 더 많은 걸 알고 싶어 했다.

"나 자신보다 그녀에게 무슨 일이 생길까 봐 두려워요." 내가 중얼거렸다.

그의 표정이 부드러워졌다. "이해합니다, 크리스천. 당신은 그녀를 사랑하니까요. 하지만 그 두려움을 통찰력으로 승화시켜 통제해야 합니다. 비합리적인 것이니까요. 근본적으로 당신도 그걸 알고 있습니다.”

나는 길게 한숨을 내쉬었다. “알아요. 알아요.”

그는 자기 무릎을 슬쩍 내려다보는 순간 미간에 주름이 지도록 인상을 썼다. “조심하기를 바라는 뜻에서 하는 말입니다.” 그는 집중하기 위해 고개를 들었다. “스스로 본인의 행복을 파괴하지 않기를 바랍니다, 크리스천.”

“뭐라고요?”

“당신은 자신이 행복을 누릴 자격이 없다고 생각하고 있어요. 비교적 생소하게 느껴지겠지만, 그 행복감을 키우고 소중히 여기세요.”

무슨 말이 하고 싶어 이러는 거지?

“물론이죠.” 나는 그를 안심시키려 했다. “그래도 불안한 마음이 들어요.”

“압니다. 그냥 마음에 새기세요.”

나는 고개를 끄덕였다.

“불안감을 극복하기 위한 도구를 가지고 있잖습니까. 그걸 쓰세요. 합리적인 이성을 발휘하세요.”

알았어요. 알았어.

전에도 들은 적 있는 이런 강의는 지겨웠다. “다른 이야기를 하죠.”

그의 입술이 얇아졌다. “정말요?”

“네.”

그가 화제를 바꾸었다. “고의 손상 사건에 대해 얘기해보죠. 범인에 대한 소식이 있나요?”

“없어요!” 내 말이 욕설처럼 들렸다. 단서가 나오면 좋으련만.

"우리가 과민 반응한 게 아닌가 하는 의심이 들기 시작했어요."

"당신만 겪는 일은 아닐 겁니다."

내 입술이 휘어지며 미소 아닌 미소를 띠었다. "아나도 그렇게 말했죠."

"아나가 당신을 잘 아는군요."

"잘 알죠. 누구보다. 당신은 예외고요."

"기분 좋은 말이군요, 크리스천. 나보다는 아나가 더 당신을 잘 알 겁니다. 우리는 어떤 사람에게 어떤 모습을 보여줄지 선택을 하잖아요. 그래서 우리가 인간인 거예요. 아나는 당신의 가장 나쁜 쪽과 가장 좋은 쪽을 모두 봤을 겁니다."

맞는 말이다. "그녀는 내게서 가장 나쁜 쪽과 가장 좋은 쪽을 모두 끌어냅니다."

"마음만 먹는다면 좋은 쪽에 집중할 수 있어요. 부정적인 면에 머무르지 말고 마음을 다잡으세요. 여기서 배운 것들을 모두 활용하시고요." 그가 강조했다.

"노력해보죠."

"노력하지 마세요. 그냥 하세요. 당신은 대단히 유능한 사람입니다, 크리스천." 그는 다리를 꼬고 말을 계속했다. "부모님과는 어떻게 지내고 있습니까?"

"훨씬 좋아졌어요." 나는 최근에 그레이스와 통화한 이야기를 그에게 해주었다.

"잘됐네요. 아버지는요?"

"아버지가 갑자기 사과하신 후로는 별일 없었어요."

"그렇군요." 그가 잠시 말을 멈추었다. "전달해드린 레일라의 이메일은 받으셨죠?"

"네. 그 여자는 만나고 싶지 않아요."

"그러는 게 현명할 겁니다. 레일라에게 그렇게 전하죠."

"고맙습니다."

그가 미소를 지었다. "당신은 결혼식을 고대하지 않을지 모르지만 제 아내는 아주 좋아 죽습니다."

나는 웃음을 터뜨렸다.

"아들들을 데려갈 생각입니다. 모든 걸 단단히 고정시켜 두셨기를 바랍니다."

"내 회사 총괄 책임자 로스도 아이들을 데려올 거예요."

"아나와 아이 이야기를 한 적 있나요?"

"피상적으로만. 시간을 두고 천천히 생각하려고요. 둘 다 아직 젊어서. 가끔 아나가 얼마나 젊은지 잊곤 합니다."

그래. 내가 뚱한 10대 소년 같다는 것도.

"두 분 모두 젊죠." 그는 내 뒤에 있는 벽시계를 슬쩍 쳐다보았다. "오늘은 이 정도로 된 것 같군요. 더 하실 말 있나요? 한동안 상담 시간에는 만나지 못하겠군요."

"더 없습니다. 상담 고맙습니다."

"제 일인걸요. 명심하세요. 부정적인 면에 머물지 마세요. 긍정적인 면에 집중하세요."

나는 고개를 끄덕이고 나서 일어섰다.

"개인적으로 조언을 하나 한다면." 존이 말했다. "아내가 행복하면 삶도 행복합니다. 이건 내 말을 믿으셔도 좋아요."

나는 큭큭 웃었고 그는 환한 미소를 지었다. "당신이 웃는 걸 보니 좋군요, 크리스천."

아나와 나는 서로를 바라보았다. 우리는 코와 코를 마주하고 내…… 우리 침대에 누워 있었다. 둘 다 충만한 기분이었고 졸리지는 않았다. "좋았어요." 아나가 속삭였다.

나는 실눈을 떴다. "또 그 말을 하네."

그녀가 씩 웃었다. 나는 손가락으로 그녀의 뺨을 쓰다듬었다. 그녀의 미소가 사그라들었다.

"왜 그래?" 내가 물었다. 그녀가 시선을 내리깔고 나를 외면했다. "아나?"

그녀의 눈이 내 눈을 찾아왔다. 그녀의 강렬한 시선이 내 시선을 붙잡았다. "우리 너무 서두르는 건 아니겠죠?" 그녀가 빠른 말로 물었다. 그녀의 목소리는 숨이 차면서도 나직했다.

별안간 내 모든 감각이 비상경계 태세를 취했다.

무슨 뜻으로 하는 말이지?

"아니! 왜 그런 생각을 해?"

"너무 행복해서 그래요. 이보다 더 행복할 수 있을지 의문일 만큼. 아무것도 바뀌지 않았으면 좋겠어요."

나는 눈을 감고 안도감을 즐겼다. 아나가 손을 내 뺨에 얹었다. "행복해요?" 그녀가 물었다.

나는 눈을 뜨고 세포 하나하나에서 진지함을 끌어모아 그녀를 바라보았다. "당연히 행복하지. 너로 인해 내 인생이 얼마나 나아졌는지 넌 몰라. 하지만 우리가 결혼한다면 난 더 행복할 거야."

"당신 초조하군요. 당신 눈빛을 보면 알 수 있어요." 그녀의 손가락이 내 턱을 쓸었다.

"널 내 것으로 만들고 싶어 초조한 거지."

"난 당신 거예요." 그녀가 중얼거렸다. 그녀의 말이 미소를 불러냈다.

내 거.

내가 말했다. "그리고 이틀 동안 사람들과 억지로 어울려야 해."

아나가 깔깔 웃었다. "그래요. 맞아요."

"어서 널 데리고 떠나고 싶어."

"나도 그래요. 우리 어디로 가요?"

"그거 깜짝 선물이야."

"난 깜짝 선물 좋더라."

"난 네가 좋아."

"나도 당신이 좋아요, 크리스천." 그녀가 고개를 내밀어 내 코끝에 키스했다.

"졸려?" 내가 물었다.

"아뇨."

됐다. "나도. 나 아직 너랑 볼일 남았어."

2011년 7월 30일 토요일

엘리엇이 맥켈란 위스키를 한 모금 들이켰다. 자정이 막 지난 시각이었다. 엘리엇은 내 집 소파에 대자로 누워 발을 쳐들고 있었다. 도무지 점잔을 빼는 법이 없는 인간이다.

"와, 이 스카치 죽이는데."

"당연하지." 비싼 거니까.

"네 건 뭐냐?" 형이 물었다. 나는 주머니에서 연한 청록색 티파니 상자를 꺼냈다. 상자 안에 아나가 사 준 내 결혼 선물이 들어 있었다. 나는 두 번째로 상자를 열어 플래티넘 커프스 링크를 살펴보았다. A와 우아하게 엉킨 C가 새겨진 것이었다. 아나가 이런 선물을 사 준 것은 처음이었다. 마음에 쏙 들었다. 내일 결혼식 때 착용하기로 했다.

나는 그것을 엘리엇에게 건넸다. 형이 살펴보고는 고개를 끄덕여 인정했다. "멋진 선물이네."

"응. 완벽하지."

"늦었다, 동생." 형이 하품을 했다. "그만 자자. 잊었나 본데, 너 내일 아침에 결혼해."

"그래." 꿀꺽 삼킨 꼬냑이 입천장을 데운 뒤 매끄럽게 목구멍 아래로 내려갔다. "혼자 자면 기분이 이상할 것 같아."

이런 말을 하게 될 줄은 생각도 못 했지.

"오늘 밤은 시원하네." 형이 내 말을 무시하며 말했다. "아나의 부모님 괜찮더라. 밥은 말수가 없어. 생각해 보면 아나의 아버지도 말이 없었던 것 같아."

"두 분 다 무뚝뚝한 편이지." 나는 한쪽 눈썹을 추켜올렸다. "칼라는 그런 유형을 좋아하나봐."

엘리엇이 하하 웃었다. "다 조용한 남자들이네. 너랑 비슷하다, 슈퍼스타." 형이 유리잔을 들고 내게 활짝 웃었다.

또 개소리냐, 엘리엇. 나는 형에게 인상을 구겼다. "나랑 비슷해? 무얼 노리고 한 말인지는 모르겠는데, 생각도 하기 싫어. 그들은 내 처가 사람들이라고, 젠장."

"글쎄다. 아나의 엄마 섹시하더라. 난 나이 든 여자들과도 잘 어울려."

거기 갈 때 엘리엇은 데려가지 말아야겠군.

"형! 캐버너랑은 어때?"

형이 내게 멋쩍은 미소를 지었다. 어물쩍 넘어가려는 것 같았다. "부모님들끼리 사이가 좋은 게 천만다행이지 뭐냐." 형이 더 안전한 쪽으로 말머리를 돌렸다. "게다가 레이는 마리너스 팬이니 나쁜 사람일 수가 없는 거지. 사운더스 쪽으론 잘 모르겠지만. 난 축구 팬은 아니라서."

나는 고개를 끄덕였다. 마음이 놓였다. 레이먼드 스틸마저도 그레이스의 따스하고 끊임없는 관심 덕에 긴장을 풀었다. 레이와 아나의 어머니 사이도 나쁘지 않아서 다행이었다. 레이는 이미 잠자리에 들었다. 아이러니하게도 레이가 자는 침실은 아나가 내 서브미시브가 되겠다고 동의하면 아나의 방으로 쓰려고 선택한 방이었다.

그것은 나 혼자 알고 있는 게 좋을 것 같았다.

"존스 부인도 음식을 잘 차렸더라." 엘리엇이 말했다.

"그랬지. 게일은 훌륭한 요리사니까. 큰일이 있을 때마다 자기 요리 솜씨를 마음껏 뽐낼 수 있는 게 좋은가봐."

엘리엇이 술잔을 내려놓고 입맛을 짭짭 다셨다.

추잡스러워, 형. 추잡스럽다고.

"진짜 끝내주는 위스키다, 슈퍼스타. 난 자러 갈란다. 넌?"

"볼일이 남았어."

엘리엇이 손목시계를 보았다. "지금? 늦었는데."

"저녁 식사 전에 들어온 이메일을 처리해야 해서. 오래 걸리진 않을 거야." 잠을 잘 수나 있을지 의문이었다.

"내일 네 장례식이다…… 아니, 결혼식이다." 형이 씩 웃으며 평소의 활기찬 모습으로 소파에서 벌떡 일어났다. "잘 자라. 자려고 애써봐, 알았지?" 그러고는 내 팔을 탁 때린 뒤 자리를 떴다.

"잘 자." 나는 형의 뒤에 대고 소리쳤다. "반지 잊지 말고!"

엘리엇이 손가락을 세워 응답했다. 형 때문에 본의 아니게 자꾸 웃게 되었다. 나는 일어서면서 티파니 상자를 주머니 안에 다시 넣었다.

서재에서 아까 받은 이후 저녁 내내 신경이 쓰였던 이메일을 열었다. 웰치가 보낸 이메일이었는데, 국가 교통 안전국(NTSB)이 찰리 탱고의 사고를 분석한 보고서 얘기가 있었다. 내용은 간단했다.

보낸 사람: 웰치, H. C.

제목: NTSB 보고서

날짜: 2011년 7월 29일 18:57

받는 사람: 크리스천 그레이

참조: J B 테일러

사장님,

국가 교통 안전국의 분석 보고서 첨부합니다. 철저한 조사 결과 고의 손상이었다는 최종 결론입니다. 연료관이 잘려서 항공유가 엔진 안으로 흘러 나갔답니다.

이 보고서는 FBI로 넘어갔고 범죄 수사에 활용될 겁니다. 다행히 교통 안전국이 추가 정보를 제공하기로 했습니다. FBI는 지난주 수사의 일환으로 지문 채취를 끝냈습니다. 엔지니어들과 지상 근무 직원들을 대상으로 수사망을 좁혀가고 있지만, 지금까지 유력한 용의자는 나오지 않았습니다.

내일은 걸프스트림을 시애틀 타코마 공항으로 옮길까 합니다. 사장님께서 보잉 필드가 아니라 거기서 이륙하실 수 있게요. 이동 지역에 세워두게 조치하겠습니다.

결혼식 당일에는 보안 요원을 네 명 추가했습니다. 그들의 이력서 첨부합니다. 테일러가 승인한 사람들입니다. 그중 둘은 야간 경비를 위해 결혼식이 열릴 곳으로 파견되었습니다.

결혼식 전날에 이런 소식을 전하게 되어 죄송합니다.

이 일은 저희에게 맡기시고 중요한 날을 마음껏 즐기세요.

웰치.

망할. 우리의 직감이 옳았다.

하지만 누가 나를 죽이려는 걸까? 누가?

나는 재빨리 웰치에게 답장을 썼다.

보낸 사람: 크리스천 그레이

제목: NTSB 보고서

날짜: 2011년 7월 30일 12:23

받는 사람: 웰치, H. C.

참조: J B 테일러

잘했어. 고마워.

크리스천 그레이

CEO, 그레이 엔터프라이즈 홀딩스 Inc.

나는 남은 꼬냑을 마저 삼켰다. 보고서는 침대에서 읽기로 했다. 아나는 부모님 집에서 자러 가고 없었기 때문에 오늘 밤에는 나 혼자였다.

무슨 거지 같은 전통이냐고.

아나는 여기 있어야 맞는 거지. 나랑 같이. 그녀가 그리웠다.

그래도 소여가 아나를 따라갔으니 아나를 지켜줄 것이다.

프린터에서 인쇄된 국가 교통 안전국의 보고서를 챙기는데 기분이 더욱 처졌다. 이 개짓거리에 신물이 났다.

보고서는 분량이 많고 조금 지루했지만 무거운 눈꺼풀을 이기고 모두 읽었다. 다음 단계는 찰리 탱고를 FBI로 넘기는 것이었다. FBI는 찰리 탱고를 조사한 다음 정식 조사를 위해 유로콥터 쪽으로 반환할 것이다. 나는 찰리 탱고의 수리가 가능해서 GEH가 손해 사정인을 상대하지 않아도 되기를 바랐다.

침대 옆 전등을 끄고 나서 천장을 올려다보았다.

왜 결혼식 전날 밤을 이런 식으로 보내야 하냐고?

어둠이 나를 감싸고 공허감이 가슴을 파고들었다. 이제는 그것의 정체가 외로움이라는 걸 알고 있었다. 아나가 옆에 없으니 가슴이 텅 비어버렸다. 하지만 엄밀히 말해서 나는 혼자가 아니었다. 장차 장인이 될 분이 위층 방에 잠들어 있을 것이고, 옆의 빈 방에는 엘리엇이 있었다. 직원들 숙소 역시 거의 꽉 찼을 것이다. 하지만 아나스타샤 스틸은 부재로써 자신의 존재감을 드러냈다. 아나가 집에 있었다면 좋았을 텐데. 아나를 품에 안고 그녀 안에서 나를 잊었을 텐데. 아나에게 문자 메시지를 보내고 싶었지만 그녀를 깨울 수도 있었다. 잠을 자게 둬야 했다. 망할. 아나가 없으니 길을 잃은 기분이었다. 누군가 내가 죽기를 바라는데 우리는 놈의 정체를 모르고 있다.

젠장. 그 생각은 그만해, 그레이.

나는 눈을 감았다.

심호흡해, 그레이. 심호흡해.

나는 양 떼의 수를 세기 시작했다.

우리는 하늘로 솟구친다. 아나는 조종석 앞쪽에서 덮개를 향해 만세를 부르고 환호성을 지른다. 내 가슴은 벅차오른다. 이것은 행복이다. 사랑이다. 이런 기분이로구나. 우리는 세상 꼭대기에 있다. 우리의 삶이 알록달록한 초록색과 갈색의 패치워크로 우리 밑에 쭉 펼쳐진다. 나는 비스듬히 난다. 별안간 비행기가 빙글빙글 돌며 추락한다. 아나가 비명을 지른다. 비명을 지른다. 우리는 찰리 탱고 안에 있다. 고도가 떨어진다. 화재 냄새가 난다. 나는 제어 장치들과 싸우며 헬기를 세우려고 애쓴다. 착륙할 장소를 찾아야 한다. 들리는 것은 우르릉거리는 엔진 소리, 아나의 비명뿐이다. 내려간다.

망할. 돈다. 아래로. 아래로. 제기랄. 바닥과 충돌할 것 같다. 안 돼. 안 돼! 아나가 끈적끈적한 초록빛 깔개 위에 누워 있다. 나는 그녀를 흔든다. 그녀는 깨어나지 않는다. 아나. 아나. 아나! 충돌한다. 그자가 문간을 가득 채운다. 여기 있었구나, 이 애새끼!

안 돼. 안 돼. 아나. 아나!

나는 소스라치며 잠에서 깼다. 가물가물 밝아오는 첫 새벽빛에 막처럼 가슴과 복부를 뒤덮은 땀이 보였다.

너무 이른 시각이었다.

나는 얼굴을 문지르며 숨과 두려움을 가라앉혔다. 눈을 감고 돌아누웠다. 손을 내밀어 아나의 베개를 잡아 내 쪽으로 끌어당겼다. 그녀의 향기를 들이마셨다. 후우…….

테오도르 할아버지가 내게 사과를 내민다. 새빨간 사과다. 맛이 달다. 내 얼굴에 산들바람이 살랑살랑 불어온다. 시원하고 햇살이 비치는 날이다. 우리는 과수원에 함께 서 있다. 할아버지가 내 손을 잡는다. 할아버지의 손바닥은 굳은살이 박이고 거칠거칠하다. 엄마와 아빠, 엘리엇이 다가온다. 그들은 피크닉 바구니를 가지고 있다. 아빠가 담요를 편다. 아나가 담요 위에 앉는다.

아나. 아나가 여기 있다. 나랑 있다. 우리랑 있다. 그녀가 소리 내어 웃는다. 웃는다. 아나가 내 얼굴을 어루만진다. 받아요. 그녀가 말한다. 그리고 내게 아기 미아를 넘겨준다. 미아. 별안간 나는 여섯 살로 돌아간다. 미—아. 내가 속삭인다. 엄마가 나를 쳐다본다. 뭐라고 했니? 미—아. 그래. 그래. 착한 아들. 이제 말을 하는구나. 미아. 애 이름은 미아야. 엄마는 행복한 눈물을 흘리기 시작한다.

나는 눈을 떴다. 꿈에서 놀라운 이미지를 보았는데 그것의 의미를 알 수가 없었다.

무슨 꿈을 꾼 걸까?

하늘에 더 높이 떠오른 태양이 일어나기 딱 좋은 시각임을 알렸다. 나는 정신을 차리려고 고개를 흔들었다. 기억이 났다. 오늘 아나를 내 것으로 만든다.

오늘, 낮 12시에.

그래!

그 후에는 아나와 같이 유럽에서 3주를 보내게 된다. 아나에게 어서 그 멋진 곳들을 모두 보여주고 싶었다. 침대에 누워 내가 세운 계획들을 생각하니 신바람이 났고, 좋은 생각까지 떠올랐다.

흠……. 오락실에서 섹스토이 몇 개를 챙겨 가서 재미를 더하기로 했다.

그래.

나는 침대에서 벌떡 일어나 티셔츠를 들고 주방으로 향했다. 복도로 나가니 여러 명의 목소리가 들려왔다. 레이가 주방 카운터 앞에 앉아 베이컨, 달걀, 해시 브라운, 소시지를 먹으면서 존스 부인과 이야기를 나누었다. 나와 다르게 웨딩 셔츠와 턱시도 바지를 갖춰 입은 차림새였다. "좋은 아침입니다." 나는 그에게 인사를 건넸다.

"좋은 아침, 크리스천. 기분이 어떤가?"

"좋아요."

"안녕하세요, 그레이 씨." 게일이 경쾌하게 외쳤다. "커피 드릴까요?"

"좋죠."

"집이 참 근사해." 레이가 나이프로 천장을 가리키며 말했다.

"고맙습니다."

"새 집을 샀다고 아나에게 들었어."

"네. 바닷가 집입니다."

레이가 고개를 끄덕였다. "아나에게 듣기론 아스펜과 뉴욕에도 집이 있다면서."

"음…… 맞습니다. 부동산 투자 차원에서. 음, 포트폴리오를 다변화할 때가 됐거든요."

레이는 고개를 끄덕였지만 거기서 멈추지 않았다. "사람은 하나인데 신경 쓸 집은 여러 채로군."

"오늘 이후로는 우리 둘이 신경을 쓰게 되겠죠."

레이의 눈썹이 이마를 향해 쑥 올라갔다. 그의 얼굴에 감탄인지 의구심인지 모를 미소가 서서히 퍼져나갔다. 나는 그것이 감탄에서 비롯된 것이기를 바랐다. "맞는 말 같구먼." 레이가 말했다.

이런 이야기는 그만하고 싶었다. "잠은 푹 주무셨나요?"

"잘 잤어. 내 평생 가장 멋진 방에서 잔 것 같아. 전망도 좋고."

"편히 주무셨다니 다행입니다."

"드세요, 그레이 씨." 존스 부인이 블랙커피를 카운터 위 내 앞에 놓았다.

"고마워요, 게일."

"아침 식사로 뭐 드시겠어요?"

"레이 아버님이 드시는 걸로."

존스 부인이 미소를 지었다. "금방 차려드릴게요."

나는 레이 옆 스툴에 앉아 최근에 낚시를 다녀왔는지 물었다. 레이의 눈빛이 반짝거렸다.

턱시도를 차려입은 엘리엇은 누가 봐도 근사했다. 우리는 Q7

뒷자리에 앉아 벨뷰의 부모님 집으로 나아갔다. "소감이 어때?" 형이 물었다.

"사람들한테 그 질문 좀 그만 받고 싶어."

"네가? 초조한 거야? 세상에서 가장 냉정한 놈이. 웬일이야? 이제부터 평생 한 여자를 책임지게 되어 그런가? 나라도 초조하긴 하겠다."

나는 눈을 위로 치켜떴다. "형의 바람기는 도무지 끝이 없어. 누군가 형의 세상을 뒤엎을 날이 조만간 올 거야. 나도 내가 이렇게 될 줄 몰랐어. 그런데 결국 이렇게 됐잖아."

엘리엇의 눈이 흐려졌다. 형이 차창 밖을 내다보았을 때 차가 부모님의 집 쪽으로 들어섰다. 대리 주차 서비스를 기다리는 차들이 여러 대 줄지어 있었고, 한껏 치장하고 차려입은 하객들이 연분홍색 카펫을 따라 집 뒤편으로 향했다. 테일러가 우리를 데리고 진입로로 들어갔다. 짙은 색 정장 차림에 눈에 잘 안 띄는 이어폰과 파일럿 선글라스를 낀 남자 둘이 앞으로 나와 차 문을 열어주었다. 추가로 배치된 보안 요원들이었다.

"준비됐지?" 엘리엇이 다독이는 시선을 내게 슬쩍 던졌다. "내빼고 싶으면 아직 시간은 있어."

"시끄러."

형이 피식 웃고 나서 차에서 내렸다.

나는 숨을 크게 들이마셨다.

올 것이 왔다.

공연 시작해, 그레이.

휴대전화가 진동해 나는 그것을 쳐다보았다.

망할. 머리카락이 곤두섰다. 엘레나의 문자 메시지였다.

엘레나

너 큰 실수 하는 거야. 난 널 잘 알아. 네 인생이
무너져도 널 위한 내 마음은 변하지 않겠지만.
내 말대로 될 테니 두고 봐.
내 마음이 변하지 않는 건 내가 무슨 말을 했든
널 사랑하기 때문이야. 언제까지나 널 사랑할 거야.

무슨 개소리를 이렇게 한결같이 하지?

"크리스천." 엘리엇이 내 주의를 끌었다. "안 오냐?" 형이 기다리고 있었다.

"간다고." 내가 딱딱거렸다. 나는 얼른 그 문자 메시지를 지우고 차에서 내렸다.

망할 여자 같으니.

"괜찮아?" 내가 다가갔을 때 엘리엇이 인상을 썼다.

"괜찮아. 한번 해보자고." 나는 분출하는 분노를 억누르며 씩씩하게 앞으로 나아갔다. 엘레나, 감히 내 결혼식에 재를 뿌리려고 해! 나는 길가에 서서 활짝 웃고 있는 젊은 여자를 무시했다. 그 여자가 필기판을 들고 있었지만 그 여자와의 용무는 엘리엇더러 처리하라고 두고 여자를 지나 앞문을 통과해 들어갔다. 그레이스가 로비에 있었다.

"아들, 왔구나."

"어머니."

"넌 어쩜 이렇게 잘생겼니, 크리스천." 그레이스가 두 팔로 나를 감싸고 가볍게 포옹한 뒤 볼 키스를 하게 머리를 내 쪽으로 기울였다.

"엄마." 내가 속삭였다. 뒤로 물러서는 그레이스의 눈에 걱정하는 빛이 스쳤다.

"너 괜찮니?"

나는 말이 잘 안 나와서 고개만 끄덕였다.

"아나는 위층에 있어……. 결혼식 전에 보면 안 돼. 어젯밤에 아나가 네 방에서 잤어. 나랑 같이 가자." 그레이스가 내 손을 잡고 나를 복도 저편의 방으로 데려갔다.

"떨리지, 아들? 널 꼭 안아주고 싶지만 네 정장에 화장이 묻으면 안 되잖니." 그레이스가 말했다. "메이크업 전문가가 화장을 좀 세게 해줬어. 지우려면 한 달은 걸릴 거야."

나는 웃음을 터뜨렸다. 처음 마주친 사람이 그레이스라서 정말 다행이었다. "상관없어요, 엄마."

그레이스가 두 손을 맞잡았다. "정말이지?"

"그럼요." 내 안의 분노가 내가 엄마라고 부르는 여인에 의해 퇴치되었다. 오늘만큼은 링컨 부인 생각은 싹 잊기로 했다.

"난 너무 설레고 그렇구나." 그레이스가 내게 활짝 웃었다.

"오늘 예뻐요, 엄마. 화장도 그렇고 모두 다요."

"고맙다, 아들. 아 참, '함께 발맞추기'에 전례 없는 금액이 모였어. 고마워서 어떡하니. 우리 아들이 마음이 참 넓어."

나는 킥킥 웃었다. "아나의 생각이었어요. 내 생각이 아니라."

"아유 기특해라." 그레이스가 놀란 빛을 감추었다.

"제가 말했잖아요. 아나는 물욕이 없다고요."

"물론이지. 아나도 너도 훌륭한 행동을 한 거야. 그런데 너 정말 괜찮은 거지?"

"네. 예전 사업 파트너한테서 성가신 문자를 받아서 그래요."

그레이스가 실눈을 떴다. 내가 말이 너무 많았나. 하지만 그레이스는 내 말을 못 들은 척하고 손목시계를 확인했다. "15분 뒤 시작이야. 이 꽃을 상의에 꽂아. 여기서 기다릴 거니? 아니면 파빌리온으로 나갈래?"

"엘리엇이랑 같이 자리를 잡고 기다려야 할 것 같아요."

엄마가 흰 장미꽃을 내 라펠에 꽂아준 뒤 물러나서 자기 솜씨를 감상했다.

"아, 우리 아들." 그레이스가 말을 멈추고 손가락을 입술에 댔다. 아무래도 울 것 같았다.

젠장. 엄마.

나도 목이 메었지만 엘리엇이 들어와 우리 둘을 구해주었다.
"난 뭐예요? 이제 헌신짝?" 형이 장난기가 반짝이는 눈으로 그레이스에게 어리광을 부렸다.

"오, 아들. 물론 너도 참 잘생겼지." 그레이스가 눈물을 삼키고 형의 얼굴을 감싸 쥐고는 뺨을 꼬집었다. 나는 서로 피부가 닿아도 아무렇지 않은 둘의 사이가 잠시 부러웠다.

"엄마, 꼭 여왕 마마 같은데요." 형이 늘 그렇듯 매력을 발산하며 그레이스의 이마에 가볍게 키스했다. 그레이스는 소녀처럼 발랄하게 웃어대고는 머리를 매만졌다.

"아들들." 그레이스가 우리를 나무랐다. "그만 나가는 게 좋겠다. 안내원들이 갈 곳으로 안내할 거야. 가기 전에 꽃부터 꽂자, 엘리엇."

엘리엇과 파빌리온으로 가는데 테일러가 끼어들었다.

"사장님, 스틸 양의 여행 가방은 제가 챙겼습니다. 다른 건 시애틀 타코마 공항으로 보냈고요."

"잘했네. 고마워, 테일러."

그의 입술이 휘어지며 미소를 띠었다. "행운을 빕니다, 사장님."

나는 고개를 끄덕여 고마움을 표하고 엘리엇과 같이 헛간 모양의 텐트로 걸어갔다.

현악 사중주가 비욘세의 〈헤일로〉를 연주하는 동안 나는 아나스타샤 스틸 양을 기다렸다. 가족이 총출동했고, 파빌리온은 호화로웠다. 엘리엇과 나는 황금빛 의자들이 늘어선 앞쪽 줄에 자리를 잡았다. 앞줄은 금방 채워졌다. 나는 앞쪽의 풍경을 응시하며 초조함을 잊어보려고 세부적인 것들에 집중했다. 연분홍색 카펫이 물가에 세워진 아치 모양의 아름다운 꽃길로 연결되었다. 하얀 장미와 분홍 장미가 담쟁이, 연분홍 모란과 뒤엉킨 모습은 아나의 붉어진 뺨을 연상시켰다. 주례는 어머니의 친구이자 어머니 병원의 담당 사제 마이클 월시 신부가 맡았다. 신부님도 우리처럼 지정된 곳에 서서 진득하게 기다리고 있었다. 그의 검은 눈망울이 엘리엇과 나를 향해 반짝거렸다. 아치 꽃길 뒤로 태양이 메이든베어만의 반짝이는 수면을 가로질렀다. 결혼하기에 아름다운 날이었다. 사진 촬영을 맡은 사진작가들 중 한 명이 월시 옆에 자리를 잡고 있었는데, 그녀의 카메라 렌즈는 나를 향해 있었다. 나는 엘리엇에게 고개를 돌렸다. "반지 가져 왔지?" 내가 물었다. 이번이 열 번째 묻는 것 같았다.

"그렇다니까." 형이 쏘아붙였다.

"형! 그냥 확인하는 거야."

나는 고개를 돌려 도착하는 하객들을 살펴보다가 아는 사람들에게 고개를 끄덕이고 손을 흔들었다. 바스티유는 아내를 대동했다. 플린도 아내 리언과 함께 참석했는데, 각자 어린 두 아들의 손을 하나씩 단단히 붙잡고 있었다. 테일러와 게일은 함께 앉아 있었다. 사진작가 호세 로드리게즈와 그의 아버지도 참석했다. 로스는 파트너 그웬과 도착해 어린 딸들을 자리에 앉혔다. 에이먼 캐버너와 그의 아내 브릿, 이든도 와 있었다. 미아가 좋아할 것 같았다. 맥이 내게 인사를 했다. 그는 본 적이 없는 젊은 금발 여자와 나란히 앉아 있었다. 할아버지와 할머니 트레벨리언 내외가 우리와 가까운 자리로 안내되었다. 할머니가 엘리엇과 내게 손을 열렬히 흔들었다. 알론드라 구티에레즈는 뒤쪽에서 작은 무리의 사람들에게 지시를 내렸다. 내가 모르는 사람들도 많았다. 내 가족이나 아나 부모님의 친구들인 것 같았다. 어머니와 아버지, 칼라와 밥이 앞으로 나와 자리를 잡았다. 아버지가 무리를 뚫고 우리 쪽으로 서둘러 다가왔다. 뿌듯한 기색이 역력했다. 엘리엇과 나는 일어서서 아버지를 맞이했다.

"아버지." 나는 악수하려고 손을 내밀었지만, 아버지가 내 손을 잡더니 끌어당겨 곰처럼 포옹했다.

"행운을 빈다, 아들." 아버지가 말했다. "네가 정말 자랑스럽다."

"고마워요, 아버지." 나는 별안간 솟구치는 감정의 소용돌이 때문에 목이 메어 말을 간신히 짜냈다.

"엘리엇." 캐릭은 엘리엇도 끌어안았다.

웅성거리던 사람들이 예식을 기대하며 쉿 하고 입을 다물었다. 아버지가 서둘러 뒷줄의 자기 자리로 돌아갔을 때 현악 사중주가 〈체이싱 카즈〉를 연주했다.

그래, 스노 패트롤이 빠질 리 없지. 아나가 가장 좋아하는 밴드인데.

아나는 이 노래를 좋아했다.

미아가 연분홍 망사 드레스 차림으로 중앙 통로를 걸어왔다. 그 뒤로 연분홍 실크 드레스 차림의 늘씬하고 우아한 케이트 캐버너가 보였다.

아나.

나는 입이 말랐다.

아나는 눈이 부셨다.

그녀는 몸에 꼭 맞는 하얀 레이스 드레스 차림이었는데 맨살이 드러난 어깨는 거미줄처럼 고운 베일에 싸여 있었다. 머리는 고정시킨 올림머리였고 고불고불 늘어진 몇 가닥이 아름다운 얼굴을 감싸주었다. 신부 부케는 분홍 장미와 하얀 장미를 한데 엮어 만든 섬세한 것이었다. 레이가 아나와 나란히 걸어왔다. 레이의 손이 레이의 팔을 잡은 아나의 손을 덮고 있었다. 레이는 눈물을 간신히 참고 있는 것 같았다.

후, 젠장. 나는 목이 메었다.

아나의 눈이 내 눈과 마주쳤다. 그녀의 얼굴이 베일 밑에서 여름날처럼 환해지면서 찬란한 미소가 피어났다.

오, 내 사랑.

그들이 우리 옆으로 걸어왔다. 아나가 부케를 미아와 같이 서 있는 케이트에게 건넸다. 레이는 아나의 베일을 걷고 그녀의 뺨에 입을 맞추었다. “사랑한다, 애니.” 그가 잠긴 목소리로 말하더니 내게로 고개를 돌리며 아나의 손을 내게 건넸다. 우리의 눈이 마주쳤다. 레이의 눈에 눈물이 글썽거려서 나는 그의 눈을 피할 수밖에 없었다. 그의 표정에 덩달아 무너질 것 같아서.

“안녕.” 나는 내 신부에게 말을 건넸다. 지금 내가 할 수 있는 건 이 말뿐이었다.

“안녕.” 그녀가 대답하고 내 손을 꼭 쥐었다.

“예쁘다.”

“당신도요.” 그녀의 함박웃음에 모든 불안이 음악 소리와 함께 잦아들었다. 이제 아나와 나, 그리고 마이클 신부님뿐이었다. 신부님이 목청을 가다듬으며 모두의 이목을 집중시켰다. 결혼식이 시작되었다.

"오늘 우리는 신랑과 신부인 크리스천 트레벨리언 그레이와 아나스타샤 로즈 스틸의 결혼식을 보기 위해 이 자리에 모였습니다." 신부님의 선량한 미소가 자애롭게 우리 둘을 향해 내려왔고, 나는 아나의 손을 꼭 쥐었다.

신부님이 우리의 결혼을 반대하는 사람이 있느냐고 모인 사람들에게 물었다. 문득 엘레나의 문자 메시지가 생각나서 가만히 당한 나 자신에게 화가 치밀었다. 다행히 아나가 군중을 슬쩍 돌아보며 내 주의를 끌었다. 아무도 나서는 사람이 없어서 여기저기서 안도의 한숨이 단체로 터져 나오고 숨죽여 킥킥 킥킥 웃는 소리가 뒤따랐다. 아나가 나를 슬쩍 올려다보았다. 그녀의 눈에서 즐거운 빛이 반짝거렸다.

"휴." 내가 입 모양으로 말했다.

아나가 웃음을 참았다.

마이클 신부님은 결혼으로 결합될 수 없는 법적인 이유가 없음을 선언하라고 우리 둘에게 번갈아 요구했다. 신부님이 우리에게 상대에 대한 헌신이 얼마나 막중한지 이야기할 때 나는 목이 뜨거워졌다. 아나가 나를 물끄러미 쳐다보았다. 그녀는 한 번도 본 적 없는 달랑거리는 진주 귀걸이를 걸고 있었다. 그녀의 가족들에게 선물받은 것일까 궁금했다.

"이제 두 사람은 서로에게 서약하세요." 신부님이 재촉하듯 나를 쳐다보았다. "크리스천?"

나는 숨을 들이마신 다음 내가 평생 사랑할 사람을 보며 외운 서약문을 읊었다. 내 말이 사람들 위로 울려 퍼졌다. "나, 크리스천 트레벨리언 그레이는 그대, 아나스타샤 로즈 스틸을 나의 법적

아내로 맞이합니다. 우리의 결혼을 지키고 당신을 가슴 깊이 간직하며 보호할 것을 엄숙히 맹세합니다. 좋을 때나 나쁠 때나, 아플 때나 건강할 때나, 삶이 우리를 어디로 데려가든 무슨 일이 생기든 성심으로 당신을 사랑할 것을 약속합니다. 당신을 보호하고 신뢰하고 존중하겠습니다."

아나의 눈에 눈물이 고이고 코끝이 사랑스러운 분홍빛으로 물들었다.

"당신의 기쁨과 슬픔을 함께 나누고 곤궁할 때 당신을 위로하겠습니다. 당신을 아끼고, 당신의 희망과 꿈을 지원하고, 당신을 내 곁에 두고 안전히 지키겠습니다. 이제 내 것은 모두 당신의 것입니다. 이 순간 이후 우리 두 사람이 살아 있는 동안 내 언약, 내 마음, 내 사랑을 당신에게 바칩니다."

아나가 눈에서 눈물방울을 닦아냈다. 나는 크게 숨을 들이마셨다. 외운 것이 기억나 다행이었다.

"아나?" 선량한 신부님이 아나를 재촉했다. 그녀는 소맷부리에서 분홍색 쪽지를 꺼내 읽었다.

"나, 아나스타샤 로즈 스틸은 그대, 크리스천 트레벨리언 그레이를 나의 법적 남편으로 맞이합니다. 아플 때나 건강할 때나 당신의 충실한 반려자가 되고, 좋을 때나 나쁠 때나 당신 곁에 서며, 당신의 기쁨과 슬픔을 함께 나눌 것을 엄숙히 서약합니다." 그녀는 나를 올려다보더니 읽지 않고 서약을 계속했다. 나는 숨이 막혔다. "조건 없이 당신을 사랑하고, 당신의 목표와 꿈을 지지하고, 당신을 존경하고 존중하고, 당신과 함께 웃고 함께 울고, 내 희망과 꿈을 당신과 공유하고, 곤궁할 때 당신을 위로할 것을 약속합니다. 또한 우리 두 사람이 살아 있는 동안 당신을 아낄 것을 약속합니다." 아나가 눈을 깜빡여 눈물을 삼켰고 나도 눈물을 삼켰다.

"이제 서로에 대한 순종과 사랑의 증표로 반지를 교환하세요. 반지는 순환하는 고리입니다. 끊어짐과 변함이 없는, 영원한 결속의 증표입니다. 그러므로 오늘 이후 죽음이 둘을 갈라놓을 때까지 서로에 대한, 이 결혼에 대한 헌신으로 여기세요."

"크리스천, 아나스타샤의 손가락에 반지를 끼우세요." 엘리엇이 내게 아나의 반지를 건넸고, 나는 그것을 아나의 왼손 약손가락 끝에 끼웠다.

"내 말을 따라 하세요." 마이클 신부님이 말했다. "아나스타샤, 서로에 대한 인내와 신뢰, 우리의 결속, 영원한 사랑의 증표로 이 반지를 당신에게 바칩니다."

나는 그 말을 크고 또렷하게 복창한 뒤 반지를 아나의 손가락에 완전히 밀어 넣었다.

"아나스타샤, 반지를 크리스천의 손가락에 끼우세요." 마이클 신부님이 말했다. 엘리엇이 아나에게 활짝 웃어 보이며 내 반지를 건넸다.

"내 말을 따라 하세요." 신부님이 말을 이었다. "크리스천, 서로에 대한 인내와 신뢰, 우리의 결속, 영원한 사랑의 증표로 이 반지를 당신에게 바칩니다."

아나의 말이 모인 사람들을 향해 아름답게 울려 퍼졌다. 그녀가 반지를 내 손가락에 완전히 끼웠다.

마이클 신부님이 우리의 손을 보아 잡고 낭랑한 목소리로 청중을 향해 말했다. "사랑은 우리가 여기 있는 이유입니다. 결혼은 사랑 위에 건립됩니다. 두 젊은이는 서로에게 영원한 사랑을 맹세했습니다. 우리는 이들을 존중하고, 이들이 힘과 용기와 신뢰를 가지고 삶의 여정을 걷는 동안 함께 성장하고 서로에게 배우고 끝까지 진실하기를 바랍니다. 크리스천과 아나스타샤, 두 사람은 결혼에 동의하고 가정 안에서 함께 살아갈 것에 동의했습니다. 서로에 대한 사랑을 선언했고, 또한 서약을 지키며 사랑을 유지할 것을 약속했습니다. 워싱턴주가 내게 부여한 권능에 따라, 본인은 두 사람이 남편과 아내가 되었음을 선포합니다." 신부님이 우리의 손을 놓았다. 아나가 활짝 웃는 얼굴로 나를 올려다보았다.

아내.

내 여자.

가슴이 벅차올랐다.

"신부에게 키스하셔도 좋습니다." 마이클 신부님이 함박웃음을 지으며 말했다.

"드디어 네가 내 여자가 되었어." 나는 속삭이고 나서 아나를 끌어안고 그녀의 입술에 부드럽게 입을 맞추었다. 그녀의 드레스 등쪽에 작은 단추들이 달려 있어서 그것들을 천천히 푸는 상상이 떠올랐다. 내 몸이 살아나는 바람에 환호성과 박수갈채는 무시해버렸다. "아름답다, 아나." 나는 그녀의 얼굴을 어루만졌다. "이 드레스 나 말고 다른 사람이 벗기면 안 돼, 알았지?" 나는 그녀를 내려다보며 황홀한 시간을 약속했다. 아나가 고개를 끄덕였다. 그녀의 눈망울이 욕망으로 짙어졌다.

오, 아나.

나는 그녀를 안아 들고 내 어릴 적 방으로 데려가 우리의 결혼을 완성하고 싶었다. 당장. 하지만 빠져나갈 방법이 없었다.

정신 차려, 그레이.

"파티 즐길 준비됐나요, 그레이 부인?" 나는 내 아내에게 미소를 지었다.

"언제든 준비돼 있어요." 나는 그녀의 미소가 발산하는 따스함을 마음껏 쬐었다. 그녀의 손을 잡고 다른 손을 마이클 신부님에게 내밀었다.

"고맙습니다, 신부님. 멋진 결혼식이었습니다. 짧기도 했구요."

"요청을 받았거든요." 신부님이 말하고는 우리와 교대로 악수를 나누었다. "축하합니다, 두 분."

케이트가 아나를 끌어당겨 포옹하는 바람에 나는 아나의 손을 놓을 수밖에 없었다. 엘리엇이 나를 얼싸안았다. "어이, 해냈구나. 축하한다."

"크리스천!" 미아가 우렁차게 외치며 내 품으로 돌진했다. "사랑해, 아나! 사랑해, 오빠!" 미아가 꽥꽥거리며 나를 으스러져라 부둥켜안았다.

"미아. 진정해. 우리 마나님 건드리지 말라고."

이제부터는 끊임없는 축하 인사와 입맞춤, 포옹의 시작이었다. 나는 곧 들이닥칠 불필요한 신체 접촉에 대비해 마음을 다잡았다. 지금의 행복한 기분이 도움이 되었다. 어머니에게로 돌아서니 어머니가 눈물을 흘리고 있었다. 나는 어머니의 화장을 생각해 포옹을 짧게 끝냈다. 캐릭은 내 등을 탁탁 두드렸다. 그다음은 칼라와 밥의 차례였다. 레이 스틸은 내 손을 잡고 흔들면서 갈수록 세게 손을 쥐었다.

"축하하네, 크리스천. 명심해. 그 애에게 상처를 주었다간 내 손에 죽을 줄 알아."

"여부가 있겠습니까, 레이."

"서로 뜻이 통해서 다행이야." 레이가 활짝 웃더니 욱신거리는 내 손을 놓아주고는 내 등을 탁 쳤다. 손가락을 푸는데 레이먼드 스틸이 해병대 출신이라는 것이 실감이 났다.

나는 빈티지 샴페인을 홀짝거리며 나의 아름다운 아내가 나를 향해 서서히 다가오는 것을 바라보았다. 결혼식 전문 사진작가들과 함께 화보 촬영에 버금가는 촬영을 막 마친 참이었다. 나는 뭐라도 먹고 싶어서 우리 테이블 옆에 서 있었다. 결혼식을 치르자니 허기가 졌다. 아나는 매번 걸음을 멈추고 하객들과 이야기를 나누면서 환영의 인사를 건네고 그들의 덕담을 우아하게 받아들였다.

그녀는 찬란한 빛을 발했다. 그녀의 미소는 인사를 나누는 사람들에게 활력을 선사했다.

그녀는 특별한 사람이었다. 눈부시게 아름다운 여자.

그리고 내 여자였다.

마침내 아나가 내게 다가왔을 때 나는 그녀의 손을 잡아 내 입술에 댔다. "안녕." 내가 속삭였다. "보고 싶었어."

"안녕. 나도 보고 싶었어요."

"베일을 벗었네. 사랑스러웠는데."

"그러게요. 하지만 사람들이 자꾸 그걸 밟지 뭐예요."

나는 흠칫했다. "성가셨겠네."

"그랬죠."

아버지가 마이크를 잡았다. "안녕하십니까, 벨뷰의 저희 집을 찾아주신 여러분, 크리스천과 아나의 결혼식에 참석하신 여러분 모두 환영합니다. 혹시 저를 모르시는 분들을 위해 제 소개를 드리자면, 저는 제 자랑스런 아들 크리스천의 아버지 캐릭입니다. 시간이 오후에서 저녁을 향해 흘러가고 있는 지금, 여러분에게 한 말씀 올리고자 합니다. 모두 잔을 들어주세요. 다 같이 크리스천과 아름다운 아내 아나를 위해 축배를 듭시다. 두 사람 축하한다. 우리 가족이 된 걸 환영한다, 아나. 두 사람, 서로를 배려하렴. 크리스천과 아나를 위해!"

아버지가 내게 따뜻하고 다정한 미소를 지었다. 그 느낌이 고스란히 내게 전해졌다.

나는 아버지를 향해 내 잔을 들었고 주변의 모든 사람이 자기 잔을 들고 "크리스천과 아나"를 외쳤다.

"이제 각자의 테이블에 가서 앉아 주세요. 곧 식사가 나옵니다." 아버지가 말했다.

나는 아나의 의자를 빼주었다. 아나가 의자에 앉았고 나는 그녀의 옆자리에 앉았다. 우리 자리에서는 파빌리온 전체가 훤히 보였다. 드디어 자리에 앉게 되어 정말 좋았다. 허기가 져 죽을 지경이었다. 하얀 리넨 천을 깐 테이블은 하얀 장미와 분홍 장미로 장식되어 있었다. 부모님이 엘리엇, 케이트, 미아, 밥과 함께 우리 테이블에 앉았다.

아나와 어머니가 뷔페 음식을 따로 마련해두었지만, 하객들이 자리를 찾아 앉는 동안 신랑과 신부 가족인 우리에게는 애피타이저가 서빙되었다. 신선한 사워도우 빵과 허브 버터, 먹음직한 치즈 수플레와 우아한 가든 샐러드였다. 나는 아내와 함께 그것들을 삼켰다.

엘리엇이 축하 인사를 할 차례였다. 형은 이미 샴페인을 여러 잔 마신 터라 결과는 모 아니면 도, 둘 중 하나였다. 다 같이 연어 앙트레(연어 살을 반죽에 싸서 구운 요리 옮긴이)를 먹은 뒤였나. 나는 볼랭저 샴페인을 한 모금 마시고 마음의 준비를 했다.

엘리엇이 내게 윙크를 하고 탁자에서 일어섰다. "안녕하십니까, 여러분. 환영합니다. 제가 제비뽑기에 걸려 나서게 되었습니다. 크리스천의 신랑 들러리이자 형의 자리를 꿰찬 것이 영광이라는 얘깁니다. 게다가 축하 인사까지 하게 되었네요. 하지만 양해해주십시오……. 전 남들 앞에서 말하는 걸 즐기는 편이 아니거든요. 크리스천 그레이와 함께 성장한 것 역시 즐겁지만은 않았습니다. 그놈은 동생으로서 아주 꽝이거든요. 제 가족에게 물어보시면 압니다."

무슨 개소리야! 엘리엇? 하지만 그 말에 웃음소리가 터졌다. 아나가 내 손을 꽉 쥐었다.

"이 남자로 말할 것 같으면, 저를 죽도록 패고도 남을 인간입니다. 실제로 그렇게 팬 적도 있어요. 킥복싱으로 크리스천과 붙어 본 사람은 아실 겁니다. 그러니 이 인간과 한판 뜨시면 안 됩니다. 성질 더럽습니다. 고독한 놈이기도 하고요. 어렸을 땐 나 같은 놈들과 어울려 시내 일대를 주름잡기 보단 책에 파묻혀 지내는 편이었죠. 학교생활을 힘들어한 건 모두 들어 알고 계실 테니 그 얘긴 넘어갈게요……. 그래도 어찌어찌, 용케, 특별히 똑똑한 것도 아닌데 교육을 받고 하버드까지 들어갔죠. 그런데 하버드도 성에 차지가 않았나봅니다. 상업과 거대 금융의 세계에 뛰어들고 싶어 했거든요. 그래서 정말 그렇게 됐고요……. 지금까지 그럭저럭 꾸려가고 있습니다." 엘리엇이 대수롭지 않은 일이라는 듯 어깨를 추어올리자 청중은 다시 웃음을 터뜨렸다.

"그러는 동안 이성에게는 단 한 번도 관심을 보인 적이 없었습니다. 아무에게도. 지금 우리 머릿속에 떠오른 그 생각, 그건 아니니까 지우시길 바랍니다."

아흐, 죽겠구만, 진짜. 내가 눈을 위로 치켜뜨자 엘리엇이 피식 웃었다. "그러니 오래지 않아 이놈이 이 아름답고 젊은 여성 아나스타샤 스틸을 데리고 나타났을 때 우리 가족 전부가 느꼈을 놀라움과 기쁨이 얼마나 컸을지 상상이 되실 거예요. 아나가 이놈의 마음을 사로잡았다는 건 처음부터 분명했어요. 그리고 참 이상한 이유로, 아나 역시 어릴 때 머리를 다쳤는지……." 형이 다시 어깨를 으쓱 추어올렸다. "이놈에게 빠져버렸네요."

또다시 하객들에게서 와하하 웃음이 터졌다!

"오늘 두 사람이 결혼식을 올렸습니다. 크리스천과 아나에게 축하한다는 말을 해주고 싶군요. 우리가 응원할게요. 그리고 그건 아니에요, 아나는 임신하지 않았습니다!"

테이블 여기저기서 헉 하고 숨을 들이켜는 소리가 들렸다.

"우리의 신랑 신부, 아나와 크리스천을 위하여!" 형이 유리잔을 들었다. 나는 형을 죽여버리고 싶었다. 표정을 보니 레이 스틸도 나랑 같은 심정인 듯했다.

아나의 뺨이 분홍빛으로 물들었다. 조금 충격을 받은 듯한 표정이었다.

"고마워요, 엘리엇." 아나가 웃으며 말했다.

나는 형에게 냅킨을 던지고 나서 아나에게 고개를 돌렸다. "이제 케이크 자를까?"

"그래요."

디제이가 잔뜩 흥이 올랐을 때 아나와 나는 댄스 플로어로 나갔다. 나는 아나를 품에 안았고 모두 우리를 둘러쌌다. 아나가 두 손을 내 목에 감았다. 감미롭고 감성적인 노랫말이 파빌리온에 울려 퍼졌다. 감격에 겨워 목이 메는 칼라의 모습이 시야 한쪽 구석으로 들어왔다. 내 시선은 내 아내에게 붙잡혔다. 코린 베일리 래가 〈라이크 어 스타〉를 부르기 시작했다.

다른 사람들은 하나둘 사라졌다. 오직 우리 둘만이 댄스 플로어 위를 흘러 다녔다. "내 하늘을 가로지르는 별처럼." 아나가 속삭였다. 그녀가 내 입술을 향해 입술을 들어 올렸고 나는 길을 잃었다가…… 찾았다.

“어머니, 고마워요, 가톨릭 결혼식을 고집하지 않으신 거.”

“말도 안 되는 소리 마라, 크리스천. 그걸 어떻게 강요할 수 있겠니. 내 생각대로 마이클이 주례를 잘 서주었어.”

“그러게요.” 나는 고개를 숙여 어머니의 이마에 입을 맞추었다. 어머니가 눈을 감았다가 떴다. 어머니의 눈이 강렬한 호기심으로 타올랐다. “참 행복해 보이는구나, 아들. 난 너희 둘이 잘되어서 너무나 기뻐.”

“고마워요, 엄마.”

나는 케이트와 아나가 긴히 대화를 나누는 쪽을 쳐다보았다. 엘리엇이 두 사람을 바라보고 있었다. 아니. 엘리엇은 케이트를 보고 있었다. 그녀에게서 눈을 떼지 못했다. 어쩌면 형은 자기가 생각한 것 이상으로 그녀를 좋아하고 있는지도 몰랐다.

댄스 플로어가 가득 찼다. 레이와 칼라는 종횡무진 곳곳을 휘젓고 다녔는데, 춤 솜씨가 보통이 아니었다. 나는 손목시계를 확인했다. 오후 5시였다. 그만 떠날 시간이었다. 나는 내 아내를 향해 슬슬 건너갔다. 케이트가 아나를 꽉 끌어안고 나서 내게 활짝 웃었다. 그녀에게 가졌던 불편한 감정이 조금은 누그러졌다.

“안녕, 자기야.” 나는 두 팔을 아나에게 감고 그녀의 관자놀이에 키스했다. “케이트.” 나는 케이트에게 인사를 건넸다.

“안녕, 크리스천. 난 이만 당신의 들러리를 찾으러 가볼게요. 공교롭게도 그 들러리가 내 남자라서요.” 케이트는 우리 둘에게 미소를 지으며 엘리엇에게 갔다. 엘리엇은 이든, 호세와 함께 술을 마시는 중이었다.

“가야 할 시간이야.” 내가 속삭였다.

이 파티는 더는 사양이다. 내 아내랑 단둘이 있고 싶었다.

"벌써요?" 아나가 묻는다. "마음껏 관심을 받으면서 즐길 수 있는 파티는 이번이 처음이라고요." 그녀가 내 품으로 돌아서서 고개를 들고 내게 미소를 지었다.

"넌 그럴 자격이 있어. 눈부시게 아름답다, 아나스타샤."

"당신도 그래요."

"이 아름다운 드레스, 너한테 잘 어울려." 아나의 매혹적인 어깨가 드러난 모양이 아주 사랑스러웠다.

"이거 오래된 건데요?" 아나가 나를 빤히 올려다보았는데 속눈썹 사이로 수줍게 바라보는 시선이 늘 그렇듯 매혹적이었다.

"가자. 더 이상 이 사람들에게 널 보여주기 싫어."

"우리가 결혼식 주인공인데 어떻게 가요?"

"자기야, 이건 우리 파티야. 우리가 원하는 건 뭐든 할 수 있어. 케이크도 잘랐잖아. 당장 널 데리고 나가서 널 오롯이 독차지하고 싶어."

아나가 깔깔 웃었다.

"어차피 평생 독차지할 거잖아요, 그레이 씨."

"듣던 중 반가운 소리네, 그레이 부인."

"오, 너희 둘 여기 있었구나! 우리 잉꼬부부."

오, 젠장. 할머니 트레벨리언 여사가 등장했다.

"크리스천, 아가……. 이 할미랑 한 곡 더 추겠니?"

"그럼요, 할머니." 나는 한숨을 삼켰다.

"아름다운 아나스타샤, 너는 가서 영감님을 행복하게 해드리렴……. 테오랑 춤춰."

"테오요, 트레벨리언 부인?"

"트레벨리언 할아버지 말이야. 나는 할머니라고 부르렴. 너희 둘은 이제부터 증손주 만들기에 전념해. 나 오래는 못 기다린다."
할머니의 미소가 아슬아슬하게 야한 빛을 띠었다.

할머니! 맙소사!

"가요, 할머니." 내가 얼른 말했다.

아이들은 차차 몇 년 후에나 생각할 거예요.

나는 할머니를 댄스 플로어로 천천히 이끈 다음 사과하는 눈빛으로 아나를 돌아보며 눈을 위로 치켜떴다. "이따 봐!"

아나가 내게 손을 살짝 흔들었다.

"아유, 얘, 이렇게 정장을 차려입으니 참 잘생겼다. 네 신부도! 눈이 다 부셔. 너희는 아이들도 아름다울 거야."

"언젠가는요, 할머니. 결혼식은 즐거우세요?" 할머니가 다른 이야기를 하게 화제를 돌려야 했다.

"네 아버지와 이머니가 파티라면 선수잖아. 물론 네 어머니도 나한테서 배웠지. 테오는 농장 주변에서 소일거리를 하면서 지내. 말 안 해도 알겠지만."

"알죠." 할아버지 과수원에서 할아버지를 도왔던 즐거운 추억이 많았다. 그곳은 내가 가장 좋아하는 곳 중 하나다. "아나를 거기 데리고 가야겠어요."

"꼭 와. 약속해라."

"약속해요."

우리는 브루노 마스가 부른 〈있는 그대로의 당신〉에 맞춰 댄스 플로어를 누볐다. 노래는 마룬 파이브의 〈재거처럼 움직여〉로 바뀌었다. 할머니가 좋아하는 곡이었다. 할머니는 샴페인을 조금 과음한 것 같았다. 스피커에서 〈섹스 온 파이어〉의 앞부분이 흐를 때 할머니를 자리로 다시 데려가기로 했다.

아나는 자리에 없었다. 나는 할아버지와 같이 테이블에 앉았다.

할아버지가 이번 가을에 풍작이 기대된다고 했다. "다디단 사과가 열릴 거야!"

"얼른 하나 먹어보고 싶네요." 내가 소리쳤다. 할아버지는 가는 귀가 조금 어두웠다.

"행복하니?" 할아버지가 물었다.

"많이요."

"그래. 그렇게 보인다." 할아버지가 내 무릎을 톡톡 다독였다. "보기에 좋아. 네 신부, 아름다운 여자야. 잘해주렴. 명심하거라. 그럼 여자도 네게 잘해줄 거야."

"그래야죠. 이제 그만 가서 아나를 찾아봐야겠어요. 얼굴 뵈니 좋네요, 할아버지."

"아나가 화장실에 가는 것 같더라."

나는 일어섰다. 플린이 어깨에 기대 잠든 아들을 안고 내게 다가왔다. 그의 아내 리안은 다른 아들을 안고 있었는데 그 아이도 곤히 잠들어 있었다.

"존!"

"크리스천, 축하합니다. 멋진 결혼식입니다." 그가 내 손을 잡고 흔들었다. "안아주고 싶지만 보다시피 꼬맹이를 안고 있어서. 의사로서 환자에 대한 제 윤리관에 어긋나기도 하고요."

나는 하하 웃었다. "철저하시네요. 와주셔서 감사합니다."

"안녕하세요, 크리스천." 리안이 말했다. "멋진 결혼식이네요. 우린 이 악동 둘을 집에 데려가야겠어요."

"아주 얌전하던데요."

"애들한테 약을 먹였거든요." 그녀가 윙크를 했다.

나는 헉 하고 놀랐다.

"농담이에요." 존이 아내를 흘겨보았다. "가끔 정말 그럴까 하는 생각이 들긴 하지만 그건 최후의 수단으로 아껴두고 있죠."

그녀가 웃었다. "마당을 뛰어다니더니 지쳤나봐요. 참 넓은 곳에 사시네요."

"신혼여행 잘 다녀오세요." 플린이 말하고는 리안의 손을 잡았다.

"고맙습니다. 안녕히 돌아가세요."

나는 그들이 무거운 짐을 짊어지고 잔디밭을 건너 집으로 돌아가는 모습을 바라보았다.

나는 저러지 않아도 되니 다행이지 뭐야.

아나는 집과 이어지는 전면 유리창 옆 테라스에 서 있었었다. 나는 아나를 훔쳐보며 테일러에게 그만 가야겠다고 문자를 보냈다. 그러고는 두 손을 바지 주머니에 찔러 넣고 내 아내를 향해 잔디밭을 슬슬 건너갔다. 아나는 생각에 잠겨 저 멀리 시애틀 위로 춤을 추며 내려오는 은은한 저녁놀을 바라보았다.

무슨 생각을 하는 걸까.

"안녕." 나는 그녀에게 다가가서 말했다.

"안녕." 그녀가 미소를 지었다.

"가자." 나는 내 아내와 단둘이 있고 싶어 조바심이 났다.

"옷부터 갈아입어야죠." 아나가 내게 손을 내밀었다. 나를 데리고 안으로 들어가려는 것 같았지만 나는 따라가지 않았다. 영문을 몰라 그녀의 미간에 주름이 잡혔다. "이 드레스를 벗기고 싶다면서요."

"그렇긴 한데." 나는 그녀의 손을 꼭 쥐었다. "하지만 여기서 벗길 순 없잖아. 언제쯤 여길 떠날 수 있을지…… 모르겠네." 나는 그것으로 설명이 되었기를 바라면서 손을 휙 저었다.

아나가 얼굴을 붉히고 나를 놓아주었다.

아나의 드레스를 벗기고 싶은 마음도 간절했지만, 이륙 시간이

정해진 비행기가 우리를 기다리고 있었다. "머리도 내리지 마." 내가 속삭였다. 목소리에 욕망을 싣지 않으려고 노력했지만 숨길 수가 없었다.

"하지만……." 아나가 얼굴을 찌푸렸다.

"'하지만' 금지야, 아나스타샤. 지금 아름답단 말이야. 그리고 내 손으로 네 옷을 벗기고 싶어. 중간에 입을 옷 챙겨. 필요할 거야." 목적지에 도착했을 때 입을 옷. "네 짐 가방은 테일러가 챙겼어."

"알았어요." 아나가 감미로운 미소를 지었고, 나는 그녀를 놓고 이제 가겠다는 말을 전하러 어머니와 알론드라를 찾아 나섰다. 알론드라를 먼저 만났다.

"고마웠어요." 나는 그녀와 악수했다. "모든 게 매끄럽게 진행되었어요."

"별말씀을요, 그레이 씨. 제가 모두를 불러 모으죠."

"네. 다시 한번 고맙습니다."

칼라는 흐려진 눈으로 자기 딸과 전남편이 어색하게 포옹을 나누는 모습을 지켜보았다. 결혼식 부케를 든 아나의 눈이 촉촉해져 반짝거렸다.

"넌 좋은 아내가 될 거야." 레이가 중얼거렸다. 그의 눈에 다시 눈물이 글썽거렸다. 레이가 나를 슬쩍 보더니 고개를 흔들고는 따스하게 내 손을 잡았다. "내 딸에게 잘해주게, 크리스천."

"꼭 그럴 생각입니다, 레이. 칼라." 나는 아나 엄마의 뺨에 입을 맞추었다.

전면 유리창 바깥에 남은 하객들이 모여 테라스부터 집 측면을 돌아 정문까지 긴 인간 아치 지붕을 만들고 있었다.

나는 아나의 표정을 살폈다. 그녀의 미소가 돌아왔다. "갈까?"

"네."

우리는 손을 맞잡고 고개를 숙인 채 사람들의 치켜든 팔 밑으로 들어가서 아치 밑을 후다닥 통과했다. 우리에게 쌀알과 덕담과 행운과 사랑이 비처럼 쏟아져 내렸다. 맨 끝에 어머니와 아버지가 기다리고 있었다.

"고마워요, 엄마." 그레이스가 나를 끌어안을 때 내가 속삭였다. 어머니는 더 이상 내 양복에 화장이 묻을까 걱정하지 않았다. 아버지도 다시 나를 끌어안았다.

"장하다, 아들. 신혼여행 잘 다녀와."

두 사람은 아나를 끌어안고 입을 맞추었다. 그레이스는 다시 울기 시작했다.

엄마! 진정하세요.

운전석 쪽에 서 있던 테일러가 승객석 문을 열어주러 움직였다. 나는 고개를 젓고 나서 아나에게 문을 열어주었다. 별안간 아나가 휙 돌아서더니 결혼식 부케를 군중을 향해 던졌고, 미아가 그것을 받고 배웅을 나온 사람들의 휘파람과 박수갈채 소리를 능가할 만큼 고래고래 환호성을 올렸다.

나는 아나의 드레스가 문에 걸리지 않게 드레스 자락을 들어 올리며 아나가 아우디에 타는 걸 도와주었다. 그리고 모두를 향해 재빨리 손을 흔든 다음 테일러가 문을 열어 잡고 있는 차 반대편으로 뛰어갔다.

"축하드립니다." 테일러가 따스하게 말했다.

"고마워, 테일러." 나는 내 아내 옆자리에 올라탔다.

겨우 끝냈네! 드디어 떠나는 중이다. 못 빠져나올 줄 알았는데.

테일러가 천천히 아우디를 몰고 진입로를 따라 움직일 때 열렬한 환호성과 쌀알이 차 위로 쏟아졌다. 나는 아나의 손을 잡아 그녀의 손가락 관절을 내 입술에 대고 하나하나에 입을 맞추었다.
"아직까진 순조롭지, 그레이 부인?"
"아직까진 참 근사해요, 그레이 씨. 우리 어디로 가죠?"
"시애틀 공항."
아나가 어리둥절한 표정이어서 나는 엄지손가락으로 그녀의 입술을 쓸어주었다. "나 믿지?"
"마음으로는." 그녀가 속삭였다.
"결혼식 어땠어?"
"환상적이었어요. 당신은요?"
"좋았지." 우리는 바보들처럼 서로를 보고 싱글벙글 웃었다.

우리는 시애틀 공항의 시큐리티 게이트를 통해 이동 지역을 달리다가 GEH 걸프스트림을 향해 방향을 틀었다. "설마 회사 자산을 또 남용하는 건 아니겠죠!" 아나가 비행기를 보더니 불쑥 말했다. 그녀가 초롱초롱한 눈으로 내 손을 잡고 흥분한 기색을 발산했다.
"나도 그러고 싶어, 아나스타샤." 나는 그녀에게 장난스런 미소를 지었다.
테일러가 비행기 계단 발치에 차를 세우고 내려 내 쪽 차 문을 열었다. 나는 밖으로 나갔다. "고마워, 테일러. 런던에서 보자고." 나는 아나에게 들리지 않도록 소곤거렸다.
"기대하죠, 사장님. 안전한 여행 되십시오."
"테일러도."
"그레이 부인의 손가방은 제가 들죠." 테일러가 말했다. 아나의 새 존칭이 따스하게 와닿았다. 나는 그녀가 앉은 쪽 문으로 돌아가서 차 문을 활짝 열었다. 차 안으로 몸을 기울여 아나를 두 팔로 들어 올렸다.

"뭐 하려고요?" 아나가 꺅 소리를 질렀다.

"널 안고 문턱을 넘으려고."

아나가 두 팔을 내 목에 감고 깔깔 웃었다. 나는 그녀를 안고 비행기 계단을 올랐다. 스테판 기장이 우리를 맞이했다.

"어서 오십시오. 그레이 부인." 그가 활짝 웃는 얼굴로 우리를 환영했다. 나는 아나를 내려놓고 그와 악수했다. "두 분 축하드립니다." 그가 말을 이었다.

"고마워요, 스테판. 아나스타샤, 스테판은 알 거야. 오늘은 스테판이 우리 기장이야. 이쪽은 부기장 베일리."

"반갑습니다." 베일리가 아나에게 말했다.

아나는 조금 당황한 듯 보였지만 두 사람에게 친절히 대꾸했다.

"준비는 모두 끝났나요?" 나는 베일리에게 물었다.

"네, 사장님." 그녀가 평소처럼 자신 있게 대답했다.

"아무 이상 없습니다." 스테판이 우리에게 알렸다. "여기서부터 보스턴까지 기상 상황도 좋습니다."

"난기류는?"

"보스턴 전까지는 없습니다. 섀넌 너머 형성된 전선 때문에 거기서부턴 기체가 흔들릴 수도 있지만요."

"그렇군요. 우린 내내 잠이나 잘까 하는데요."

"곧 이륙할 겁니다." 스테판이 말했다. "승무원 나탈리아가 정성껏 모실 겁니다."

나탈리아?

새러는 어디 가고?

나탈리아는 어쩐지 본 듯한 얼굴이었다.

나는 불안감을 삼켰다. "잘됐군요." 나는 스테판에게 말하고 나서 아나의 손을 잡고 그녀를 우리 자리로 데려갔다. "앉아."

아나는 시키는 대로 놀랍도록 우아한 동작으로 몸을 접어 자리에 앉았다. 나는 재킷을 벗고 나서 조끼 단추를 푼 다음 맞은편 자리에 앉았다.

"탑승을 환영합니다, 사장님, 사모님. 축하드리고요." 나탈리아가 환영의 인사를 건네며 분홍빛 샴페인이 담긴 크리스털 샴페인 잔 두 개를 내밀었다.

"고마워요." 나는 두 잔을 받아 하나를 아나에게 건넸다. 그사이 나탈리아는 조리실 안으로 사라졌다.

"행복한 결혼 생활을 위해 건배, 아나스타샤." 나는 아나의 잔을 향해 내 잔을 들었고, 우리는 잔을 부딪쳤다.

"볼랭저?" 그녀가 물었다.

"같은 거야." 오늘 오후엔 내내 이걸 마시고 있었다.

"이걸 처음 마셨을 땐 찻잔으로 마셨더랬죠." 아나의 눈이 아련한 빛을 띠었다.

"그날 똑똑히 기억나. 네 졸업식 날."

굉장한 날이었지……. 그날 엉덩이도 때렸지 아마. 흠…… 유동 한계와 고정 한계에 대해 이야기도 했었고.

나는 자리에서 자세를 바꾸었다.

"우리 어디로 가요?" 아나가 나를 현실로 끌어냈다.

"섀넌."

"아일랜드에 있는?" 아나가 소리쳤다.

"연료 채우러."

"그다음에는요?" 아나의 눈이 튀어나올 듯 동그래졌다. 그녀의 흥분이 내게로 전염되었다.

나는 활짝 웃으며 아무 말도 하지 않고 그녀를 놀렸다.

"크리스천!"

나는 그녀의 궁금증을 풀어주었다. "런던."

아나는 놀라기도 하고 감동도 받았는지 입을 딱 벌렸다. 그리고 그녀의 시애틀 전체를 밝히는 미소가 돌아왔다.

"거기 있다가 파리로 갈 거야. 그다음엔 프랑스 남부." 내가 말을 이었다.

아나는 뛸 듯이 좋아했다.

"유럽에 가는 게 네 꿈이었잖아. 네 꿈을 이루어주고 싶었어, 아나스타샤."

"당신으로 인해 내 꿈은 이루어졌어요, 크리스천."

"그건 나도 그래, 그레이 부인." 그녀의 말이 내 영혼을 따스하게 비쳤다. 나는 샴페인을 한 모금 더 마셨다. "벨트 매."

아나가 활짝 웃었다. 기쁜 것 같았다. 그녀가 좋아하니 나도 좋았다. 우리는 황혼을 뚫고 대서양 반대편의 새벽을 좇아 날아갔다.

하늘에 올랐을 때 나탈리가 저녁 식사를 내왔다. 나는 다시 허기를 느꼈다.

왜지?

결혼식은 정말 전력을 다해야 하는 노동이었다. 아나와 나는 우리 결혼식의 인상적인 장면들을 이야기했다. 내게는 아름다운 드레스를 입은 아나를 처음 본 순간이었다.

"난 당신을 봤을 때였어요." 아나가 털어놓았다. "당신이 거기 있었어요!"

"거기?"

"이거 혹시 꿈은 아닐까, 당신이 나타나지 않으면 어쩌나 하는 마음이 있었거든요."

"아냐, 하늘이 두 쪽 나도 그런 일은 없었을 거야."

"디저트 드시겠어요?" 나탈리아가 물었다.

나는 사양하고 나서 내 아내를 살피려고 고개를 돌렸다. 손가락으로 내 아랫입술을 쓰다듬으며 아나를 쳐다보았다. 그녀의 반응을 기다렸다.

"아뇨, 나도 됐어요." 아나가 나탈리아에게 말하면서 나를 지긋이 바라보았다. 나탈리아가 물러갔다.

오, 아름다운 세상. 내 아내를 취해야겠어.

"잘했어." 내가 속삭였다. "난 디저트로 널 먹을 생각이거든."

아나의 눈이 내 눈과 마주쳐 끈적해졌다. 치아는 아랫입술을 깨물었다.

나는 탁자에서 일어나 그녀에게 손을 내밀었다. "가자." 우리는 조리실과 조종실에서 멀리 떨어진 선실 뒤편으로 갔다. 나는 맨 끝에 난 문을 가리켰다. "여기 욕실이 있어." 우리는 짧은 복도를 지나 선미 쪽 선실로 들어갔다. 거기에 우리가 쓸 퀸 사이즈 침대가 마련돼 있었다.

나는 아나를 가슴에 안았다. "결혼 첫날밤을 1만 미터 상공에서 보내고 싶었어. 한 번도 해본 적 없었거든."

아나가 숨을 들이켰고 그 소리가 내 사타구니에 메아리쳤다.

"하지만 이 아름다운 드레스부터 벗겨야겠지."

아나의 호흡이 깊어졌다. 그녀도 원하고 있었다.

"돌아서." 내가 속삭였다.

아나가 즉시 복종했다. 나는 그녀의 올림머리를 감상했다. 머리핀마다 진주알이 박혀 있었는데 그 모양이 섬세했다. 아나처럼. 내가 천천히 머리핀을 하나씩 빼기 시작하자 머리채가 차례차례 흘러내렸다. 내 손끝이 그녀의 관자놀이, 목덜미, 귓불을 건드렸지만, 살짝살짝 스쳤을 뿐이었다. 안달이 날 때까지 내 아내를 놀려주고 싶었다. 효과가 있었다. 아나가 은근히 체중을 이 발에서 저 발로 옮겼다. 그녀의 몸이 들썩였다. 조바심이 나서. 숨소리도 더 거칠었다.

아나는 달아올라 있었다.

내 손길만으로도. 나는 그녀의 반응에 달아올랐다.

"머릿결이 정말 아름답다, 아나." 나는 그녀의 관자놀이에 대고 속삭이며 그녀의 기분 좋은 향기를 즐겼다. 그녀의 입술에서 가녀린 한숨이 새어 나왔다. 나는 머리핀을 모두 빼내고 손가락을 그녀의 머리카락 속에 넣어 천천히 두피를 마사지하기 시작했다.

아나는 쾌락에 겨운 신음을 내뱉고 몸을 뒤로 젖혀 내게 기댔다. 내 손가락이 그녀의 뒤통수를 거쳐 목덜미로 내려갔다. 나는 풍성한 머리채를 한 움큼 잡아당겨 그녀의 목을 내 앞에 대령했다. "넌 내 거야." 나는 이로 그녀의 귓불을 잘근잘근 씹었다.

아나가 신음했다.

"쉿." 나는 머리채를 그녀의 어깨에서 치우고 손가락으로 드레스 가장자리의 레이스를 쓰다듬었다. 내 입술이 첫 번째 단추 위쪽 그녀의 피부를 누르자 그녀의 몸이 전율했다.

"너무 아름다워." 나는 속삭이며 단추를 풀었다. "오늘 넌 나를 세상에서 가장 행복한 남자로 만들었어." 나는 매 순간을 즐기면서 정교한 단추를 하나하나 풀었다. 그녀의 드레스가 열리면서 흘러내리자 등 쪽에 정교한 후크로 연결된 연분홍색 코르셋이 드러났다.

내 아랫도리가 찬사를 보냈다. 대성공.

"정말 사랑해." 나는 입술을 그녀의 목덜미에서 어깨로 쭉 움직였다. 키스하는 사이사이에 중얼거렸다. "널. 정. 말. 원. 해. 네. 안으로. 들어가고. 싶어. 넌. 내. 거야."

아나가 고개를 기울여 자기 목을 내게 내주었다.

"내 거야." 나는 그녀의 피부에 대고 소곤거린 뒤 드레스 소매를 그녀의 팔 밑으로 미끄러뜨렸다. 그녀의 웨딩드레스가 발치로 흘러내려 실크와 레이스의 우아한 뭉치로 변했다. 이제 그녀는 코르셋에 가터벨트, 스타킹 차림이 되었다.

오, 하느님. 스타킹이라. 온몸의 피가 남쪽으로 달려갔다.

"돌아서." 잠긴 목소리가 나왔다.

나는 숨을 들이켜며 내 아내를 감상했다. 그녀는 얌전하면서도 미치게 섹시했다. 젖가슴이 코르셋 밑에서 봉긋하고 동그랗게 도드라졌고, 머리카락은 밤색 물결처럼 일렁거렸다.

"마음에 들어요?" 아나가 물었다. 분홍빛으로 예쁘게 물든 얼굴빛이 그녀의 섹시한 속옷과 잘 어울렸다.

"마음에 들다마다. 육감적이야. 자." 나는 아나에게 손을 내밀었다. 그녀가 드레스에서 발을 뺐다.

"가만히 있어." 나는 주의를 주었다. 눈은 그녀의 눈에서 떼지 않았다. 한 손가락으로 그녀의 둥그런 젖가슴을 쓰다듬었다. 내 손길에 젖가슴이 바르르 전율했다. 그녀는 점점 더 빠르고…… 얕게 숨을 들이마시고 내쉬었다.

내 아내가 달아오르니 좋은걸.

나는 마지못해 손가락을 그녀에게서 떼고 공중에서 휙 돌렸다.

나를 위해 돌아서.

아나가 시키는 대로 했다. 그녀가 침대를 향해 섰을 때 나는 멈추라고 명령했다. 그녀의 허리를 감아 등을 내 가슴으로 끌어당긴 뒤 그녀의 목에 키스했다. 그 각도에서는 그녀의 긴장한 젖가슴이 훤히 내려다보였다. 그걸 보고 참을 수는 없었다. 나는 양손으로 젖가슴을 하나씩 감싸 쥐고 엄지손가락을 보드라운 언덕 위 젖꼭지로 움직였고 젖꼭지 주변을 맴돌았다. 아나가 신음했다.

“내 거야.” 내가 중얼거렸다.

“당신 거예요.” 아나가 속삭였다.

아나가 엉덩이를 내게 밀어붙였다. 그녀 안으로 들어가고 싶은 충동을 억눌러야 했다. 양손을 매끄러운 새틴 아래로, 그녀의 윗배로, 아랫배로, 허벅지로 내렸다. 내 엄지손가락은 잠시 그녀의 외음부를 맴돌았다. 그녀가 머리를 내게 젖히고 눈을 감고서 신음했다. 내 손가락이 가터벨트를 찾아냈다. 나는 양쪽 후크를 동시에 풀어버렸다. 그러고는 손을 그녀의 멋진 엉덩이로 옮겼다.

“내 거.” 나는 속삭였다. 내가 그녀의 엉덩이를 어루만지는 동안 내 손끝이 그녀의 팬티 안쪽을 쓸었다.

“아.” 그녀가 신음했다.

젖었군.

후후. 아나. 나의 사이렌(아름다운 노랫소리로 뱃사람들을 유혹해 죽인 그리스 신화 속 요정 – 옮긴이).

“쉿.” 나는 뒤쪽의 가터벨트를 풀고 나서 몸을 숙여 침대에서 이불을 벗겨냈다. “앉아.” 그녀가 복종했다. 나는 그녀의 발치 바닥에 무릎을 대고 앉아 그녀의 신발을 하나씩 벗겨 드레스 옆에 놓았다. 그녀의 타오르는 시선을 의식하며 천천히 왼쪽 스타킹을 벗겼다. 벗길 때 내 엄지손가락이 그녀의 피부를 스쳤다. 다른 쌍둥이도 똑같이 벗겨냈다. “크리스마스 선물 포장지를 벗기는 기분인데.” 나는 아나를 올려다보았다.

“진작에 손에 넣은 선물이죠.” 아나가 조용히 말했다.

뭐? 뜻밖의 말이다. “아, 그렇지 않아.” 나는 그녀를 안심시켰다. 그녀가 바라는 말인지는 모르겠지만. "이제야 정말 내 것이 된 거야."

"크리스천, 결혼하겠다고 말한 순간부터 난 쭉 당신 거였어요." 아나가 다가와 두 손으로 내 얼굴을 감쌌다. "난 당신 거예요. 난 언제까지나 당신 거고 당신은 내 남편일 거예요."

남편. 결혼식 이후 아나가 이 말을 한 건 처음이었다.

"그런데." 아나가 내 입술에 대고 상냥하게 말했다. "당신 옷을 너무 많이 입고 있네요." 그녀가 내게 키스하려고 고개를 숙였지만 내 가슴속에선 '남편'이라는 말이 메아리쳤다.

나는 그녀의 것이다. 정말 그녀의 것이다.

나는 일어서서 그녀에게 키스했다. 두 손으로 그녀의 머리를 잡고 손가락을 그녀의 머리카락 속에 넣었다.

"아나." 내가 속삭였다. "나의 아나." 그녀에게 다시 키스했다. 이번엔 제대로. 혀를 그녀의 입에 넣고 그녀를 맛보았다. 내 아내의 맛을 느꼈다. 그녀는 말없는 내 열정에 열정으로 응답했다. 그녀의 혀가 내 혀를 찾아내 감쌌다.

"옷." 우리가 숨을 쉬러 떠올랐을 때 그녀가 말했다. 그녀가 내 조끼를 벗기려 해서 나는 그녀를 놓고 조끼를 벗었다. 나를 바라보는 그녀의 아름다운 푸른 눈이 욕망으로 끈적해졌다. "내가 하게 해줘요." 그녀가 애원했다.

나는 발꿈치를 딛고 몸을 뒤로 젖혔다. 그녀가 몸을 내밀어 내 넥타이를 잡았다.

그 넥타이.

내가 좋아하는 거야.

아나가 천천히 매듭을 풀고 넥타이를 목에서 풀어냈다.

나는 턱을 들었다. 그녀가 맨 위 단추를 풀고 나서 소매 단으로 옮겨 새 커프스 링크를 차례로 제거했다. 내가 손을 내밀자 그녀가 커프스 링크를 내 손바닥에 놓았다. 나는 그걸 꼭 쥐고는 내 주먹에 입을 맞춘 다음 바지 주머니 안에 그걸 떨구었다.

"그레이 씨, 아주 낭만적이네요."

"그대를 위해서라면, 그레이 부인. 내 마음과 꽃을 바치리다. 언제나."

아나가 내 손을 잡더니 길고 검은 속눈썹 사이로 나를 올려다보면서 내 결혼반지에 키스했다.

오, 하느님. 나는 눈을 감고 신음했다. "아나."

아나가 내 셔츠 단추를 풀기 시작했다. 단추를 하나하나 풀면서 단추가 있던 자리에 키스를 하고 한 마디씩 소근거렸다. "당신은. 나를. 너무. 행복하게. 해요. 사랑. 해요."

도저히 못 참겠어. 널 원해.

후, 널 가져야겠어.

나는 신음하며 셔츠를 벗어버리고는 그녀를 들어 침대에 눕히고 그녀 위로 올라갔다. 내 입술이 그녀의 입술을 찾았다. 나는 그녀가 움직이지 못하게 그녀의 머리를 잡았다. 우리는 처음으로 남편과 아내로서 누워 키스를 나누었다.

아나.

바지가 갈수록 꽉 끼었다. 나는 그녀의 다리 사이에 엎드렸다. 아나가 숨을 몰아쉬었다. 그녀의 입술은 우리의 키스로 부풀어 있었다. 그녀가 나를 올려다보며 욕망을 드러냈다.

젠장.

"여보, 당신 너무 아름다워." 나는 두 손으로 그녀의 다리를 쓸어내리고는 그녀의 왼발을 잡았다. "다리가 정말 예뻐. 다리 전체에 키스하고 싶어. 여기부터." 나는 그녀의 엄지발가락에 입술을 대고 이로 거기 살을 물었다.

"아!" 아나가 알아들을 수 없는 소리를 내고 눈을 감았다. 나는 그녀의 발등을 맛본 뒤 혀로 뒤꿈치까지 핥은 다음 뒤꿈치를 깨물고 나서 혀를 발목으로 움직였다. 종아리 안쪽을 따라 촉촉하고 보드라운 키스 자국을 남기며 위로 올라가자 아나가 꿈틀거렸다.

"가만있어, 그레이 부인." 나는 주의를 주었다. 그리고 코르셋에 묶여 솟았다가 가라앉기를 반복하는 젖가슴을 잠시 바라보았다.

아름다움의 결정체.

그만. 이제 나아가야 했다.

나는 그녀를 뒤집어 엎드리게 한 뒤 그녀의 몸 위쪽으로 키스 원정을 이어갔다. 다리 뒤쪽, 허벅지, 엉덩이. 그녀의 엉덩이에 무얼 하고 싶은지 잠시 궁리했다.

아나가 항의했다. "제발."

"다 벗는 게 좋겠어." 나는 코르셋의 고리를 풀었다. 한 번에 고리 하나씩 느릿느릿. 코르셋을 다 벗기고 등허리 아래에 보드랍고 촉촉한 키스를 찍고 나서 혀로 등허리를 핥으며 위로 올라갔다.

아나가 꿈틀거렸다. "크리스천, 제발."

나는 그녀 위로 엎드려 내 아랫도리 놈을 그녀의 엉덩이 위에 놓았다. 그녀가 꿈틀대며 내게 몸을 비볐다. "무얼 원해, 그레이 부인?" 나는 그녀의 귀밑에 대고 말했다.

"당신."

"나도 널 원해. 넌 내 사랑, 내 삶이야." 나는 바지를 내렸다. 그녀 옆에 엎드려 그녀를 돌려 똑바로 눕혔다. 그리고 일어서서 바지와 속옷을 벗어버렸다. 아나가 커다래진 눈으로 탐욕스럽게 나를 바라보았다. 나는 그녀의 팬티를 잡아 휙 벗겨냈다. 내 밑에 그녀의 찬란한 알몸이 놓여 있었다.

"내 거야." 내가 입 모양으로 말했다.

"제발." 아나가 간청했다.

미소가 저절로 나왔다. 오, 자기야. 난 네가 애원할 때가 좋아.

나는 침대로 기어 올라가 그녀의 다른 다리에 축축한 키스 길을 만들면서 허벅지 정상을 향해 점점 올라갔다. 그곳이 내 목적지였다. 신성한 산봉우리. 목적지에 도달한 나는 그녀의 다리를 더 넓게 활짝 벌렸다. 그녀는 젖은 상태로 허기져 있었다. 내가 바라던 대로. "아, 내 아내여." 나는 혀를 그녀 위로 움직여 그녀를 맛보았다. 특히 클리토리스.

흠……. 나는 천천히 입으로 그녀를 괴롭히기 시작했다. 둥글게 둥글게 내 혀가 그녀의 아주 민감한 꽃망울을 건드렸다. 아나가 내 머리를 움켜잡고 내 밑에서 몸을 뒤틀었다. 그녀의 골반이 내가 너무도 잘 아는 리듬을 타고 움직였다. 그녀가 한 번 격렬히 몸을 떨었다. 하지만 나는 그녀를 붙잡고 달콤한 고문을 계속했다.

"크리스천." 그녀가 울부짖고는 내 머리카락을 잡아당겼다.

그녀는 절정 직전이었다.

"아직 아냐." 나는 그녀의 몸 위로 움직여 혀를 그녀의 배꼽에 넣었다.

"안 돼!" 그녀가 실망해 소리쳤다. 나는 그녀의 배에 대고 씩 웃었다.

뭐든지 때가 있는 거야, 내 사랑.

나는 그녀의 보드라운 배에 키스했다. "참을성이 없군, 그레이 부인. 에메랄드섬에 착륙할 때까지 기다려."

나는 그녀의 젖가슴에 도달해 한껏 부드러운 키스로 양쪽 모두에 열렬한 사랑을 쏟았고, 입술로 젖꼭지를 물고 당겼다. 정성을 쏟으며 그녀를 지켜보았다. 그녀의 눈이 끈적해지고 입이 벌어졌다. "여보, 나 당신을 원해요. 제발."

나도 널 원해.

나는 팔꿈치로 체중을 지탱하며 내 몸으로 그녀의 몸을 덮었다. 코를 그녀의 코에 비볐다. 그녀의 두 손이 내 몸에 닿았다.

내 어깨에.

내 등에.

내 엉덩이에.

"그레이 부인. 내 아내. 네 기쁨이 내 기쁨이야." 나는 입술로 그녀의 입술을 쓸었다. "사랑해."

"나도 사랑해요." 그녀가 골반을 내게 들어 올렸다.

"눈 떠. 널 보고 싶어."

그녀의 눈동자는 눈부신 파란빛이었다.

"크리스천. 아!" 내가 천천히 조금씩 그녀를 취하자 아나가 소리쳤다.

"아나, 오, 아나." 나는 숨을 몰아쉬었다. 그녀의 이름이 기도가 되었다.

그녀는 천국이었다. 내 천국.

나는 움직이기 시작했다. 그녀의 느낌을 만끽하면서.

그녀의 손톱이 내 엉덩이를 파고들어 내게 힘을 주었다.

계속.

계속.

그녀는 내 것이다.

정말 내 것이다.

마침내 그녀가 내 이름을 외치고 내 밑에서 무너져 내렸다. 그녀의 절정이 내 절정의 방아쇠를 당겼다. 나는 내 사랑 안에서 사정하고 또 사정했다. 내 삶, 내 아내 안에서.

▷ 2권에서 계속됩니다.

해방 1

초판 1쇄 인쇄일 2022년 11월 1일
초판 1쇄 발행일 2022년 11월 17일

지은이 E L 제임스
옮긴이 황소연

발행인 윤호권
사업총괄 정유한

편집 구민준 **디자인** 양혜민 **마케팅** 정재영, 윤아림
발행처 ㈜시공사 **주소** 서울시 성동구 상원1길 22, 6-8층(우편번호 04779)
대표전화 02-3486-6877 **팩스(주문)** 02-585-1755
홈페이지 www.sigongsa.com / www.sigongjunior.com

ISBN 979-11-6925-318-5 04840
ISBN 979-11-6925-317-8 (세트)

*시공사는 시공간을 넘는 무한한 콘텐츠 세상을 만듭니다.
*시공사는 더 나은 내일을 함께 만들 여러분의 소중한 의견을 기다립니다.
*잘못 만들어진 책은 구입하신 곳에서 바꾸어 드립니다.